U0637163

弑爱
KILL
LOVE

张挺 / 著

南方出版传媒
花城出版社
中国·广州

图书在版编目（ＣＩＰ）数据

弑爱 / 张挺著. -- 广州 ： 花城出版社，2019.10
ISBN 978-7-5360-9014-9

Ⅰ．①弑… Ⅱ．①张… Ⅲ．①长篇小说－中国－当代
Ⅳ．①I247.5

中国版本图书馆CIP数据核字(2019)第192960号

出 版 人：肖延兵
责任编辑：杨淳子
技术编辑：薛伟民　凌春梅
封面设计：介　桑
封面插画：廖　晨

书　　名	弑爱	
	SHI AI	
出版发行	花城出版社	
	（广州市环市东路水荫路 11 号）	
经　　销	全国新华书店	
印　　刷	佛山市迎高彩印有限公司	
	（佛山市顺德区陈村镇广隆工业区兴业七路 9 号）	
开　　本	880 毫米×1230 毫米　32 开	
印　　张	10.375　1 插页	
字　　数	220,000 字	
版　　次	2019 年 10 月第 1 版　2019 年 10 月第 1 次印刷	
定　　价	42.00 元	

如发现印装质量问题，请直接与印刷厂联系调换。
购书热线：020－37604658　37602954
花城出版社网站：http://www.fcph.com.cn

"情话和威胁听得多了，
但是把它写成书的，你是第一个。"

谨以此书
献给我的第一个读者

目录

引　子

　　从此刻开始，你就是我，我就是你。

　　我是夏漫，所以你就是夏漫。我爱着的人，也将是你所深爱的人；我恨着的人，也将是你所痛恨的人。你将悲伤着我的悲伤，快乐着我的快乐，痛苦着我的痛苦，并且，将与我一起分享一个惊人的秘密。

　　嘘，你准备好了吗？

　　这是我们的秘密，请永远不要说出去。

第一章　嘘！有人死了

　　庄永生和我接的最后一个吻，是在二〇一九年二月十四日的凌晨一点十三分。

　　庄永生趴在我身上，黑亮的头发从前额垂下。庄永生停了下来，额头上冒出细密的汗珠粘住了前额的头发，然后他在我的双唇，深深地吻了一下，说："亲爱的，你先去冲一下吧，都一点十三分了，明天还要出每呢。"

　　这一吻，表示庄永乇这次很满足。每次得到很满足的性爱之后，庄永生都会这样深吻我一下。

　　和庄永生的每一次性爱，我也都无限满足。要知道两人性爱合拍是一件多么难得的事情。这种小概率事件，几乎可以和中五百万彩票的概率媲美。

　　我慵懒地站起来，从地上捡起刚才那件被蹬落的灰色金丝绣花真丝睡衣，披在肩膀上，瞥了一眼床头的数字钟，一点十四分了，真的该睡了。

　　我爱庄永生这件事，几乎在我和庄永生第一次见面的时候就已经清楚地知道。至于庄永生爱不爱我，这不重要。重要的是，他总有一天会爱上我。对的，总有那么一天。

好在，这一天，没有让我等太久，不过就是半个月的时间吧，庄永生便成了我的男朋友。

再不过一年的时间吧，庄永生便成了我的丈夫。对的，庄永生成了最当红的浪漫言情小说家，我——夏漫的丈夫。

我的书迷曾无数次猜测，我最后会和怎样的一个人走进婚姻，可惜都没有猜对。有人曾经猜过，我会和我的初恋复合，最终结为夫妻。可是嫁给初恋这种事，那该是多么缺乏恋爱经验的人才会做出的蠢事，我连想都不屑去想。

也有人曾猜过，我会嫁给我的出版社老板，毕竟我的出版社用尽全力捧我十年，若不是有私人感情或者利益，怎么都说不过去。但是说实话，我的老板到底喜欢男生还是女生，我都不太确定。我只能说，我是靠着才华一路走到了现在，可是没有多少人会相信这样的实话。

更多的人是打赌，我永远不会结婚。看过我小说的读者，都能坚持认为我是一个爱情至上的作者，并且我的爱不会持续很久。不断更换我的恋爱对象，才能给我的创作带来新的灵感。所以，我怎么可能会结婚？

可是，我究竟还是结婚了，出乎所有人意料地结婚了。和一个无名之辈，却是我心中的至爱——庄永生——结婚了。

这件事，我自己都没有猜到。

可是爱情不就是这样吗？不期而至，一箭穿心，直到你心甘情愿做它的俘虏，并希望永远拥有它。

我爱庄永生，庄永生也爱我。我俩想要今生今世永不分离。

于是，我们结婚了。

于是，便到了此刻。

等我冲完澡，回到床上的时候，庄永生早已入梦。梦里庄永生依然保持着全裸，结实的胳膊放在酒店洁白的被面上，像一个雕塑。他是如此好看，对我依然如初见一样具有致命的吸引力。我忍不住轻轻吻了一下他胳膊上鼓起的肌肉。

多么好，这么好看的男人已经是我的丈夫了。

我掀开被面的一角，轻轻地贴近庄永生躺下。庄永生条件反射地伸手将我抱进怀里，我蜷缩在他的怀抱中。

借着地灯昏黄且微弱的光，我眯眼看着天花板，天花板上房间的喷雾警报器闪着不为人察觉的红光，周围一片静谧，这是我蜜月的最后一天，从此之后我将和抱着我的这个男人，度过幸福安稳的一生。

我感觉有点渴，我不想惊醒庄永生，我环顾了一下周围，看到靠近庄永生的床头放着一杯水，水的旁边是一瓶褪黑素。我微微笑了笑，我知道那是庄永生为我准备的。

庄永生是一个完美的恋人，现在更是一位完美的丈夫，无时无刻不在细心体贴地关怀我。

因为长期写作的缘故，我的睡眠一直不是很好，尤其到了陌生的环境，更是难以入睡，所以通常我会在入睡前吃一颗褪黑素，最轻的剂量 1mg，一片。很快我就可以进入梦乡。

W 酒店这暗色调的装潢，与漫长深沉的黑夜倒是绝配。我把瓶子打开，倒出一粒，和水一起服下。

明天又将是新的一天。

自从和庄永生在一起后，我已经习惯在他的亲吻中醒来。而这一天，亲吻却迟迟没有到来。

二月十五日的清晨，准确地说是上午，我是自己醒来的。海岛的太阳从严实的窗帘中顽强地挤了进来。庄永生侧着身子依然在沉睡。我很是怀疑现在的时间，于是我坐了起来，看了一眼床头的时间，已经十一点十七分。

我忍不住尖叫了起来。如果我没有记错的话，我们和酒店约定了十一点的游轮早午餐，这个点无论如何我们都已经在游轮上才对。

不过就是一粒褪黑素而已，居然就让我睡到了中午。

我立刻推了推庄永生："老公，老公，快点起床，我们来不及了。"

庄永生丝毫没有回应，依然侧着身子。庄永生太累的时候，就会睡得很沉。

"至于嘛，昨晚有那么累吗，不要偷懒啦。"我整个人都伏在庄永生身上，用力将他的身子扳过来。

庄永生被我转了过来，脸色苍白，双眼紧闭，左胸口上插着一把刀。鲜血早已从伤口处渗出，流了一床。

黑夜掩盖了鲜血的慌张，削弱了死亡原本狰狞的模样。

我低头看了一眼自己，灰色的睡衣早已沾满了血迹，紧贴在我的胸口。那一瞬间，我犹如在看别人的电影一样，只是眼睛忙碌着，脑子却是一片空白。

　　庄永生死了，死了，死了。死在我的枕边，死在了我们蜜月旅行的最后一天。

　　这是我最后记得的画面。

　　等我醒来的时候，身边已经没有了庄永生。

　　周围四面的白墙，白得耀眼，空气中弥漫着一股消毒水的味道。不用猜也知道这是医院。只是这中间究竟发生了什么，为什么我要住到医院？庄永生他现在在哪里？

　　"漫漫，漫漫。"一个熟悉的声音在轻轻呼喊我。

　　我扭过头来寻找着声音的方向。我看见我的编辑马一鸣正坐在我的床边。从我这个角度望去，能看到马一鸣的头顶已经亮起了光圈。马一鸣原本也算是颜值在线，可如今到底是老了，我跟他都已经合作了十多年了，怎么可能不老。可爱的是，这么老的马一鸣，还在负责着浪漫言情小说的板块。难怪马一鸣一直劝我要转型，看来要转型的不光是我，还有马一鸣。

　　我眼睛的焦点终于对上了马一鸣，我咧咧嘴，笑了一下。

　　马一鸣看到我笑了，也松了一口气，笑了一下。轻轻地拍拍我的被面，指向旁边。

　　我这才看到这个屋里不光有马一鸣，还有两个陌生人，一男一女。

　　"李警官要问你一些事，你别紧张，实话实说就行。"马一鸣轻声对我说。

　　其中那个男的陌生人听到马一鸣介绍他，朝我走了一步，掏出警官证，在我面前晃了晃。

"夏漫小姐，您好，我是李伟，是您先生庄永生案件的负责人。"这个叫作李伟的警官有着一副好听的嗓音，让人听了有一种沉浸下去的魔力。

听到庄永生三个字，我才反应过来。

我的脑中闪现出庄永生最后的画面：俊美的脸庞苍白得毫无血色，强壮的胸口插着一把刀。

"庄永生呢？庄永生呢？他现在怎样？"我开始慌张地寻找。

我一把掀开被子，翻身下去。

因为动作过于激烈，我一不小心扯翻了正在给我吊水的架子，我感到左手一阵疼痛。

这个叫作李伟的男人，一下子冲上来把我紧紧抱住。突然之间，我感觉到了支撑的力量。我浑身瘫软下来，伏在李伟的怀里失声痛哭。

"庄永生呢？庄永生呢？庄永生呢？"这是我唯一重复的话。

不知道是过了多久，我的面前出现了一张纸巾，我接过来开始擦我的眼泪。

"夏漫小姐，如果您不方便，我们改天再来。"李伟小声地问我。

我摇摇头，透过泪眼，看向李伟：一米七五左右的身高，魁梧的身材一看就是经常锻炼身体，身形站得笔直，明显是接受过相关的训练。浓眉大眼，一脸正气的模样。若是不穿这身警服，也该是个挺受女孩子欢迎的帅哥。若是跟他谈恋爱，不知道会是什么样的感受。

不，我不该想这些。只是我作为一个多年从事爱情小说创作的女作家，看到任何人和事都不由自主地编织爱情故事。

"夏漫，我们要问你几个问题。"随李伟一同前来的女生用尖锐的声音打断了我的观察。

这样不好。女生永远请记住，不要用高分贝的嗓音喊着说出你的要求。这样丝毫没有女性魅力可言，并且你的要求也将永远得不到满足。

很显然李伟警官也是这么想的，我毫不费力地捕捉到了李伟眉间闪过的一丝尴尬和不快。

"徐璐，我来问吧。"李伟用低沉但是不可违抗的声音对女生说。

这个叫作徐璐的女生应该是李伟的下属，瞬间就换上了一副顺从的表情。

有意思极了。

人，是一本永远让你读不懂的书。作为一个职业作家，仔细观察人类是我的工作之一，对此我从不厌倦。

"夏漫，你现在方便回答几个问题吗？"李伟再一次轻轻问道。

我看着李伟的眼睛，微微点了点头。随即又看向了徐璐，我又轻轻地摇了摇头。

徐璐一脸茫然，然而李伟居然就瞬间读懂了我的心思。他转头对着徐璐说："你到外面等我一下，很快就好。"

我看向了马一鸣，马一鸣那鹰一样的眼睛从来都能读懂我的心思，瞬间就站了起来，朝着外面走去。

马一鸣走之前轻轻地拍拍我的肩头，用力按了一按。

我的眼泪差点因为马一鸣的这一按夺眶而出。我知道无论事情有多么糟糕，马一鸣一直都会在那里，帮我处理鸡飞狗跳的一切。

徐璐看着马一鸣离开，也只能乖乖地朝着门外走去，离开的时候，徐璐轻轻地带上了门。

这个细节，让我对徐璐这个女生稍微有了点好感。当然我的好感，对于徐璐来说根本不重要。

女生的好感，对于女生来说并不重要。这是我写了这么多年爱情小说得出的结论。当然同性爱人除外。

我坐了起来，仔细地擦干泪痕，将头发轻轻地理了理，全部从左边顺过来，随意地放到左前胸，我歪着脑袋看着李伟。此刻李伟坐在我的右侧，这将是李伟能看到我的最好看的角度。

不，你不要误会，我并不是刻意摆出最好看的角度给李伟看。这是我接受训练后的结果。

在十年前，我第一本小说一炮而红之后，接受各种各样的采访便成了我的工作重要的一部分。出版社为了打造我良好的个人形象，对我的仪态、穿衣打扮、说话的方式、坐姿、站姿，都进行了全方位的训练。作为一个畅销小说家，不仅仅我的书是商品，我的整个人都是可以变现的商品。

十年训练所导致的结果，就是我已经把训练后的结果变成我自然的一部分，和我本人，融为一体，不可分割。

比如现在这个最好角度的坐姿，李伟一定认为这是我一个极自然的坐姿。

"李警官，请问吧。"我轻轻地开了口，声音有着备受打击后的沙哑。

"你要不要，先喝一口水？"李警官轻轻地问了我一声。

我点点头。

李警官站起来，在房间寻找杯子和水。

我顺着李警官的目光也寻找了一番，可能是我才住进这个医院吧，居然没有发现水放在哪里。

李警官尴尬地回过头来，突然想起了什么，从他的公文包里掏了掏，拿出了一瓶矿泉水。

"能不能喝这个？"李警官充满歉意地看着我。"没有找到别的水。"他补充道。

这一个瞬间，我想起了庄永生，我的庄永生，如果他在，他也会这样细心地照顾着我。

我的眼泪从心里汩汩地冒了上来，一下子从眼眶涌了出来。不知道你有没有经历过那种伤心，眼泪来不及流尽你的悲伤，于是只能一下子涌出来。

泪流不尽，悲伤不止。

一瓶农夫山泉，将我拉进回忆的黑洞里。

第二章　开往春天的高铁

和庄永生的相遇，是在开往春天的高铁上。

随着高铁的疾驰，我早已进入了梦乡。我有着在旅途中入睡的习惯，尤其在高铁，一旦出发，便会瞬间进入深度睡眠。可惜只要列车一停，我便会条件反射般地醒来。

这一趟不是直达的高铁，中途会停两个站点。这是第一次经停，还有一次停车，我心里默默地抱怨。

抱怨很快就被一个意外的惊喜冲散了。从这个站点上来一个英俊的青年，目测身高一米八以上，穿着米色的巴宝莉风衣，黑色的 T 恤，黑色修长的长裤，黑色小牛皮的系带皮鞋，背着一只黑色无 Logo 的背包。因为他绝佳的衣品，我忍不住睁开惺忪的睡眼，多看了他两眼。走近了才看清，青年的五官也是出奇好看：浓黑的剑眉、深邃的眼神、高直的鼻子，居然还有一双红润的嘴唇。就像上苍造人的时候，在他身上特意放慢了速度，格外用了心。

好看的人儿，走到哪儿都是在给群众发福利，与我无关的帅哥，眼睛吃吃冰激凌也是享受。

没料，这位青年居然朝着我走过来了。

接着，这位青年居然就在我身边坐下了。

看到我在看他，他的眼睛对视着我的眼睛，微微点了点头示意。我一颗少女心，居然就无可救药地扑通扑通跳了起来。

这么好看的男生，简直是完美恋人。

手机在振动，我依依不舍地将眼神从男青年身上收回。

"下一个季度的小说选题可以报了，漫漫，你有没有想好写什么啊？"是马一鸣的信息。

"书名叫《完美恋人》怎样？"真的是天赐我灵感，我迅速地给马一鸣回复信息。

"你想写什么？"马一鸣绝对是一个五星好评的编辑，对我的任何选题都抱有浓烈的好奇。

"就写一个帅哥，帅炸地球的那种帅，是人人心中完美的恋人。"我一边打字，一边眼睛瞄着邻座。

"听你这口气，你这是又恋爱了？"马一鸣小心翼翼地猜测着。

"没有没有，我又不是花痴。就是看到一个大帅哥，你不是问我选题嘛，我觉得可以把这个旅途中的陌生人拿来一用。"我一边打字一边笑意漫出天际。

"看到个帅哥，你就能写小说啊。漫漫你的写作态度是越来越有问题了。"马一鸣说。

"切，这个选题不行的话，那我就没选题了，等下下个季度再报选题吧。"我知道怎么治马一鸣。

果然不到五秒钟，马一鸣就回复我："行行行，我们的大作家想写什么就写什么，可不能再拖稿了，要不我下一季度的奖金又没有了。今年我们全家的夏威夷之旅可是指望着你的新书提成呢。"

"我什么时候拖稿了，马大帅哥你给我说说清楚。"

"是是是，我们的大作家从不拖稿，都是直接开天窗的。"

"我又不是故意开天窗，上一季度我失恋了，你又不是不知道。你有没有点同情心啊。"

"你这失恋都失了三个月了，按照惯例，你应该把上一段感情写成小说，这会儿都交稿了啊。"马一鸣直接不打字了，给我发了语音。

我瞥了邻座一眼，不敢用语音，只能忍着继续给马一鸣发文字信息："马一鸣，我再一次强调，我不是故意把每次的恋爱经历写成小说的，这不是我的本意。再说我的小说又不都是真的。读者不知道，你还不知道？"

"好好好，我知道。"

"马一鸣，我不和你啰唆了，我要准备和帅哥搭讪了。我总得要了解了解我下一本的男主角吧。"

"见色忘义。"马一鸣快速地回复我。

这才对嘛，见色忘义，见色忘友，这才是男欢女爱之本意，人性之本源，多么真实且美好。

"最后一句：我一会儿把写作选题表给你发过来，你记得早点填好发回给我。祝艳遇有收获。"马一鸣还不忘记催稿的事情。

"行行行，知道啦。"这个马一鸣，如果你不答应他，估计信息还会发个不停。

艳遇来得如此猝不及防，原本我并没有准备好和这个帅哥搭讪，只是不想被马一鸣催稿而已。不过马一鸣这么一说，我觉得和帅哥聊两句也是不错的主意，否则白白浪费了缘分的一番美意。

帅哥将风衣脱下，挂在椅背的扣子上，要命的是，他在脱衣服的间隙，我居然闻到了他身上用的香水，对香水略有研究的我，居然闻不出来这是什么香水，如春风轻轻拂过一望无垠的金黄色麦田，那种收获的喜悦以及成熟后的芳香，闻了以后让人想要立刻闭上眼睛睡一觉。

高铁又开动了起来，速度越来越快。邻座的男青年未等我开口搭讪，就已经闭上了双眼养神。不过因为这一点，我却对他更加喜欢。我喜欢的男人永远都是这一种性格：笃定、沉默、稳重，对于命运和未来有一种从容的把握。当然前提是颜值过关。

趁着邻座闭眼睡觉的工夫，我悄悄地站起来，用最轻柔的动作，侧身从他交叠的两条大长腿上跨过，走向洗手间的方向。跨出去的时候，我的围巾一角轻扫过邻座的裤管，我停住回头看了一下邻座，邻座依然闭目养神，似乎毫无知觉。邻座浓密弯翘的睫毛在他健康的小麦色脸庞上投下一片浅浅的阴影，轻轻颤动了一下。一定是我看错了。

从洗手间回来的时候，邻座依然在沉睡，我又以最轻、最柔、最小幅的动作回到我的座位上。我轻轻地打开包，找出护手霜，一边侧眼看着邻座，一边轻轻地在左手背上挤出一个心的形状。哎哟，一走神，就挤多了，白色的心形拖了一条长长的尾巴，我轻轻地将护手霜心不在焉地涂抹到双手和手臂上，双手摩挲，均匀涂开。

很少和陌生男人搭讪，第一句，应该说什么呢？

嗨，你也去北京吗？

高铁时间有点长哦。

上海终于暖和了。

北京不知道现在雾霾重不重。

你是去出差吗？

高铁真是一项伟大的发明。

你知道复兴号比和谐号时速快多少吗？

坐高铁比坐飞机舒服多了。

你是演员吗？

对不起，借过一下。

不好意思，吵醒你。

嗨，到站了，你是这一站下车吗？我怕你睡着了坐过站。

想来想去，这些无聊的话，我自己都不想接茬。算了，等合适的时机吧。

我仔细地观察着邻座，寻找着和他搭讪的第一句话，希望第一句话能拉近我们的距离，引起他的兴趣。

我在揣测着邻座的职业。从他的衣着来看，他的经济状况优越，应该有着一份不错的薪酬。此刻他的双手十指交叉，自然地垂在前胸，他的双手几乎算得上漂亮，他的指甲剪得格外干净，可以称得上是精心修剪，指甲不长也不过短，是好看的方形，指甲的边缘润滑无死皮，我在猜，可能他会定期去指甲店修剪，肯定如我一样用护手霜。不知道他用的护手霜是什么牌子？或许我们可以交流交流护手心得？如此想来，那么可能手对他很重要？他的工作与双手有关？设计师？钢琴家？吉他手？不对不对，吉他手的手没有这么细嫩，可以排除。难道说，他的工作和我一样，也是文字工作者？另外，他的手上也没有任何戒指的痕迹，那么看来他还未进入婚姻状态。当然戴婚戒这件事，还没有在中国的男人心中普及，但是我相信我的直觉，他应该未婚。

他的脸庞虽然帅气，却没有化妆的痕迹，眉毛是自然的眉形，并无修眉或者文眉的痕迹。那么可以排除他是一个演艺人士。如今的男演员，即使自己再不讲究，上戏的时候，化妆师总会帮你修理一番，多少有一点精修的痕迹，尤其是眉毛。他的双唇却似乎涂过润唇膏，那么他是一个有些讲究但是不自恋的男士。胡子刮得干干净净，可以看得出青色的胡子安分地隐在皮肤里。

尽管穿着黑色的衣服，可依然能看出他胸口的肌肉以及双臂的线条，一定是保持着长期健身的习惯。长期健身的人士，都有着可怕的自律精神。

他背着黑色双肩包，拿着一个和我同款的铝合金行李箱。双肩包方便走路，铝合金的行李箱结实牢固，那么他一定是一个时常需要出差的商务人士。

他的风衣看起来并非新购，却熨烫得极为平整，如果不是有女朋友打理，便是家中有请家务管理人士。

他的鞋子是崭新的，小牛皮的质地亮着低调的光。穿新鞋，走好路。他估计喜欢这种说法。

他浑身的内搭全部是黑色，除了风衣是米色，看起来他不喜欢过于花哨的打扮，有着极为克制的审美倾向。

虽然他在闭眼休息，仪态却十分良好，双手摆放自然且规矩，双腿并拢，丝毫没有侵占我的领地。如果不是经过刻意训练后的结果，那么便是从小接受过良好的教育。

我猜他应该是有海外留学背景的外资企业的高管，或许从事的是与金融相关的职业。

邻座的所有种种，太符合我的择偶标准了。越看越觉得，这样一个男人简直是为我量身打造的。

我一定要向他要到联系方式。

那么我第一句话，究竟应该说什么呢？

脑中搭讪的台词千言万语，写出来简单，说出口却是万般地难。

也不知道何时开口为好，总不能直接推醒他吧。搭讪的话虽然还没有说出口，嗓子却仿佛已经说完千言万语，我拼命咽了咽口水，感觉口干舌燥。

我拿出高铁上分发的农夫山泉，想拧开喝一口。谁料刚才护手霜涂多了，平时轻易就能拧开的瓶盖，这个时候却滑溜溜的，怎么都拧不开。

一只纤长的手，伸到我的面前，直接霸道地拿走了我手中的农夫山泉，五只可以在钢琴上跳舞的手指，抓住瓶盖，逆时针转半圈，塑料的齿轮与瓶盖分离；再转半圈，瓶盖与瓶身分离。

手的主人将打开的水递给我。

我的眼睛不由自主地看向手主人的眼睛，这是怎样的一双眼睛啊，清澈到底如阳光下的小溪，又深厚神秘如万丈深渊，让人愿意不顾一切地跳下去。

我承认这一刻，我对邻座有了心动的感觉。

"谢谢。"

这是我和邻座说的第一句话。居然是一句如此普通、如此泛泛、如此客套、如此没有温度的话。

邻座微微摇摇头，笑了笑，示意不用谢，然后便略带调皮地看向我。

我的脸红了红，该死。我一向自诩是独立女性，柔弱无力连矿泉水瓶都打不开的事情，一向被我嗤之以鼻。未料，今天我居然亲身实践了一回。

"不好意思，我护手霜涂多了，太滑了。"我画蛇添足地解释着。

邻居轻轻地笑出了声，然后自然而然地伸出了双手，直接将我的手抓过去，把我手上多余的护手霜轻轻地摩挲着擦到他的手上。

这个动作自然熟稔得如同我们早已经是一对热恋中的情侣。

原来就是你。可不就是你。

庄永生没有开口说一句话，便把我一下子套牢了。

这便是我和庄永生最初的相遇。

我们的手，就此一牵，便再也没有分开。

庄，永，生。知道这个名字属于你之后，我宣布这三个字就是我最爱的文字。

从此刻开始，我爱庄园、庄稼与农庄。

从此刻开始，我爱永远、永恒与永久。

从此刻开始，我爱生命、生存与生活。

这是我写给庄永生的第一封信，在我高铁下车的时候，悄悄地塞进了他米色风衣口袋里。

我和庄永生相约，在北京我们各自办完事之后，一起吃晚餐。

不过是才上出租车，我的手机就接到了庄永生的短信。

"谢谢你的信。本人不才，无以为报，抄诗一首：关关雎鸠，在河之洲，窈窕淑女，君子好逑。庄永生。"

手机又进来新短信。是马一鸣的短信。

"这是选题表，咱们下一本就做《完美恋人》吧，我觉得挺好的。不过类型你可能要换一换了，现在纯美爱情小说卖不动了，你得给你的读者新鲜感。"

"不写纯美浪漫爱情，那写什么？"我心不在焉地回复着。

"可以写一个悬疑爱情小说啊，或者什么惊悚爱情小说啊，实在不行弄一个奇幻爱情小说也行啊。总之，和以前有区别就可以了。"

"这些我都没有经验啊。哪里来那么多奇奇怪怪的爱情故事？"我心不在焉地和马一鸣抬着杠。

"没有就编啊！再说你之前的恋爱也算不上纯美浪漫啊，你写得不也挺好的。"

"不带揭人伤疤的，小心我翻脸啊！"

　　"行行行，我们不聊这些。那么你刚才说的艳遇，结果如何？"马一鸣看得出来我的回复冷淡，故意岔开话题逗逗我。

　　"不告诉你。"我傲娇地打下这四个字。编辑催稿的时候，作者永远是大爷。当然这个大爷的时光持续不了很长时间，所以我会好好珍惜和利用。

　　"行行行，你喜欢搭讪谁就搭讪谁，只要不违法，恋爱随你谈，记得写书。"马一鸣的重点永远都是催稿。

　　这真是一趟美妙的旅程，绝佳的艳遇，好得不像是真的。

　　涂完护手霜之后，我们发生了什么？庄永生如调皮犯错的小孩一样，迅速地抽离了他的手。

　　我也从错愕和惊喜中回过神来，我们假装什么都没有发生，却都心知肚明彼此的世界早已天崩地裂。

　　右手放到农夫山泉的红色瓶盖，略一用力，逆时针转半圈，塑料的齿轮就会断裂；再转半圈，打开瓶盖，让瓶盖和瓶身分离，你就能喝到水。看，多么简单。世间所有欲望的达成，都始于痛苦和分离。

　　我回过神来，接过李警官递过来的水，喝了一大口，终于活了过来。我把水自然而然地递还给李警官。

　　"姓名？"

　　"夏漫。"

　　李警官停了停，看向我。

我也很是奇怪地看向他。我是夏漫，是这座城市的人们全部都知道的事实。

他咬了咬嘴唇，终于用很平静的嗓音这样问："真实姓名？"

"哦，你说的是身份证上的名字。李春梅。"

"年龄？"

"三十岁。"

"出生年月日？"

"一九八九年八月一日。哦，真实的应该是一九八五年八月一日。你知道的，作为畅销小说家，有时候还要顶着美女作家的头衔，年龄太大，影响人设。"

李警官再一次停住，忍不住问我："读者有那么愚蠢吗？当然这个问题，不是必须回答的，你可以不回答。"

"没事的。出版社让我这么说的，我只负责写作以及按照出版社的要求做事。至于读者蠢不蠢，我想我没有资格评价我的衣食父母。我爱我的读者们。"

"婚姻状况？"

"已婚。不，法律意义上我未婚。"

"庄永生是你的什么人。"

"我们即将结为夫妻。"

"庄永生的出生年月日？"

"一九八二年五月一日。"

"你和庄永生为什么来这个海岛？"

"我们来度蜜月的，我和他刚结婚。嗯，不对，准确地说，法律意义上我们还没有结婚，但我们先度蜜月。"

"庄永生逝世的时候，你在哪里？"

"我在他身边。我居然毫无感觉。他什么时候死的，他是怎么死的，他死的时候有没有痛苦，我居然不知道，我居然什么都不知道，我怎么能不知道，我怎么能不知道……"

想到庄永生死在我身边，我就开始崩溃。他人生的最后一刻究竟是怎样度过的，他疼吗？他绝望吗？他可曾跟我求救？他可害怕？他究竟经历过什么？

这一切，我在他身边，居然毫不知晓。

这将是我一生都不能原谅我自己的地方。

第三章 二月八日，忌出行

李伟说，好好回忆一下你们的蜜月旅行，看看有什么和平日相比不太寻常的地方。

从哪里说起呢，不如从二〇一九年的二月八日开始讲起。

"二〇一九年二月八日，宜作灶、解除、平治道涂；忌栽种、出行、祈福、行丧、纳畜。"

早上起来，我看了一下日历，清楚地记得上面是这样写着。我毫不在意地撕下了当天的那张，"嗖"地扔进了角落的垃圾桶里。

人如果需要靠着老皇历的指点来度过一生，那么即使安然度过了，也不是自己的人生。

我钻进淋浴间，打开淋浴头，闭着眼睛从淋浴架子上拿起洗发水，倒在手心里用力搓出泡沫，涂到自己的头发上。一阵薄荷味刺激得我不由得拿水冲走头发上的洗发水，睁开眼一看，果然这是庄永生落下的男士薄荷洗发水。

普通的男女交往，应该就是这样慢慢地往对方的空间里渗透自己的痕迹，直到最后，你便是他，他便是你。或者你变成了他，他还是他。

但这不是庄永生的习惯，丢三落四更不是庄永生的性格。

庄永生和我恋爱将近一年，有时候我们会在酒店一起过夜，有时候他会在我这边过夜。在我这边过夜的时候，庄永生会带着简单的换洗衣服和日常生活用品过来，走的时候，他会把所有的东西都收拾好一起带走，哪怕是换洗下来的脏衣服，庄永生也会全部带走。

我也曾和永生提议，索性在我这边留几套换洗的衣物好了，但是庄永生说他喜欢穿一批衣服换一批衣服，每一批的数量都是固定的，要是留在我这边就会对不上数量了。

每个人都有自己的生活方式，就像我走到任何地方都会带着我的个人电脑，绝对不会用其他电脑写作一样。这些都是个人习惯。

庄永生每次来的时候，也会带好他自己喜欢牌子的洗面奶、洗发水、沐浴露、润肤露、电动牙刷、电动水牙线、剃须刀、须后水还有香水。这些瓶瓶罐罐听起来很费事，其实庄永生也习惯了，每次出差他也会这样，把这些东西都井井有条地归类，带走，到一个新的酒店，放下，使用，然后收拾再离开。

假如我带另外的男人回家过夜，这个男人也绝对看不出来我这里有庄永生经常留宿的痕迹。

我和庄永生的爱情，就是这种保持着整洁与距离的爱情。

当然，在和庄永生谈恋爱之后，我从未带过任何其他男人回家过夜。

你信不信，都是这样。

从某种意义上来说，这将是我独居的最后一天。因为我马上就要踏上和庄永生的蜜月旅程。从此开始，我俩便会合二为一。

对于合二为一这件事，我有着本能的惧怕。我恐惧失去自我的爱情。可是爱情若是没有了不顾一切的全力以赴，便失去了爱情最炽热、迷人的颜色。人生总是那么矛盾。

二〇一九年的二月八日是大年初四，为了避开人流高峰，庄永生和我约好二月八日那天去海岛度蜜月，在海岛上待一周，到二月十五日过完情人节就回来。第二天正好是民政局第一天上班，我们刚好去领证。

对的，我们还没有领证。我从来没有把领结婚证这件事看得有多么重要。我不需要庄永生用这张证来为我们的爱情做保证，反之，庄永生也不需要我给他这张证来承诺今后的人生。

不过就是大家都走的一个流程而已，早走或者晚走，都可以。仅此而已。

在这座城市，我和庄永生都有一份体面的工作，都有足够让我们自己安全的财务保证。所以关于爱情，我们只需要纯粹地谈爱情。

淋浴出来，我一看手机，不过是上午十点多而已，手机微信已经有了十几条信息。

我一一打开。

我扫了一眼，先打开助理果儿发来的信息。

"姐，马老师让您把这后面一周要更新的文字先传给他看一下。"

　　我作为星光小说出版集团最红的言情女作家,一旦小说连载,无断更直到完本,是我的口碑保证,即使是马上开始度蜜月,我也会每天准时上传一个章节。这个马一鸣是怕我一旦去了海岛度蜜月,就没有心思更新了。亏他做了我十多年的编辑,居然这一点还不放心。

　　对于我谈恋爱这件事,出版社的反应永远要比我父母的反应还要夸张。

　　"果儿,后面一周要更新的文字,我还没有写完呢,我两点来出版社一趟。你让马一鸣别那么大惊小怪的,我又不是第一次谈恋爱。"我一边擦着头发,一边用语音回复给果儿。

　　"马老师说,这是你第一次结婚啊,哎呀——"果儿也用语音回复我,说了一半,突然被什么东西打断了。

　　我愣了一下,看到果儿的语音又被撤了回去。

　　"姐,不好意思,我刚手机摔地上了。"果儿这次用文字回复我。

　　"没事,我一会儿去出版社一趟,自己和马一鸣说。"我一边对果儿说着,一边走到镜子跟前,我瞄了一眼镜子中的自己,恍惚中感觉庄永生站在我的身后,刚剃干净胡子的下巴搁在我的肩头,双手环绕着我。

　　我笑了一下,说实话,我的确有点想他。

　　思念如冷风,悄然入心中。不过就是十八小时未见面而已,我的心却早已无法独自站立。

"亲爱的，箱子收拾好了没？小雨衣别忘了多带一点哦。么么哒。"我给庄永生留了一段语音。

撒娇归撒娇，我刚发完语音后，就走到床头柜前，打开最下面一层，拿了一盒避孕套放到行李箱上面。所有的事情，我都习惯自己给自己保障，包括准备避孕套这件事。我绝对不允许因为男人没有准备好避孕套而让我意外怀孕这种事发生，也不允许因为男人没有带避孕套而让一场本该发生的美好性爱中途停止。

行李箱的金属表面太滑了，避孕套的盒子不过就停留了一秒钟，就从上面滑了下来，避孕套从已经开口的盒子里跑出来，散落一地。

我弯下腰将这些避孕套捡了起来，一、二、三、四、五、六、七。一盒避孕套有十个，还剩七个。

不，不，不，我没有数避孕套的习惯，这盒避孕套已经买了很久。一般永生身上会带着避孕套，抽屉里的只是备用在那里，我记得用过一两次，或者两三次，具体已经记不得了。这么看来，是用过三个。

是三个吗？还是两个？还是一个？文字工作者的数学不太好，但是记性却不会太差。

我似乎记得，这一盒里，我只拿出过一个。

那么，另外两个，哪里去了？

中午十二点多的时候，我到出版社去交接工作。

我站到马一鸣的办公桌前的时候，马一鸣正在吃外卖。肯德基的全家桶套餐，马一鸣的最爱。

最爱不一定是真爱，只是因为这样最简单，送餐最方便，不用刻意挑选。

马一鸣坐在一张巨大的深红色办公桌后面，埋头于鸡翅和两手之间，头顶的光环熠熠生辉。

我没有通报马一鸣的助理，直接就推门进去，看到马一鸣从鸡翅中抬头惊诧地看着我，一脸不可思议。

"别骂你的助理，我自己进来的。"我笑眯眯地看着马一鸣，走到他的跟前，拿走一根鸡翅。

"别吃！"马一鸣条件反射地想要拦我。

我执拗地咬了下去，不顾马一鸣的手指几乎被我咬到。

马一鸣妥协地摇摇头，只能放弃。

"你不是下午两点才过来吗？怎么提前了？"

"我想来就来了呗，怎么，你还不希望见到我了？"我继续啃着鸡翅，歪头看着马一鸣。

马一鸣愣了一下，喉结上下涌动了一下，将眼神从我身上移开。

男人的喉结无意识地上下涌动，意味着瞬间有情欲之念。不过，马一鸣应该是个例外，就算全世界的男人都会爱上我，马一鸣也绝对不会。我对于马一鸣来说，就是一个特别合意的赚钱机器，女人全天下多的是，但是能如我一样给马一鸣赚这么多钱的女人，全天下可没有几个。

果然，这份情欲之念持续了不超过0.05秒，马一鸣就放下鸡翅，擦擦手，从后面的红木书架上，抽下一份文件，打开，以最正襟危坐的姿势坐好。

我伸出手赶在马一鸣说话前，将整个全家桶抢了过去。

"有什么话，等我吃完再说。反正你也不吃了，省得浪费。"我毫不客气地自顾自地吃了起来。

马一鸣叹了一口气，早已不再清澈的双眼中，流露出一份深深的无奈。

"李果，你进来一下。"马一鸣按了电话机。

听到这个，我只能无奈地停下抢吃鸡翅的行为。

我的助理果儿以迅雷不及掩耳之势，出现在马一鸣的办公室里，同时因为看到我，更重要的是因为看到我正在啃着一个鸡翅，而惊诧莫名地尖叫了起来。

"漫姐，你怎么能吃鸡翅！你是不是早上没有吃早饭！你的胃已经经不起你折腾了！你可要保重身体啊！"

我最怕果儿这一套，我感觉她如果再说下去，眼泪都会瞬间掉下来。我只能放下鸡翅。

因为我知道如果我硬是把这个鸡翅吃下去，李果今天的工资又没了。

说到底，任何的动情都包裹着利益驱动。

不然呢？

"等一下，夏漫小姐。您说任何的动情都包裹着利益驱动？那您写这么多小说，每个读者为之动情的时候，是有什么利益驱动呢？"李警官打断了我的回忆。

我从回忆的情绪中抽离出来，看着面前的这位警官居然问了一个和案件毫无关系的问题，这一点让我十分好奇。

我看着李警官的眼睛，捕捉着他眼神里的光，没有说话，将手轻轻展开。

李警官被我这个动作弄得愣了一下，犹豫着试图伸出自己的右手。

我轻笑了一下，开口说："水，谢谢。"

李警官立刻明白自己会错了意，尴尬地微微伸出右手去接左手的水瓶，递给我。

我一边打开水喝，一边将视线透过水瓶看向了李警官，观察着他的情绪。这一瞬间，他有着明显的局促，不像是他在询问我，而像是，像是……嗯，我的书迷来见我。

"你看过我的书吗？"喝完水，我将瓶盖慢慢拧上，眼睛却不从他身上移开半点。

"看过，每一本。"李警官很肯定地告诉我。

这我倒有点意外。根据出版社的数据，我的书迷中不太可能有李警官这样的书迷：男性，三十岁以上，做着一份理性且冷静的工作。

"哦，那你最喜欢的是哪一本呢？"我好奇地问道。

"《夏日曼陀罗》。"李警官看着我的眼睛，一字一顿地说出来。

我避开他的眼睛，有点心慌，我突然感觉他的说辞后面是一个又一个的陷阱。

《夏日曼陀罗》是我出版的第一本小说，那已经是十几年前的小说了，文笔青涩，故事乏味，逻辑缺乏，根本算不上一本好小说。喜欢我的读者都知道，我不太愿意提及这本书。因为这本书实在不能证明我的写作水平，甚至可以从侧面证明，最初的最初，我没有什么写作才华。

一个年纪不小的男警官，居然说读过我的全部小说，喜欢的居然是我十几年前的处女作。只能有一个理由去解释他的行为，那就是他为了这次的办案，为了更好地了解我，把我的所有小说都粗略翻了一遍，估计第一本小说是他最先看的也是看得最认真的一本，所以他才这么回答。

"谢谢。"我冷冰冰地说出这两个字，身体便随之滑了下去，躺了下来。

"我累了。"我盖上白色的被子，医院的被子散发出清冷的消毒水味道，让我可以肆无忌惮地保持和陌生人的距离感。

对于我明显的拒绝提示，李警官表现出了意料之中的神情。

"谢谢夏小姐，打扰了，等您休息好了，我再过来问。"李警官站起身来，以习惯性的标准姿势转身向外走去。

一步、两步、三步……在他走到第九步，到达门口的时候，我忍不住再次问道。

"你喜欢《夏日曼陀罗》的什么？"

李警官听到我的问话，回过头来，盯着躲在被子下的我半露的眼睛，想了一下说："我喜欢它的结尾。"

话音刚落，李警官就转身拉开了病房的门，头也不回地朝着外面走去。

而躲在被子下面的我，眼泪已经忍不住流成了一片。

第四章　夏日曼陀罗

你见过夏日的曼陀罗吗？

你说你不记得。其实你一定见过，它长在你的住宅边、草地上，甚至是你必经的路旁。它无处不在，它不择土壤，只为能有一天将你惊艳。若是你看到，你便成了它的俘虏。它不会告诉你，嘿，我的全身都有毒。

可是有毒又如何？总有一些毒，伴随着它给你一生的惊艳，让你心甘情愿服下。比如初恋这件小事。

这是夏漫的言情小说《夏日曼陀罗》的开篇文字。我已经熟记于心。

不得不承认，夏漫的文字有一种蛊惑人心的力量，让你随着阅读进入她的世界，认同她的故事，接受她的价值观。

我不喜欢言情小说，我也不喜欢花儿，甚至我也很少去接触漂亮女人，比如夏漫。

不不不，我不是不喜欢女人，作为一名男性，我和大多数的男性一样，对于漂亮女人有着来自本能的欣赏。只是我不太清楚如何和女性相处，尤其是漂亮女人，特别是夏漫这样细腻敏感、以文字谋生的漂亮女人。

我不喜欢言情小说、不喜欢花儿的理由非常简单，因为这些都是不具有男性气质的事物。

我从小就被教育成要做一个真正的男子汉。蹒跚学步的时候，摔跤了，母亲会严厉地告诉我："你是男子汉，自己爬起来，不许哭。"

我以为每个孩子在学步摔跤的时候，都是不被允许哭的。直到两年之后，我妹妹出生了，妹妹也开始学步，妹妹也会摔跤，只是不同的是，妹妹摔跤的时候，妈妈会第一时间抱起她，亲吻着她的眼泪，安慰她："我家宝宝好棒哦，都能自己走路了，摔跤不怕哦，没有关系，下次我们小心点就不会摔跤了。"

毫无疑问，母亲是极度偏心的，而我愿意把这种偏心看成是她对我的格外期许。在母亲严格的教育下，我成长为一个真正的男子汉，喜欢所有硬朗的东西，玩具偏爱刀、枪、剑，最喜欢的颜色是深蓝色，坚持公平和正义，誓死捍卫公民的基本权利。直到最后，我成为一名刑警，负责重大刑事案件。为每一个枉死的人昭雪沉冤，这是我曾发下的誓言。

刑警不是一个讨女生欢喜的职业。或许有女生对这样的一份职业抱有浓烈的好奇，但是不出一周，相信我，她就会后悔和一个刑警谈恋爱。

我也曾恋爱过，那是我到目前为止唯一的一次恋爱。姑娘是我母亲闺密的女儿，名字叫作胡晓。

胡晓是一个可爱的姑娘，我愿意这么形容她，你知道的，因为我只能形容她为可爱，她和漂亮的确没有什么关系。但是我喜欢她，我本能地喜欢她。

胡晓喜欢在我深夜下班之后，和我一起去街头寻找好吃的夜宵。她说，她最喜欢牵着我的手，走过城市的每一个路口。每次找到好吃的夜宵，胡晓都会欢欣雀跃。这个时候胡晓会露出她不完美的小虎牙，鼻子上的小雀斑轻轻地皱在一起。

那是我们相处时，我所能记得的最温暖的瞬间。

我也曾和胡晓接吻过。坦白说，我并不知道怎样才能接一个美妙的吻，似乎胡晓也不知道。我们都未曾进修过恋爱这门人生课。

每次接吻，胡晓只是僵硬地站在那里，被动地等着我的亲吻。那种感觉非常像亲吻一块初夏午后晒过的小石头，微微发烫。我们的身体是有温度的，但是彼此都是坚硬的。

这与夏漫小说《夏日曼陀罗》中的描述很是不同。

"那一瞬间，犹如在白昼看到满天的星光。"这是夏漫描写她的初吻。

我无法想象，如何在白昼看到满天的星光，但是夏漫说她看到了，那一定就有。

我和胡晓最后止步于接吻。

胡晓的工作是幼儿园教师，这是所有的婆婆最满意的儿媳妇职业。多好，生下小孩就能自己教育，最需要呵护的年龄，就在自己的身旁，简直再完美不过。我同意母亲的意见，对于婚姻这件事，上一辈人走过了漫长的人生，早已看穿了婚姻的真相。

用经济学家薛兆丰的观点来看，结婚就是办家族企业，签的是一张终身批发的期货合同，双方一起拿出自己的资源办企业。

胡晓的职业是一份很好的合作资源，对此我也认同。

我深深地知道自己最大的优点以及最大的缺点，都是理智大于感情。

如果说每一场婚姻都应该披上一件"爱"的外衣，我也愿意配合着将这件事做得温情脉脉一点。

至于真爱？那种怦然心动的慌张，那种思而不得的辗转反侧，那种拥你入怀的亲密感恩，我至今未曾感受过，我想那些都是小说家编写出来的绚烂幻想，好让我们苍白而庸碌的人生能够变得浪漫一点。

胡晓对我是满意的，直到我的职业打破了胡晓的幻想。

我的职业是刑警，胡晓是清清楚楚地知道的，她对此还有一点小骄傲。她觉得有我这样一个男朋友非常有安全感。

那天是一个突发案件，一个城中村里十二岁的男孩被杀。事情很简单，隔壁邻居的小青年是个不学无术的混混，平时趁着这户人家白天去上班、孩子上学，悄悄地摸进人家家里，偷个十块八块的。这户人家租的不过就是十几个平方的城中村小隔间，东西也是乱七八糟，平时做小生意收的都是零钱，丢了十块八块的，也没有留意到。这天，这家的孩子期末考试，考完了就提前放学回来了，没想到撞见了邻居小青年在自己家偷东西，就喊了起来，惊慌之下，小青年就勒住了孩子的喉咙，生生地把孩子勒死了。

孩子被谋杀这件事是很显而易见的。找凶手却费了几天时间，因为这户人家坚持说自己家里并未丢失任何东西，所以破案没有往偷盗的方向走。等到抓到凶手，核对孩子的伤口和凶手的手掌尺寸，完全吻合，这才把案件结了。

胡晓那天突发奇想，来单位等我下班，我刚从法医解剖室里出来，身上带着浓烈的尸体味道，还没来得及换洗冲淋，胡晓看到我就飞奔而来，拥抱我。

"你今天身上怎么一股奇怪的味道？"胡晓很疑惑地问道。

"你撞大运了，老大刚抱过尸体，还没洗澡呢。"赵辰故意恶作剧开着玩笑道。

赵辰以为胡晓和我谈恋爱一定是对我的工作很熟悉了，没想到胡晓立刻忍不住脸色发白，当场呕吐了起来。我想要扶胡晓一把，胡晓都跟见了鬼一样，连连后退。

我唯一一次的恋爱，就此告终。

胡晓的妈妈后来知道了这件事，怕得连和我妈都不敢多见面。我妈也没有办法，只能怪我自己，不早点把胡晓搞定。

对于失恋这件事，我懊恼是有的，毕竟我的人生计划就是跟这个叫胡晓的姑娘结婚，处到一半结不成了，感觉自己的一项工作计划失败了。但是如果说什么伤心难过，那是绝对没有的。

见过了那么多意外的死亡，生命之脆弱，人生之无常，我早已感受很深。只要活着就是最幸运的事情，至于感情，感情从来都是平凡的人生中最昂贵的奢侈品。

有人一辈子就是为了感情这件奢侈品而来的，比如夏漫。

有人一辈子就是为了好好活着这件事而来的，比如我。

显然夏漫有着比普通人丰沛的感情经历，所以她才写了这么多的情感小说。有人说夏漫迄今为止写的十七本小说，都是她自己真实的感情记录。

我并不相信这件事，但是我愿意让自己这么信着。

我是夏漫资深粉丝这件事，是我的一个秘密。没有任何人知道。我不会告诉任何一个人，我看过夏漫的每一本书。可以很自豪地说，我看夏漫的小说比夏漫粉丝团的团长都要早得多。这是我的秘密。

我看夏漫的小说，这得真心感谢互联网。所有夏漫的小说，我都是看网络连载。我从未买过夏漫的任何一本实体书，因为很难想象，夏漫的小说和《法医骨学》《尸体图鉴》并排放到一起的模样。我甚至能想象夏漫的小表情，右边的眉毛轻轻一挑，眉心一蹙，轻轻咬住下嘴唇的右侧，然后吃惊地看着我。

我甚至能听到夏漫的内心画外音："李警官，你没搞错吧？"

我想象着夏漫做这些的时候，我会不由得微笑，好看的人，做什么表情都是好看的。

除了死亡之后。

比如庄永生。

夏漫的丈夫庄永生，我见到他第一眼的时候，他已经是一具尸体了。

庄永生曾经可能英俊的脸庞，因为失血过多，已经苍白到泛青色了，浑身笼罩着一股死亡的恐怖感。

我没有见到庄永生最帅的模样，但是我可以想象，他严格意义上一定是很帅的，否则夏漫怎么会喜欢他？我这么认为并没有觉得夏漫肤浅的意思，我固执地认为夏漫值得拥有一个最好的男人，这种好必须同时包括外貌以及内在。

庄永生的死因初步判断是被谋杀，心脏被插入匕首，一招致命。

庄永生死亡的时间需要法医进一步鉴定，初步判断在凌晨2点到5点之间。那个时间段，庄永生的身边正熟睡着他的新婚妻子，夏漫。庄永生死时并无痛苦，他正在深度睡眠中。当然，这也是因为他服用了大剂量的褪黑素的缘故。

庄永生死亡的时候，全身赤裸，身无一物。用夏漫的话来说，庄永生有裸睡的习惯。更重要的一点是，庄永生临死之前曾有过激烈的性生活，并未清洗。

关于这一点，夏漫也承认了，他们昨晚睡前做了一次爱，结束之后，夏漫去冲了个澡，回来后发现庄永生睡着了，就没有喊他起床。

我面无表情地记录着这一切，内心却波澜万丈。

我不接受夏漫曾经跟面前的这具尸体有过激烈的性生活这件事。夏漫拥有的应该是这个世界上最美好的爱情、最完美的爱人、最幸福的生活。

　　夏漫的性生活应该和蓝色的月亮、璀璨的星光、迷人的暗香以及最温柔的爱人联系在一起，而不是一具尸体。

　　我不允许任何人打破我的这点期待。

　　"老大，现在看来，庄永生的妻子夏漫是最大的嫌疑人，这一点毫无疑问。"徐璐一边转着手中的圆珠笔，一边将双腿翘到办公桌上，仿佛在说一件毫不重要的小事。

　　这让我想到了夏漫，即使是坐在病床上，她也会挺直腰杆，用最好的仪态和我说话。

　　"小徐，把腿放下！看看你什么样子，坐没坐相，女孩子家家怎么就不讲究一点？"我不带好气地说着。

　　徐璐被我猛地一说，条件反射地将腿放下。放下之后她才感觉有点不对劲，奇怪地看着我："老大，你怎么了？发火也别冲着我啊。"

　　旁边的赵辰对着徐璐使了个眼色，徐璐把话咽了下去。

　　"老大，你问夏漫，问出点什么头绪来了吗？"赵辰试图将话岔开。

　　"她情绪有点不稳定，没有说什么具体的。"我回答道。

　　"装，她就装吧！我跟你们说，这种女人我见多了，就是典型的绿茶婊。你看看她那装腔作势的样子，知道的人说她是女作家，不知道的人还以为是哪个明星呢！说她写什么文章啊，怎么不去做网红呢？！"徐璐一口气哗啦啦说了一堆。很明显徐璐不待见夏漫，反过来，我也看得出来夏漫对徐璐有着明显的敌意。也许女人对于漂亮的女人，都有着同类相残的本能吧。

"她怎么装了？"赵辰看我没有吱声，鼓励徐璐接着说下去。

"老大跟她做笔录的时候，她居然要求我回避。还保护隐私呢，她老公都死了，自己不知道吗？老公半夜死在旁边，她难道一点都不知道？就是呼呼大睡？这件事她要是能脱得了干系，我徐字倒着写。"徐璐噼里啪啦说了一大堆。

"徐璐，现在事情还没有查清楚，不要对任何人进行预判，这太不专业了。"我控制着声音和情绪，对着徐璐说。

"咱们这是闲聊嘛。"徐璐小声地说。徐璐到底是一个专业的刑警，稍微点一下，她就马上能意识到自己的不妥。

"老大，夏漫的嫌疑的确最大。时间、地点、动机，她全部都具备。"赵辰立刻把徐璐的话接过去。

"时间、地点，我承认。但是动机这一点，夏漫并不具备。"我如实地说出我的想法。

"夏漫和庄永生很相爱，这是谁都知道的事实。"我补充道。

徐璐和赵辰交换了一下眼色，被我迅速地捕捉到了。

"你俩什么意思，有话直说。"我突然心里有些没有底。

夏漫到底有没有杀人，其实我并无确切的证据，只是我的直觉或者说我的内心坚定地认为夏漫不会杀人。

徐璐快速地打开电脑，点击夏漫的小说网站。

"到底怎么回事，你们赶紧说。"我看着徐璐一系列流利的操作，心里越来越没有底。

"老大，你是从不看言情小说的吧？你知不知道夏漫在结婚之前连载着一本小说叫作《完美恋人》，这本小说是悬疑风格，跟她之前的小说文风大相径庭。夏漫的出版公司还特意为夏漫的这本小说打上了'纯美爱情小说教母夏漫转型之作'这样的宣传文案，但是显然她之前的粉丝并不为这本书买单，点击率一路下滑，早就已经跌出榜单前一百名了。庄永生被杀那天，夏漫断更了一天。那天正是庄永生发现被杀的日子，夏漫是受到过度惊吓住院了，也就是她被你问话的昨天。接着到了昨天晚上，夏漫将这个小说突然结尾了，小说的结尾居然用了庄永生被杀这个现实情节。这个小说现在一下子翻红了，不仅仅是在网站上排名第一，也上了新闻热搜。夏漫这一下就转型成功了，妥妥的悬疑爱情小说。你说以上种种不是动机，是什么？"徐璐一边操作，一边跟我解释。

说完，就将电脑转向我，我看到网站上读者的留言都已经超过一千条，点击已经过一千万了。

昨天因为事情太多，我还没有来得及看夏漫更新的小说，竟然错过了第一时间的重要新闻。一瞬间，我无话反驳。

如果真的如他们所描述的那样，那么庄永生被杀，最大的受益人明显就是夏漫。

"今天早上还有热搜消息说，有电影公司有意向购买该小说的版权，并计划拍成中国版的《消失的爱人》。"徐璐不无讽刺地说。

"要是拍成了，我铁定去看。"赵辰也跟上补充了一句。

"我也去看。"我也补了一句。

"老大想看什么？"徐璐和赵辰同时问了我这句。

"我想看看谁来演夏漫。"我平淡地说。

"嗨，老大，你还别说。今早这个改编的消息放出去，据说各大面瘫小花都让经纪人去抢这个书的女主人公呢，这明显就是谁演谁红的角色啊。这前期新闻都足够炒一轮热搜了。"徐璐继续八卦着。

"走，那我们赶紧去找夏漫。"我站了起来。

才走了一步，我就想起一个重要的问题："小徐，那书里，谁是杀人凶手？"

徐璐深深地看了我一眼，故意慢慢地说："你就是杀人凶手。"

我双手一挥，阻止道："别闹小徐，说正经的。"

赵辰笑了一下，跟我解释道："小徐没有闹，书里就是这么写的，结尾就是这样。大致的意思，我给你总结一下，夏漫的意思是说每一个看书的人都是杀死庄永生的凶手，因为你们都在期待着庄永生被杀。只有庄永生被杀了，读者才满意，这本书才活了。"

我愣了一下，这个结局倒是我没有想到的。可是总有一个人代替"无数个你"动了手了的，这总得有个人去干吧。

这个动手的人，究竟是谁？

第五章　危险关系

第二次见到夏漫的时候，夏漫已经不是我所熟知的夏漫了。我所见到的已经是著名悬疑爱情小说家夏漫。

我和夏漫本人之间，隔着长长的描述和定义，咫尺天涯。

虽然夏漫还在岛上，暂时不能离开，但是夏漫已经把她的房间变成了一个临时办公室。在庄永生死后，夏漫就换了一家酒店，她要了酒店最大的总统套房，她的助理、责任编辑、商业经纪人都住在她的周围。

因为夏漫的爆红，她的日程安排被切割到按分钟计算。无数家媒体都等着采访夏漫，这些趋之若鹜的媒体都想比警方更早地发掘出真相。当然这是不可能的。

影视剧里那些独立调查记者，意外发现警方所不知道的独家线索这种概率，只能存在于影视剧中。

我被安排到十三点到十三点二十分之间见夏漫。时长二十分钟，可以提前结束，但是绝对不能拖延，因为后面是夏漫的新书专访。

"李警官想要问夏漫老师哪些问题，能麻烦跟我提前做个沟通吗？"夏漫的助理李果小姐客气又冰冷地和我公关道。

"不好意思，李果小姐，根据我国的法律，我作为该案件的第一负责人，我必须对我所调查的问题进行保密。您不是当事人，恕我不能透露。"我面无表情地拒绝。

我知道自己的表现很让女生害怕。胡晓说过，只要我不笑的时候，就有一种让人害怕的气场。我相信这对于一个刑警而言是一件好事。

果然，李果吐了吐舌头，说了一个"哦"，转身就推门进去和夏漫汇报了。

过了两分钟，李果就出来了，冲着我招招手，让我进去。

我略有迟疑地抬手看了一眼手表，12 点 28 分，离我和夏漫约定的时间还有半个多小时。

李果很肯定地点点头，我跟着李果进去。

推门进去，经过一段长长的墨绿色走廊，再推开一道红色的门进去，我终于看到了夏漫。

夏漫站在纱窗边，背对着我们。

她穿了一条长长的无袖白色连衣裙，裙摆几乎拖到地上，若不是她的一头亚麻色的头发在裙子外面披散着，她几乎要和纱帘融在一起。纱帘被海风吹拂着，隐隐约约可以看见不远处翻滚的海面。如果不是这个案子在中间隔着，这样一个美好的场景，有佳人临窗而立，是一幅很美好的画卷。

"漫姐，李警官来了。"李果温柔又怯怯地说。

夏漫依然没有转过身来，轻轻地挥了挥手。李果悄声地转身退出去了。只在关门的时候，留下了一声沉闷的声音。

整个世界突然安静下来。

此时，我和夏漫之间，隔着两张宽大的米色包金边雕刻的真皮沙发，沙发面对面排着，显然是让夏漫和访谈者对话的。

"夏漫小姐。"不知为何，看到夏漫，我的声音也不由自主地温柔了起来。

听到我的喊话，夏漫依然站立在窗前，却慢慢地低下了头，随即肩膀轻轻地抖动了起来，如纱帘轻抚。夏漫在哭泣。

这是让我有点意外的局面，我迅速地让自己冷静下来，眼神快速地浏览了一下房间，看到沙发旁边的转角茶几上放着一盒纸巾。我走过去，将纸巾盒拿起来，走上前。

"需要纸巾吗？"我问夏漫。

对于女人的眼泪，我从来没有很好的解决办法，唯一我会做的就是递上纸巾。

这话听起来，似乎表明对付女人的眼泪我很有经验，其实我所有的经验都来自我的母亲和妹妹。至于我曾经谈过的那场恋爱，胡晓还没有来得及向我流泪，唯一的一次流泪就是被我吓到呕吐，我也根本没有机会安慰。

夏漫慢慢地抬起头，转过身来，从我递过的纸巾盒里慢慢地抽了一张纸巾，说了一声："谢谢。"

在夏漫抽动纸巾的瞬间，一股沁人心脾的暗香，慢慢散发开来。我不知道是纸巾的芳香还是夏漫用的香水。

这个时候，我突然想到那句夏漫写的话："犹如在白昼看到星光"。

夏漫轻轻地在眼底擦了擦，有点不敢用力的样子，怕擦去妆容。

我将眼神从她身上移开，不去看她的小动作。

"有几个问题，我们需要问你一下。"我决定直奔主题。

"您请说，请随便坐。"夏漫很快收回了她柔弱的样子，很利索地指着沙发招呼我。

我有点失落，说实话，我还是喜欢夏漫刚才那副柔弱落泪的样子，那会激发任何一个在她面前的男人的保护欲。

夏漫自己走向了沙发，经过的时候，她的长裙轻柔地扫过我的脚背，她在其中一个沙发坐下，坐下的时候，我看到她长裙底下居然光脚穿着一双白色的酒店拖鞋。她的脚指头从拖鞋的前端调皮地露出来，可以看到脚指甲被涂成好看的亮红色。

夏漫抓到了我的视线所投之处。

"来之前做的光疗美甲，想着结婚喜庆一点，还没有来得及洗掉。"夏漫一边小声地解释，一边将脚缩回到她的长裙里，似乎是做了一件不可原谅的错事。

"没事没事，我理解。"我词不达意地安慰着。

我不知道我想说理解什么。理解夏漫涂指甲，还是理解夏漫没有卸掉这个红色指甲油，还是理解夏漫去解释这件事的借口？

场面骤然冷了下来。

我突然想到一个问题："我跟你这边约的是一点到一点二十分，现在不打扰你吧？"

"哦，本来这会儿是我午休的时间。我睡不着，正好你早到了，就让你进来了。"夏漫突然将语气转成淡淡的口吻，客气且疏离。

"你平时睡眠好吗？"我揣测地问。

夏漫迅速地扫了我一眼，眼神锋利："这是工作问题，还是私人问题？"

夏漫是一个绝佳的谈话高手，能迅速地抓住事情的本质。甚至可以这么定义，如果夏漫现在算是一个犯罪嫌疑人，那么她可以说是具备了超高的反审问能力。

"工作问题。"我一本正经地问，看向夏漫的眼睛。

"不好。"夏漫简短地回答。

"睡眠不好的时候，你服用药物吗？"我继续追问。

"偶尔。"夏漫更加警惕。

"服用什么药物？"我接着追问。

"GNC 的褪黑素 1mg 的剂量。"夏漫此刻已经视我为对手。

"庄永生出事那天，你服用了吗？"我看进夏漫的心里。

"嗯。"夏漫不可置否。

"'嗯'是服用了的意思？"

"是的，我服用了。"夏漫的表情俨然是南极两千年的冰霜。

"庄永生是否服用了你的药物？"

"没有。"

"没有是指他没有服用，还是你不知道他服没服用？"我必须问清楚。

夏漫停住了回答，眯起眼睛看向我，将我从头到脚扫视了一遍，声音放慢却充满挑衅："你什么意思？"

我必须承认夏漫作为一个最当红的女作家，有着她自己的气场，她反问我的时候，威严、冰冷且充满着让人喘不过气来的压迫感。

"我的意思就是字面的意思，庄永生是否服用了你的药物？他没有服用，还是你不知道他服没服用？"

夏漫想了一下，吐字清楚地回答："我认为他没有服用。但是严格意义上来讲，应该是我不知道他服用没有服用。虽然我们住在一起，但也不是每分每秒都在一起的，比如我洗澡、上洗手间的时候，对方上洗手间的时候，还有很多很多分分秒秒我们彼此无法关注到对方的时候。"

"好，那庄永生平时有没有服用类似药物的习惯？"我继续问。

"没有。不，严格意义上来说，我不知道他有没有。"夏漫冷静地说。

"你杀了庄永生吗？"我问出最后一个问题。

夏漫突然笑了，露出标准的八颗洁白完美的牙，如庄永生一样，这都是花了高价整牙美白后的结果。

"你觉得呢？"夏漫轻轻地带着调皮的笑意问我，这个笑容像是在挑逗。

我将眼睛看向别处，稳了稳情绪，一字一顿地告诉夏漫："我相信你没有。"

夏漫意外地看着我，来不及给自己的情绪铺上一个对外的职业表情。

对，这才是真实的夏漫，爱憎分明、情绪敏感且脆弱，有着浓烈的爱、强烈的恨、丰富的好奇心以及最为敏感的心。

夏漫自己从不知道，其实她自己才是一个完美恋人。

并不是庄永生。

我从夏漫的房间出来的时候，时间不过才十二点五十一分。夏漫提前让我进去了，但是也提前结束了我们的谈话。我本以为我可以让这场谈话持续到我们约定的结束时间，也就是一点二十分，但是很显然夏漫并不想和我多谈。

"这是每一个犯罪嫌疑人的正常反应。"徐璐说。

"这是每一个被审问人的正常反应。"我补充说。

徐璐耸耸肩膀不置可否。

我离开的时候，看到李果端着一杯百香果汁进去了，李果走过的时候百香果汁香气四溢。

"等一下。"我叫住李果。

李果愣了一下，因为突然停住，百香果汁飞溅出杯外，惨兮兮地挂在玻璃杯的边沿，橙黄透明。

"夏漫小姐下一个约是几点？"我看着李果问。

看的间隙，我认真地打量了一下李果，二十四五岁的样子，俏丽的短发，天然和谐的五官，也是个美女。看来夏漫招助理，也看颜值。

"下一个访客本来是在您之后，一点三十分。现在暂时还没有人。"李果战战兢兢地回答。

"你在夏漫小姐身边工作几年了？"我看着李果。

"三、三年多吧。李警官，您还有其他事吗？漫姐在等着我。"李果因为紧张而有点结巴。

"你负责夏漫小姐的什么具体工作？"我接着问。

"我算是她的第一助理吧。"李果说。

"谁发你工资？"我继续问。

徐璐快速地看向我，证明她也对这个问题抱有浓烈的好奇。

"出版社。我和夏漫小姐的所有账目都由出版社负责。"李果说。

听起来没有什么问题。

"嗯，你进去吧。"我挥挥手放过李果。

"老大，你怎么回事？你是不是怀疑这个助理啊？"徐璐在我的耳边好奇地问。

"在凶手没有确定之前，所有人都值得怀疑。越近的人，自然可疑的程度就越大。有时候凶手就在你的对面看着你。"我看向李果走进的那扇门的方向，门打开了，我似乎看见夏漫侧躺在刚才讲话的沙发上，曲线绵延。

徐璐伸出脑袋看了一下打开的门，可惜门立刻就关上了。

我们走到电梯口的时候，一个穿着黑色西服正装的超短发中年女性过来了，坚定地看向我，伸出双手。

"您好，我是夏漫小姐的宣传经纪王佳晴。您是李警官吧？"

我握住王佳晴的手，点点头，等着她进一步开口。

"李警官，请问一下夏漫小姐什么时候能够离开这个岛？您知道的，夏漫小姐最近的活动有点多，有些是推不掉的。再说这种事情，如果耽误得久了，夏漫小姐就很难解释了。这对我们夏漫小姐的事业伤害很大。"王佳晴软硬兼施地跟我说了一大堆话里有话的事情。

我点点头，说："宣传经纪？这么快就也赶过来了？贵社这是把整个家都搬这里来了？你们出版社的其他业务都不用管了吗？"

王佳晴笑笑说："夏漫小姐现在是我们出版社最重要的作者，我们自然要围着她转。在商言商，趋利避害，人之常情而已。"

"现在出版社都这么有钱了吗？昨天才发生的事情，今天你们都到了。你们是包机来的吗？"徐璐的嘴巴不饶人，直接就想说什么就说什么了。

"哦，我们不是为了夏漫小姐的这个案件特意飞过来的，我们是来参加夏漫小姐的婚礼的。"王佳晴微笑着解释。

"参加夏漫小姐的婚礼？"我重复她的句子。

"是的。不提婚礼这件事了。发生这样的意外，我们都不好过。李警官您看看能不能让夏漫小姐尽快回去，我们会配合您的调查，并且保证随叫随到，但是我们希望能够让夏漫小姐尽快回到正常的工作中来。"王佳晴继续重复她的要求。

"尽快回到工作中？夏漫小姐的先生才过世，我不认为现在夏漫小姐回去能有心情好好地工作。"我觉得出版社简直是把夏漫当成了赚钱机器。

"夏漫小姐是一个很坚强的人，我想她可以扛下这份悲伤。还请李警官多多关照和支持。"王佳晴继续不卑不亢地说。

我点点头，没有回答。

电梯门开了，王佳晴做了一个请的动作，我先走进去，徐璐跟着过来。我按了"1"，电梯门开始关上，我看到王佳晴盯着我，一直到电梯门将她隔在门外的世界。

第六章　群体的谋杀

"你去查查夏漫的助理李果，还有这个王佳晴。"我对着徐璐说。

"好。老大是怀疑这两个？"徐璐问我。

我点点头："哪里有这样的人？这简直就是压榨夏漫！你难道没有觉得她们对夏漫并不好吗？"

"我没有觉得啊。哪里有问题？"徐璐摇摇头。

"夏漫出来结个婚度个蜜月，为什么她们都跟着，你没有觉得很奇怪吗？"如果是我结婚，我是不喜欢那么多工作人员跟着的。

"夏漫也算是半个名人吧，出来跟着工作人员很正常啊。你看看那些当红明星，连在机场自己买瓶水都不会。这些人在生活中，不就是一个废物吗？"

"徐璐，注意你的措辞，不要带有偏见！"我被"废物"这两个字刺痛了。

徐璐吐吐舌头，继续笑着说道："再说了，大家都希望婚礼能够热热闹闹的，人多好玩嘛。"

"好玩吗？"我依然在想刚才的事情，心不在焉地说道。

"老大，有一句话，我不知道当说不当说。"徐璐犹犹豫豫地开口。

"说！哪儿那么多废话！不让你说，你就不说了吗？刚才说得已经够多了。"我粗着声音故意吼徐璐。

徐璐笑嘻嘻地看着我说："老大，我觉得在夏漫这件事情上，你有点偏袒夏漫。"

我心里一惊，看向徐璐："别瞎说啊，我对事不对人。你说一个小姑娘出来度个蜜月，最后一天老公枉死在枕边，普通人遇到这种事，是不是吓个半死？现在她还被列为第一嫌疑人，行动也被限制。你说说，是不是值得被同情？"

"如果她是杀人凶手呢？"

"她不是！"我一口否定掉。

"老大，你有证据了？你有新的嫌疑人了？"徐璐的眼睛突然放亮。

我摇摇头，补充道："还没有，但是我相信她一定不是。"我坚定地说。

"为什么这么说？喂喂喂，老大你是不是怀疑什么？那真正的杀人凶手是谁？"徐璐兴趣大增。

"叮"一声响，电梯门打开。

我看到电梯的门口站着夏漫的责任编辑马一鸣，手里拿着一只黑色的保温杯。

这是我和马一鸣的第二次见面。

第一次是在医院里，电梯门口相见是第二次。

马一鸣是一个典型的中年男人，加上"油腻"的定语也不为过。

如果不是亲眼所见，根本无法相信这样一个男人居然是夏漫的责任编辑，一直在出版言情书籍。

不过也没什么，就像我这样一个刑警暗地里也是夏漫的书迷，就没什么想不通的了。

马一鸣看到我，脸上立刻堆出一朵灿烂的笑容："李警官，走了？"

"走了，不走不行啊，夏小姐逐客了。"我半开玩笑半认真地说。

"哎呀，夏漫就是这个脾气，您多多包容。她这两天心情不好，要是说了什么得罪的话，李警官还请不要放在心上。"马一鸣的态度和宣传经纪王佳晴简直是一个天上，一个地下。

"没事，干我们这一行的，什么人都见过，正常。走了！"我朝前大跨一步，走出去。

徐璐立刻跟上我，朝着前面走去，一边走一边嘀咕："也真是难为这个马一鸣了，夏漫这样的娇小姐，不知道他怎么吃得消的。"

"你要是能帮这个马一鸣赚那么多钱，他估计也能吃得消你。"我开着玩笑说。

"老大你什么意思？我很难相处吗？"徐璐不满意地抱怨着。

我笑着看向徐璐，眼神的余光看见马一鸣还在看向我们这边，回过头去看向马一鸣，果然马一鸣没有进电梯，一直看着我们离开。看到我回头了，马一鸣立刻脸上又堆了一朵花儿，朝我弯了弯腰，示意了一下。我朝着马一鸣挥挥手，头也不回地离开了。

回到队里的时候，赵辰给了我一份法医报告。

报告显示：根据尸检，死者左胸部有一创口，深达胸腔，致心包膜及左心室前壁全层破裂，心包内积满血液，结合其创口具有创缘整齐、创壁光滑、创腔内无组织间桥、创角一钝一锐之损伤特征分析，说明死者系单刃刺器作用于心脏，致心脏破裂出血、心包填塞致循环功能障碍死亡。在死者胃部，发现有服用过量安定。

"老大，你怎么看？"徐璐又一次把脚搁到了桌子上。

我忍了忍，没有说徐璐，但是有一种莫名的恐惧感。

"赵辰，你怎么看？"我看向赵辰。

"根据法医报告，简单粗暴地讲，就是庄永生睡前被人下了安眠药，所以庄永生压根就无法醒过来，然后趁着他熟睡的时候杀了他。"赵辰说。

"好，那庄永生平时有没有服用类似药物的习惯？"

"没有。不，严格意义上来说，我不知道他有没有。"

"我认为他没有服用。但是严格意义上来讲，应该是我不知道他有没有服用。虽然我们住在一起，但也不是每分每秒都在一起的，比如我洗澡、上洗手间的时候，对方上洗手间的时候，还有很多很多分分秒秒我们彼此无法关注到对方的时候。"

我和夏漫的这一段对话声音，不由自主地从我的脑子里跑了出来。

"老大，老大！"我被徐璐的声音叫醒。

我转过头来看着徐璐和赵辰说："夏漫有服用药物助眠的历史。"

"看，我说吧，夏漫肯定脱不了干系！"徐璐开心地一拍大腿站了起来。

"但是夏漫服用的是褪黑素。"我继续说。

"褪黑素和安眠药不是同一种药物。"赵辰说。

"但是服用之后，都能让人迅速入眠。"徐璐说。

"不行，我得再去一趟，我必须亲自问问夏漫。"我站起来说。

"老大，我跟你一起去。"徐璐也立刻站了起来。

"我也去。"赵辰说。

我想了想，摇摇头，说："这样太兴师动众了，这次我一个人去。赵辰你去看看其他的化验报告出来了没，徐璐你把夏漫所有小说的实体书都买一本过来。"

"所有的？"

"对，从第一本《夏日曼陀罗》开始，到最新完结的《完美恋人》。"

"《完美恋人》的实体书，估计还没有那么早出吧？这才连载完啊。"徐璐看来是一点都不了解出版行业。

"小徐，你不知道现在网上连载的书，并不是作者真的一边写一边连载的。早在连载完之前，书就写完了，出版社那边就等着一连载完，就可以直接出版了。现在更有一种快速的模式是，网上小说一连载结束，电视剧已经拍完了。根本就是全程无缝对接，以保证在小说最热的时候，持续发挥它的粉丝黏性。"我跟徐璐解释。

"老大，你做功课做得这么多！果然是我们的老大，专业度还是无人能及！我还真不知道这些。那么也就是说，夏漫这本书的小说结尾早就已经写好了，也许几个月前就写完了，除了她自己以外，出版社、责任编辑和她的助理，甚至可以说她团队里的每一个人都有可能早就知道这本《完美恋人》的结局。"徐璐继续发挥着她的逻辑推理能力。

"是这个意思。"我点点头。

"老大，这么说的话，这个庄永生之死，很可能是一桩蓄谋已久的谋杀案，更有可能是一桩集体谋杀案。为的就是能够保证夏漫的这本新书走红。"赵辰严肃地说。

"这个脑洞有点大。但是如果真的是这样，那么这件事的性质就不是简单的杀人案了，而是集体谋杀案。希望不要变成这样。"

我转动手中的圆珠笔，想着夏漫到底知不知道这件事。是她策划了这件事，还是她压根对此事一无所知？

晚上九点十八分，我敲开了夏漫的房门。来之前我特意换上了自己日常的衣着，黑色的 T 恤，深蓝色的牛仔长裤。

"进来。"夏漫充满疲惫的声音从厚实的门后轻轻飘出来，显得那么不真实。

夏漫盘腿坐在白天的那张沙发上，已经是换上了一套运动装，白色的宽松短袖 T 恤，黑色的紧身短裤。夏漫的头发松松的，扎了一个马尾在脑后，像是要去运动。因为盘着腿的缘故，夏漫的短裤几乎短到大腿根部，两条白皙的大腿，格外显眼。

"嗨，我们又见面了。坐吧。"夏漫对我像是招呼一个老朋友一样招呼着，但是声音已经有着说不出来的疲惫。

"累了？不好意思又来打扰你。"我一边坐一边说。

夏漫抬头看了我一眼，笑了一下："第一次看你不穿警服，有点不习惯……挺好看的。"

我不自然地笑了笑，坐了下来。

"想喝点什么？"夏漫轻松地端起一杯旁边的橙黄色饮料，一边喝一边问我。

"水就好了。"我拘谨地说。

"要不要尝尝我喝的这个？"夏漫微笑着说。

"百香果汁？"我看了一眼夏漫的饮料。

"对啊，来尝一尝，非常好喝，我的最爱！"夏漫直接将她手里的杯子递给我，透明的玻璃杯上，可以看见淡淡的唇印。

我从未和女生分享过同一杯饮料。连之前和我谈恋爱的胡晓，也没有。

我抬眼看了一眼夏漫，夏漫眉眼透明，一副有了好东西想要和好朋友分享的样子。我搓搓手，尴尬地笑了一笑，清清嗓子说："谢谢夏小姐，不用了。"

夏漫的眼神黯淡下来，将杯子收回去，自己喝了一口，说："好吧。冰箱里有水，想喝就自己随意。"

"好。"我没有动。

"你中午的时候说，你相信我不是杀人凶手？"夏漫先主动提到这个话题。

"是的，我相信。"我认真地回答。

"为什么？"夏漫歪着头看着我。根据这几次的接触，我发现只要夏漫开始对一件事好奇，她就会如一只小猫一样，歪着脑袋看向你，眼睛里充满了好奇。

"没有理由。"我如实回答。

夏漫收回眼神，喝了一口百香果汁，想了想，又看向我。

我闻着百香果汁酸酸甜甜的香味，瞬间让我如回到了初一的夏天。

"万一，你的相信是错的呢？"夏漫有点调皮地看向我。

"那我相信你有你的理由。"这是我的真实想法。

"李警官，你对你的每个嫌疑犯都这么善解人意吗？"夏漫的语气里已经有了笑意。

我喉咙紧了紧，觉得刚才应该喝夏漫的果汁。

夏漫瞥了我一眼，站了起来，走向冰箱，打开。我看到冰箱里除了水，空空如也。

夏漫拿出一瓶矿泉水，递给我。

"谢谢。"我由衷地说。

不得不说，夏漫是一位非常敏感的人，她洞察了我的一切情绪转换。

"我没有杀庄永生，你是对的。"夏漫坐回到我的对面，慢慢地说出这句话。眼睛一直看到我的心底最深处。

"我爱他。"夏漫瞬间跌入漫长的回忆中。

夏漫开始给我讲述她的最后一段爱情故事，这是我第一次亲耳听夏漫讲述她的爱情，比她之前所有的文字更鲜活与动人。

第七章　颐和园的蓝色月亮

我和庄永生第一次正式约会是在北京颐和园安缦酒店，时间是晚上九点半。

这距离我和庄永生在高铁站分开，有整整九个小时。

约会的时间是庄永生定的，庄永生说，有没有空晚上九点半喝一杯？

我说好啊，可以啊。

我回复的时候，说得随意又轻松，仿佛我在北京只是为了闲逛一样，随时有空。

事实上，那天晚上我有两个重要活动：一个是和影视公司商定我的小说改电影版权会议；一个是我北京书迷会的活动。为了庄永生这随意的"一约"，我将我的小说电影版权打了八折卖给影视公司，并且自愿将今年的生日会放到了北京，由北京书迷会承办。

这些都是值得的。只要我认为值得。爱情中的所有成本都是由自己决定的，你愿意为这段感情付出什么，就是什么。

好不容易签完五百本小说，我立刻结束书迷会活动。为了能够保证我在九点半之前准时到达安缦酒店，整个签名的过程，我连一口水都没有喝。书迷们自然都认为我超级敬业，对我更是增加了几分好感。

八点三十二分，我终于可以脱身。

司机问我："夏小姐，你下一站是要去哪里？我送你。"

我说："颐和园安缦酒店，九点半能到吗？"

司机面色为难了一下说："我尽量。"

我心里咯噔了一下，问司机："我之前看过地图，好像只要五十分钟就能到。"

司机说："如果不堵车，可能可以，这是最理想状况。夏小姐明天要是还需要去别的地方，您可以提前和我说，我帮您提前看时间。"

那我们赶紧走吧。二话不说，我拿上包就往外冲。

我不能迟到，我不能迟到，我不能迟到。

这是我当时唯一的念头。

从来没有如此深刻地体验北京的高峰期。本以为这个点已经错过高峰，谁料车子依然是一步三停。

我看着车外排成长龙的景象，焦虑与秒俱增。

司机从后视镜里看到我焦灼的表情，轻声问我，夏小姐很急吗？

我回过头来，点点头，很肯定地回复：有点急。

司机想了想说，如果想要准时的话，还有一个办法，就是我把您送到地铁口，您坐地铁过去。地铁不会堵车。

好！咱们去最近的地铁口。

司机小心翼翼地问了一句，夏小姐您坐过北京的地铁吗？

没有，但是没关系，你告诉我怎么坐。

我很坚定地回答。

　　司机帮我用百度地图搜索了公交方案，截图给我，告诉我如何乘坐，并将我送到了最近的地铁站口，青年路站 B 口。这是我第一次在北京坐地铁，我永远都记得。

　　司机放我下来的时候，依然不太敢相信，我能够自己坐地铁去，问了好几遍："夏小姐，你可以吗？你可以吗？"

　　我点点头，微笑了一下，说："你放心吧，有问题，我再电话求助你。"

　　事实上，司机才一走，买票的问题就把我难倒了。我看到很多人在机器上买票，我浑身找了半天，才发现自己身上压根就没有带零钱。只能去人工售票处购买，这个差不多又花了我接近十分钟的样子。

　　好不容易买了票，上了地铁 6 号线，我看了一下司机给我发的截图，才明白后面还要站内换乘地铁 4 号线。

　　所有这些折腾的细节，庄永生永远都不会知道，为了见他这一面，于我而言是小辛苦，却又是大幸福。这就是爱情最初最动人的模样，越过千山万水，只为你。

九点半的时候，我刚出地铁 4 号线的北宫门站 C 口。

我给庄永生发了一条微信：在路上啦。

庄永生秒回：在路上啦。

一模一样的信息，显然就是直接复制了我的内容。我瞬间笑出了声。我可以想象他收到这条信息的样子，以及回复时候的心情。

出了地铁口，灯光瞬间变暗，刚才地铁里挤满了人，出来之后似乎就在瞬间消失于北京的各个角落。

我跟着百度地图，继续往前走，从地铁出来拐进一条漆黑的胡同，胡同又黑又长，根本就看不到任何酒店金碧辉煌的迹象。

我有点害怕，给庄永生发信息，问："北京是一座安全的城市吗？"

庄永生回复："相信我，北京在全世界都是最安全的城市。"

相信我。

我当然相信你。

从一开始，我就无条件相信庄永生，他说什么，我就信什么。

酒店的大门不显山露水，加上夜间暮色，如果不放慢脚步，几乎会轻易错过。跟着导航，来到位于颐和园东门前的一条小路，导航提示到了，便看到青砖红门和石头原色的两只狮子，还有金色的英文 AMAN 的字样。

进大门后是一处灯光打亮着的影壁，再往前是酒店大堂。

酒店大堂前是一处开阔的空地，沉默地停着两辆黑色的轿车。

酒店大堂前，红色的雕栏画柱被灯光勾勒出一个个精致的轮廓。

从踏入颐和园安缦酒店的那一瞬间开始，我便相信那必将是一个美好的夜晚。

我不知道庄永生为什么会选择在这里见面，也不知道这个地址是庄永生的刻意挑选还是偶尔为之，还是庄永生曾经带过其他人来到这里。这些，通通都不重要。

我到底还是比庄永生早到了一点点。我跟随服务员的引领来到了茶室。茶室在酒店深处，不是有人带领，我根本找不到。我只记得我穿过了一个书房模样的屋子，再经过一个客厅一样的套间，再穿过一个长长的走廊，走到一个靠近池塘的房间，就是可以喝茶的地方。

服务员问我坐里面还是坐外面的时候，庄永生说他到了。

我立刻出门找他，而他则同时进门找我。我们彼此语音焦灼着，仿佛就要从此错过。

蜿蜒曲折了几分钟，我们终于在北京夜晚近十点的时候，再次遇见了。

再遇见，仿若隔了数十年，他就在对面，我却有点想不起初遇时他的模样。

庄永生似乎是刚做完运动回来，一身休闲的打扮，戴着棒球帽，帽子压得很低。和昨天高铁上的他，几乎是两个人。

茶室有道高高的门，跨进去的时候，庄永生几乎和我同时跨进去，那一瞬间，我们离得很近，近到小于一厘米，我闻到他身上如烟草一样的香水味，才感觉到这是我曾经见过的庄永生。

我和他不约而同地选择了坐在茶室的外面，对着池塘。隔着很远很远的地方，已经有了一桌客人，除此之外，就没有其他人。

每一张桌上，都点着一个小小的蜡烛，烛光的可见度仅能让你看清眼前的人的轮廓。这个小小的蜡烛光芒，将我和庄永生瞬间圈进一个小世界里，与世隔绝。

那一个夜晚，庄永生要了一杯酒，我要了一杯茶，我已经记不得我们具体是喝了什么。

只记得似乎我们说了很多很多的话，似乎又没有说什么。

只记得那晚，月亮挂在对面颐和园的上空，很蓝很大很美很圆。

"北京的夜空，已经很久不能看到月亮了。你是不是记错了？"李伟警官犹豫地说出了他的疑问。

我深深地看了李警官一眼，搜索着我的记忆。

我记得很久以前，羽泉组合曾经出过一首歌，名字叫作《叶子》，其中有几句歌词是这样的：爱情是什么颜色的，如果忧郁是蓝色的；快乐是什么颜色的，如果寂寞是灰色的；天空是什么颜色的，如果汪洋是蓝色的；我说天空也是蓝色的，因为他们彼此相爱了。

我相信每个人的爱情都有不同的颜色，而我和庄永生的这段爱情，一定一定就是蓝色的。我想这就是我为什么能够在北京雾霾沉沉的夜晚，依然清晰地看到蓝色月亮的原因。

"咚咚"，房门被敲响了。

"进来。"我对着门外说了声。

进来的是李果，手里拿着一个托盘，托盘里有一个玻璃杯，玻璃杯中盛着透明的水，还有一个棕色白盖子的药瓶子和一瓶酸奶。

还没有等我开口，李伟就走上前，伸出手问李果："我能看一下吗？"

李果将瓶子递上去，眼神中有着抗拒的表情。

"什么药？"李伟看向我。

"记忆片。"我接过玻璃杯，大口地喝水。

李伟显然是没有听清我在说什么，皱起眉头又问了一遍："什么片？"

"银杏婆罗米强记忆片。吃了，记性好一点。"我指指脑袋。

说完，我就从李伟的手中接过瓶子，倒出一粒，直接丢进喉咙，服用下去。然后接过酸奶，直接管子用力一扎下去，喝了起来。

我对李果点点头，李果也朝我点点头，离开。

"你每天要服用多少种药物？"李伟很是不理解地问我。

"五六种吧。综合维生素、褪黑素、记忆片，好像还有钙片，还有葡萄籽。最近不记得胶原蛋白还在不在喝，我忘了。"我淡淡地说。

"为什么要服用这么多？是医生要求的吗？"李伟问我。

"我自己要求的。"我继续喝着酸奶。

"我们人一天正常的进食，就已经足以支撑我们每天所需要的营养了，你不需要额外吃这些药的。"李伟居然对我苦口婆心了起来。

我笑了一下，只好告诉他原因："因为我不正常进食。"

说来好玩，李伟的双眉居然不由自主地皱在了一起，似乎有点"心疼"。

我伸出手，拍拍李伟的肩膀，安慰地对着他笑笑。李伟居然将手翻上来，握住了我的手。

李伟握住我的手，看着我，眼神挣扎，一动不动。

我看着李伟的眼睛也一动不动，静候他下一步的动作。我在心里默数，一，二，三，四，五。

不过就是五秒的时间，到第六秒，李伟已经放开我的手。

"不好意思，夏小姐，我先告辞了。"李伟迅速地避开我的眼睛，快速地站起来，想要抽身离去。

我脑子还没有反应过来，本能地如抓住最后一根救命稻草一样，喊了一声："等一下。"

李伟一下子就停在那里，看着我。

我站起来，脚慌忙地穿进酒店白色的绒布拖鞋里，却因为慌张，而套不进去。我索性不穿了，光脚走到李伟面前。

李伟一下子就呼吸局促起来，我仰头看着李伟，双手固执地抓住他的双手，然后慢慢地将他的双手放到我的腰上，我感受到李伟的十指犹豫了一秒又迅速渴望地抱住了我的腰，一把将我抱进怀里。

很好，很好，非常好。

就是这样。

不要松开。不管眼前的是谁，我贪恋这片刻强壮有力的怀抱。

等到李伟把我松开的时候，我发现我们接了一个漫长而又温柔的吻。我已经记不得这个吻是怎么开始的了，我只记得李伟在我的引诱下把我抱住了，然后我靠在了强壮而结实的胸膛上，紧紧地环住了他的后背，然后闭上了眼，然后就忘了。

我只记得闭着眼睛目眩神迷的感觉，也记得李伟的小心翼翼和温柔疯狂。

我总算确定李伟警察也是爱着我的这件事。总算心安了。

对于和李伟亲吻这件事，我回过神来的时候是深深愧疚的，但是我不后悔。我想庄永生一定会原谅我的，他一定不舍得我在这个世界上过着没有爱情的人生。这不是我夏漫，从来都不是。

"对不起。"这是我听到李伟离开时说的最后一句话。

然后李伟便如旋风般消失在外面的世界。

我有点困了，我想我该睡了。我发了语音给李果。

自从庄永生在我枕边出事后，我再也不敢独眠。

李果说她一分钟就到。

不知道是不是因为那个吻的缘故，第二天警方通知我可以离开这个小岛，唯一的条件是我回到自己的城市，不能离境。还没有等我点头同意，马一鸣就一口答应了。

对于这件事，我是深深内疚、自责、难过且不愿意接受的。

我不愿意接受爱情中任何明码标价的交换，虽然我早已经明白等价交换是世界上最公平的原则。可是对于爱情这件事，我偏偏就不愿意遵守这个规则。

我爱你，无所谓你爱不爱我，因为这是我一个人的事。

你爱我，你管我到底爱不爱你，因为这是你的事。

如果凑巧，我们彼此相爱，那么也请我们不要做任何利益上的交换，只要好好爱爱就好。不用去衡量谁比谁付出的多，或者是少。

我盘腿坐在丁香紫丝绒的三人沙发上，抱着一个靠垫不说话，看着眼前的每一个人。

李伟、赵辰和徐璐都穿着一身警服，昂首挺胸地站着，尤其是徐璐，更是目不斜视地站直了。

李伟的眼神一直在回避着我，压根就不敢和我有任何对视。

李果今天穿了一条铁锈红底白色大波点的低胸无袖连衣裙，领口应该是做了防走光处理，无论她如何弯腰，只能见风光不能见春光。

马一鸣直接套了一件当地的游客衫，蓝色的底色，椰子树画满了全身，乱七八糟的，真的是服了马一鸣的品位。

我还没有睡醒，直接被他们从床上拖了起来，我也来不及换上衣服，披了一件酒店的睡袍裹上，直接面对各方的眼光挑剔。

狼狈的人生总是在你还未做好准备的时候，突然降临。

"谢谢李警官，有任何需要我们夏漫配合的地方，我们保证一定全力配合。"王佳晴的话十分商务，赶走警察的潜台词说得如此明显，我听了忍不住扯着嘴角一笑。

徐璐用冷冷的眼神迅速地扫了一眼王佳晴，直接递给我几张纸。

"麻烦你签一下字。"徐璐冷冰冰地甩出这几个字。

我笑笑，接过纸和笔，在签名处，迅速地写下自己的名字：夏漫。

这个小岛的飞机总是在半夜出发。总有一种一旦飞出，随时会掉进太平洋的错觉。

关于死亡这件事，我还没有准备好，所以我希望能够平安离开。

我想庄永生也一定没有准备好，他却永远地被困在这个岛上，不得救赎。

入安检口的时候，我瞬间崩溃了，死命地抓着不锈钢的围栏，我的左手无名指上依然戴着庄永生送我的蒂凡尼铂金婚戒，戒指和不锈钢在博弈之间发出刺耳的碰撞声，我的脚根本不愿意迈进去。

如果我这么离开这个小岛的话，我想我一辈子都不会再来了，我总有种错觉，庄永生还在这个岛上，他们一定是骗我的，庄永生根本就没有死，我所见到的一定只是大家配合我演的一场戏，为的只是能够让我的小说走红。毕竟小说结局男主人公被杀这件事，在我来小岛之前就已经被决定好了。马一鸣、王佳晴，甚至是我的助理李果都投票选择了男主人公被杀。

明明故事有另外的结局的，为什么非要人死亡才叫悲剧呢？为什么只有谋杀才叫悬疑呢？这是对"悲剧"和"悬疑"有多深的误解，才做出的决定啊。

可是，我明明才是这个决定最初的提议人。

"是我杀了庄永生，你把我抓起来吧，求求你。"我冲到门口的保安身边，歇斯底里地喊着。

大家都还没有来得及反应，只有马一鸣第一个冲了过来，一把抱住我，拖了回去。我怎么挣扎都没法挣脱马一鸣的束缚。

我用力在马一鸣的胳膊上咬了一口，马一鸣猛地一抬头，看着我，手却丝毫没有放松。马一鸣的胳膊迅速出现了一个很深的牙印。我被马一鸣受伤的眼神吓了一跳，嘴巴不由得松开了。

马一鸣屏住一口气，将我交给李果和王佳晴。

"你们看好漫漫。"马一鸣命令道。

李果立刻吓得连连点头。

王佳晴看着马一鸣的咬痕上渗出血来，立刻从自己的手袋里拿出一个创可贴给马一鸣贴上，沉着声音训斥我："夏漫，你闹够了没有？"

被王佳晴一训，我的眼泪开始涌了出来。

"你们为什么要带走我？放我回去……"我无力又小声地抵

抗着。

可是，人们在求助的时候，往往是没人会应答的。

没人听得到我的呼救，从来没有。

第八章　弃掉的底牌

听说，夏漫走的那天大闹了机场，被人连抱带扛，才上了飞机。

听说，夏漫走的那天哭了一路，拒绝离开这座小岛。

听说，夏漫走的时候曾亲口承认是她杀死了庄永生。

这些都是听说而已，我并未亲见。

我未曾参与夏漫生命中最甜蜜芬芳的部分，也未曾经历她最痛苦悲伤的部分；不知道她最开心的微笑究竟怎样如夏花般灿烂，也不知道她最崩溃的眼泪怎样如冬雨般冰寒。

这是我的错，只能是我的错，必须是我的错，我永远不会原谅自己。

至于那些我知道的属于夏漫的痛苦，那些亲见的、那些亲闻的、那些亲身感受的痛苦，那样真实地蔓延在我的眼前，我却无能为力地看它无止境地将夏漫吞噬，这更加是我的错。

我不知道有多少人的爱情是建立在痛苦和愧疚之上的，但是我相信这也是爱的一种方式，那种绝望而揪心的感觉，时时在午夜时分在我眼前萦绕徘徊，这让我无比想念夏漫。

当然还有那个短暂的拥抱，以及值得我回味一生的拥吻。这是我迄今为止的人生中最浪漫柔和的光——来自一个我永远读不懂的女人，夏漫。

没人知道我和夏漫的那一拥吻，除了我们自己。

我必须将庄永生的谋杀案弄个水落石出。

出事的酒店早已经恢复了营业，夜晚灯火明亮，笑迎往来宾客，丝毫没有半点发生过谋杀案的迹象。

唯独那间出事的房间，依然还不对外开放，警方需要保留现场证据。

出事的房间是 3806 号，是一个行政套房。古铜色的门把，厚重的红色实木门，厚厚的地毯，纯白色的床单，KingSize 的床。

这些细节我闭着眼睛，都能一一复原。我甚至能复原刚看到庄永生时的情景：他被翻了过来，仰面躺着，胸口插着一把刀。

我也能复原当时夏漫的神情：眼睛里没有半点光，说不出来是恐惧还是空白，眼泪和着庄永生的鲜血，脸色苍白，凄艳绝美。

"先生，请出示一下您的证件。"酒店前台的小姐，礼貌又客气地阻止了我。

我将警官证拿出来，很快地晃了一下。酒店前台的小姐，立刻换上了顺从却又不适的神情。

"我要去一下 3806 号房间，取证。"我快速地说。

前台的小姐立刻迅速地给我做了一张卡，递给我，脸上有犹豫的表情。在她没有说出来这句话之前，我很自觉地说了一句："我自己上去就好。"

38 层的房间，私密且幽深，一脚踏入，感觉如入鬼魅之地。坐着电梯往上升的时候，我似乎听到夏漫和庄永生在电梯里的嬉笑声。

庄永生揽住夏漫的腰，夏漫撒娇地抬起头，看着庄永生。庄永生便低下头，轻轻地吻了她，接着轻吻变成了深吻，直到电梯门打开，夏漫和庄永生才嬉笑又缠绵地分开。

分开便是下一场暴风雨的序幕。庄永生一把将夏漫抱起，夏漫笑着说："别闹别闹……"

这个房间外围贴着公安封条，我打开房间，再次看见了夏漫和庄永生同床共寝的地方。

我走到这个 KingSize 的床边，闭上眼冥想。

等我睁开双眼的时候，我似乎看到了第一次在现场调查取证时未发现的东西。天花板上的烟雾警报器红灯偶尔闪烁，依然在固执地执行着自己的工作，它无所谓人在或者不在，也无所谓世间男女的千姿百态。也许只有它才从头到尾地看到了夏漫和庄永生在这间房间相处的每一分钟。

想到这儿，我立刻跳了起来。我戴上手套，站在床上试图去够这个烟雾警报器，差那么一点点。

我将写字桌整个拖了过来，再将凳子放了上去，终于够到了。我将烟雾警报器整个拧下来，倒过来一看，发现烟雾警报器里有一个针孔摄影机，这是一个可充电针孔摄影机，摄影机里的电池早就已经没有电了，摄像头里面的存储模块里的内存卡也早就被拆走了。唯独因为这个摄影机卡死在烟雾报警器里，没有拿出来。当然硬拿也是拿得出的，但是显然安装的人不想让别人觉察出异样，所以就把内存拿走了，只留下了针孔摄影机。

直觉告诉我，这个针孔摄影机一定是为了偷拍夏漫而安装的，或者说是为了偷拍夏漫和庄永生而安装的。那么这个安装的人到底是谁呢？

夏漫的日常生活完全靠着别人打理，从助理李果到出版社的执行经纪，夏漫的身份证、照片、银行卡信息，她身边的人全部都知道。甚至她所有合作过的甲方，也因为她订酒店订飞机而知道。

可以这样说，夏漫是一个没有私人秘密的人。无论是情感生活，还是私人信息，在夏漫走红的那一天开始，这一切都意味着公诸于众。

但是夏漫还是有秘密的，比如夏漫和我之间的秘密。

我为自己能够成为夏漫的秘密而备感荣幸。

回警队的时候，徐璐告诉我一个惊人的结果，庄永生查无此人！

庄永生的身份证是真的，出生年月是真的，一切跟这个身份证有关的信息，统统都是真的，唯独这个真实的庄永生不是夏漫的庄永生。

庄永生的身份证上写着，他是湖北省黄冈市罗田县人。警方来到当地才发现，那个庄永生是一个三十多岁、满脸黝黑、身材瘦小的大龄未婚男性，在当地一个黄酒厂做着小工。当警方将夏漫的照片拿出来给庄永生看的时候，庄永生的脸上闪现出恍如隔世的光芒。他从来不知道世界上有另一个庄永生，以他的身份，拥有着如此光彩夺目的太太。

等他知道那一个冒名顶替的庄永生已经意外身亡的时候，这位见识不多的青年很是坦然地接受了自己灰暗色调的人生。他说："人的福气就这么多，这么好看的姑娘，怎么能成为我的老婆呢，还是名大作家，那就更折寿了。"

庄永生的父亲在他出生之时就只有一个朴素的愿望：这个孩子能够健健康康活下去。永生自古以来都是帝王的奢望，而对于平常百姓来说，这不过就是一个许愿般的吉祥语。夏漫不知道她最爱的三个中文字"庄永生"的由来便是如此。夏漫不知道，在嘴巴呈圆形读出第一个字的时候，她觉得最好听的发音，不过就是一个男性盘踞的姓氏。

据说，庄永生离开的时候问警队去的同志，夏漫的名字怎么写，写了哪几本书。庄永生他一辈子从没有看过言情小说，他开着玩笑说想看看他的"婆娘"写的小说究竟是什么。

这是真实的庄永生永远不能理解的世界。

真实的庄永生也想有一个姑娘。问庄永生，娶一个姑娘回家有何好处？庄永生嘿嘿笑了半天，直爽地说，姑娘可以帮他洗衣做饭，可以和他生个孩子，可以在他深夜醉酒回家的时候给他倒上满满的一盆热洗脚水。他说最羡慕的就是隔壁家的刘志强，每次刘志强喝酒回家，无论多晚，无论多醉，刘志强的老婆总是会给他倒热水喝，而庄永生就只能喝凉水。这是庄永生对这个叫作"爱情"的东西，最朴素的理解，而这种理解和夏漫所理解的爱情，完全不同。

　　警察让庄永生想一想为什么他的身份会被另一个人所用。

　　庄永生想了半天，想起十七岁那一年，他曾经去武汉看过世界，看到了语文课本中的长江大桥，却完全不及脑中想象那般壮丽。他也看到了东湖水，一望无边，平静透明。他看到武昌的白玫瑰大酒店里高鼻子绿眼睛的人来来往往，据说是来这里收养小孩。这也是他不理解的世界。他不懂绿眼睛的人为什么要领养黑眼睛的人，一看就不是自己亲生的。他说如果这一辈子都没有姑娘愿意跟他，那么领养一个小孩给他养老也是可行的一种方法，但是如果要领养，他会领养自己村里的别人的二胎。

　　庄永生说他不喜欢武汉，武汉的人太假、太浮、太现实。不如他自己的家乡来得扎扎实实。

　　至于夏漫生活的上海，呵，那该是怎样的一个世界。庄永生说，大上海也没有多稀奇，现在也不过就是一天高铁就能直达的事情。

　　庄永生说他十七岁从武汉回来之后，就发现身份证丢了，他也没有当回事。谁料这个身份证是被别人捡到了，复制了他的人生。

　　为了证明自己过得并没有比那个"假庄永生"差，这个真庄永生在调查人员临走的时候还主动爆了一个料，他说他也知道女人的滋味是如何。他的女人名字叫作"小花"。那是他对武汉唯一瑰丽的回忆。

他的叔叔带他去汉口的江汉路一家叫作"胡丝乱想"的美发店"理了一次发"。

"太贵了，一次理发居然要五十块钱。简直是抢钱。"事到如今庄永生依然会为这次的事情深觉不值。

更加不值的是小花的服务，不过就是三十秒。

"进去的时候，我让她转过头去，她就转过头去了。我不想让她看见我长什么样。因为我不会娶她回家的。万一她看见我，以后来找我怎么办。"庄永生一边回忆一边回味一边惋惜。

"其实她现在如果来找我，我倒是不介意。我告诉你她长什么样，头发是蜡黄的，蓬松的，脖子后面有一颗痣。我还亲了那颗痣一下。"庄永生窃喜地说。

同事亮出了警察身份的时候，庄永生害怕了，连连解释说这些经历都是自己瞎编的，因为"谁不会吹牛啊"。

夏漫的庄永生，究竟是谁？谁都不知道。

"我们来猜猜这个假冒的庄永生，到底是干什么的。"徐璐突然对这个死去的庄永生充满了好奇。

"间谍！一定是间谍！"徐璐自己随即就脑洞大开地说道。

"间谍？夏漫有什么值得间谍看上的地方？就她那些小情小爱，只有你们这些无脑的单身女青年喜欢看。有点脑子都不看的，好吗？你怎么当警察的？智商也有掉链子的时候啊！"赵辰奚落着徐璐。

徐璐懒得和赵辰争辩，白了赵辰一眼。

"我倒是觉得庄永生有可能看上了夏漫的财产，所以接近她。你没有听说过有些渣男是职业爱情骗子吗？"赵辰说出了他的推测。

"你们俩是认真的吗？这算是闲聊还是在认真分析？智商一个个都掉沟里去了。你们别忘了，当初是夏漫先喜欢上的庄永生，是夏漫追的庄永生。你觉得夏漫要是决定去追求一个男人，这个男人有可能不动心吗？"我用力敲敲桌子，很是为两位搭档的"爱商"羞愧。

"夏漫有那么好吗？你们男人都喜欢这一款白莲花吗？"徐璐对夏漫从来就没有什么好的评价。

"哈哈哈，听你这口气，一副羡慕嫉妒恨加上寂寞孤独冷。你要是有夏漫百分之一的恋爱经验，也不至于天天跟着我们混案发现场了。"赵辰嘲笑徐璐。

"说得好像你多有恋爱经验一样。上一次表白还是在酒吧看上一长发姑娘，想要开口的时候，却被你兄弟截了胡吧？"徐璐直戳赵辰的软肋。

"我那叫成人之美。天下姑娘千千万，铁杆兄弟金不换。"赵辰依然鸭子死了嘴巴硬。

"跟你一个大直男说不清楚。我们来问老大，夏漫这种女人，你到底喜不喜欢？"徐璐转过头问我。

我一时愣住，不知如何回答。

"不过老大也没有多少恋爱经验啊。"徐璐一边笑着，一边将难题抛给我。

"老大，你单独审问了夏漫这么多次，感受如何？是否怜香惜玉？"赵辰开着玩笑问我。

我的感受如何？

夏漫是一个绝佳的恋爱对手，对方所有犹豫徘徊的心思，试探询问的语气，眼神交会的闪光，以及悄然变化的荷尔蒙，夏漫都能精准地捕捉到。她给你最肯定的反馈，鼓励你继续发掘自己爱的能力，然后在关键的瞬间将你一举攻破。

这些她都没有刻意去想、刻意去设计、刻意去计算，她凭借着她爱的本能，告诉你爱情是这样的模样：它可以曲折婉转、提心吊胆、甜蜜揪心、决然崩溃或者绚烂绽放。

我自认是一个言语和行为非常克制的男性，我也不知道夏漫是如何得知我很久之前就已经爱上她这个事实。她得知这个事实，比我得知来得更加精准更加早。

如果不是夏漫惊慌失措地说那句"等一下"，如果不是夏漫伸出的那只手，我永远不知道，爱上一个人的滋味，是这么纤细、这么美好、这么动人、这么温柔、这么光芒万丈。

我不可以爱上我的犯罪嫌疑人。这是我牢记的规矩。

可是我偏偏爱上了，这是多么深刻真实且无可奈何的一件事。

不过和夏漫才分开了十一个小时，我就想马上见到她。

我想闻到她身边飘过的百香果汁的芬芳，我想看见她眼中晶莹旋转的眼泪，我想伸出手告诉她：我在这里，一直都在，永远不离开。

夏漫的爱情，比夏漫的爱情小说更加动人。

我爱夏漫。

这是我的秘密。

夏漫知道。

我知道。

"来把夏漫签字离开的同意书拿过来。"我对着徐璐说。

"哦。"徐璐不解地打开文件柜，从案卷里抽出昨天夏漫签字离开的那张纸，递给我。

我看着纸上夏漫龙飞凤舞的签名"夏漫"，忍不住笑了起来。

夏漫不叫夏漫，我怎么会不记得？

夏漫，夏漫，我此刻就朝你飞奔而来。

第九章　最完美的伪证，最真挚的爱情

再见到夏漫，是在十六个小时之后。

半夜的飞机飞越太平洋的时候，我完全感受到了夏漫的绝望与恐惧。随着飞机夜灯熄灭，我靠着窗，望向漆黑的深夜，眼泪悄悄地渗了出来。

爱情中最痛苦的部分，从来不是失去，而是爱而不能言，以及爱而不可得。我爱夏漫这件事，我不能和任何人说，我知道，夏漫知道，可是我们彼此都不能说破这件事。至于在旁人眼里，我就是那个对夏漫一遍又一遍不断盘问、冷酷无情、无比理性的铁面警察。

所有普通情侣之间，平常不过的牵手，毫不起眼的并肩行走，在我这里都是奢望。我隔着重重山峦与海洋，看着夏漫，她也看向我，"我们"却只能是"你"和"我"，而永远不可称之为"我们"。

只有等到那一天，夏漫不再是我的嫌疑人，我或许可以对她光明正大地表白，请求她让我守护她的一生。可是，那时候的夏漫和我之间又将隔着什么呢？

如果没有夏漫，我或许还可以找一个胡晓这样的姑娘，淡然走进未来的人生。可是在我单色调的生命里，曾经拥有过夏漫这样五彩的复色光，又如何让我能甘心将就着单色光，走进人生漫长的黑洞里呢？

为了可以拥有正大光明和夏漫表白的机会，我必须将庄永生的谋杀案，查个水落石出。

这个案件是了解夏漫上一段爱情的隧道，也是唯一可能将我和夏漫的未来连接在一起的地下管道。即使需要我从中间满身污泥地爬进去，头破血流地穿梭其中，失去一切地走出来，我依然义无反顾。

我从头到尾认真捋了一遍庄永生被杀案，从二月十五日接到报警，我们警方介入这件事情以来，到今天为止不到一百个小时，可是我的人生、夏漫的人生、逝去的庄永生的人生，以及真实的庄永生的人生都已经被悄然改变了。

目前的进展是，庄永生的死亡原因被明确为：被他人用利器刺伤心脏而导致死亡。死前曾服用大量安眠药物。死亡时间为凌晨两点到三点。现场除了死者庄永生，唯一的人是夏漫。

夏漫是第一嫌疑人，但是凶器上没有夏漫的指纹，经过盘问夏漫似乎也没有刺杀庄永生的理由，动机暂且保留（如果说让新小说走红是一种动机的话）。

庄永生并不是死者真实的姓名，真实的死者姓名还须调查。也许夏漫会知道一些。

夏漫在浦东的丽思卡尔顿酒店举办小说改编电影发布会。夏漫穿着一条大红色的斜肩拖地长裙，黑色的头发松散地盘在脑后，正红色的口红，明丽的妆容。远远地看过去，浓妆红裙下的夏漫，并没有任何生命热烈的迹象，反倒是疏离的眼神给她铺上了一层冷艳的光。

不过就是十六个小时未见，眼前的夏漫似乎已经不是十六个小时前的夏漫了，她那亚麻色的长卷发也已经变成了黑色的盘发，浓妆的样子和作家这个身份，隔得犹如天长地久那么远。如果不是我对夏漫无比熟悉，我真的要怀疑，站在台上的那个夏漫，根本就不是夏漫本人，而是一个傀儡。

发布会现场，呜嚷呜嚷坐满了人，连走廊上都站满了慕名而来的夏漫的粉丝。

"夏漫！夏漫！"

"漫漫，我爱你！"

"夏漫小姐，看这里！"

"漫漫人生路，我与你携手共度！"

周围闪光灯和粉丝的喊叫声，此起彼伏。

我到达的时候，夏漫正眼神疲倦地在她小说的易拉宝前，听从媒体的要求，摆着各种姿势，她的动作优美、熟练、仪态极佳，唯独没有一种夏漫独有的生命力。

我看到夏漫的眼神往我这边扫了一眼，我的心脏以五倍的速度狂跳了起来，不过就是一秒，夏漫的眼神又飞走了，她根本就没有看到我。

又是一秒，夏漫的眼神又飞了过来，我看到她的眼睛晶莹明亮，然后对着我的方向微微一笑。她看到了我，她终究是看到了，我深爱的夏漫终究在十六个小时之后穿过上百人的人海，看到了我。

不只是夏漫看到了我，夏漫的助理李果，夏漫的经纪人王佳晴，夏漫的编辑马一鸣，全部都看到了我。

第一个冲上来的人自然是雷厉风行的王佳晴。王佳晴对我的厌恶，我隔着十米都能深刻感受到。

王佳晴不由分说地拉住我的胳膊，拉着我往后台走去。

"李警官，这就是您的不是了，您过来，好歹提前跟我们打个招呼。今天在场这么多书迷和媒体朋友，您穿着警服过来，是不是太招摇了一点？好歹，我们夏漫还没有被下结论是杀人凶手，您这样，就不太好看了。"

我低头看了一下自己，因为太想立刻见到夏漫了，我从办公室出来，未来得及想起换警服，就冲向了机场。

"抱歉，抱歉，走的时候太匆忙，是我考虑不周。"我真诚地道歉。

王佳晴迅速地判断了一下我的言辞，相信了我的道歉发自真心，面色稍微缓了缓。

"李警官，不好意思，我没有别的意思，说话可能有点重。因为今天对夏漫挺重要的，您这边请。您稍做休息，夏漫活动结束了，我就让她过来。"王佳晴将我引入里面的休息室。

离开的时候，我回头看了夏漫一眼，夏漫正微微弯着腰给读者签名。夏漫松散的发髻掉下来，在她雪白的脖子上弯曲绵延。

我和夏漫面对面见到的时候，已经又过了一小时十八分钟。

我坐在夏漫的休息室里，无人理睬。夏漫的衣服正挂在休息室的衣架上，是一件白色的开司米开衫，一件裸色的重磅真丝无袖衬衫，一条黑色的亚麻长裤。这一定是夏漫今天从家里穿过来的便装。

出于职业习惯，我本能地取下夏漫的开衫，快速翻到领口处看了一下衣服的尺寸，毫无意外，果然和我猜想的一样，是 0 号。

当我转过身的时候，发现夏漫正站在我的身后，红裙红唇，炙热浓烈，眼神冰冷。

我拿着夏漫的开衫，放也不是，挂也不是，结结巴巴地解释："我……我……就看一下尺寸。"

夏漫将我手中的衣服轻轻抽过去，不带任何感情色彩地说了一句："李警官还有什么地方怀疑我的，尽管直接问吧，用不着这么小心翼翼。"

"不是这个意思，我……我就是想看一下你穿几码。"我脑子一抽，又说了一句废话。

"现在知道了吧。哦，我还可以给你补充一点，三天前我穿的是 0 码。"夏漫还是淡淡地说，声音毫无生气。

看着夏漫用疏离的口气回答我，我的拳头紧了紧，不知道如何去解释这件事。

"哦，知道了。"我只能被动地说着。

夏漫将开司米开衫披上自己裸露的肩头，在休息室的长沙发上坐下，红裙层层叠叠堆满了她的脚边。

休息室里并无其他椅子，我只能靠着沙发的一边，站也不是，坐也不是。

"李警官，好久不见，怎么突然赶过来了？"夏漫冷冷地客套地和我说话，试图寻找一个舒服的姿势坐好，这个姿势并不优雅，却是极为舒服的姿势，夏漫的后背抵着沙发背，有点后仰。

对于这个坐姿，我心里是暗暗高兴的，因为这说明夏漫在我的面前很放松。

如果一个女生，能够在和你吃饭的时候，食欲很好，甚至吃得比你还多；能够在和你说话的时候，不顾仪态放松地坐着；能够在你开车的时候，安心地在副驾驶座上睡着，这些都说明她和你在一起非常放松。

有时候放松是因为不在乎你，有时候放松是因为她完全把你当作自己人，对你毫无防备。显然，夏漫之前在我面前处处讲究仪态，这次她能放松坐姿，说明在她的潜意识里，我已经在她的"安全范围"内。

"十七个小时十八分钟，没有很久。"我认真地看着夏漫说道。

夏漫迅速地抬眼看了我一下，"呵，没有很久吗，我怎么感觉已经很久了呢。岛上的事情，不是另一个世纪的事情了吗？"

是，十七个小时十八分钟，明明物理上没有很久，可是我也觉得仿佛已经三秋。这些话，我不敢说给夏漫听，因为一旦说出口，我不知道事态会往哪里走。

"庄永生的真实姓名，你知道吗？"我决定快速进入主题，因为我怕和夏漫相处再长一点点时间，我就完全忘了自己的本职所在。

"庄永生的真实姓名？不不不，李警官你记错了，改过姓名的人是我，不是永生，永生的身份证上的名字就是庄永生啊。"夏漫果然不知道庄永生的真实情况。

"夏漫，你听我说，我现在问你的每个问题，你都要认真仔细地想一想。"我忍不住将手按向夏漫的肩头，夏漫的开司米开衫因为我的动作顺着肩头一滑，我的手就直接触及了夏漫的肩膀。

夏漫拢了拢开衫，不由得坐直了身体，变了变脸色，离我远了几厘米，沉下声音说："你说吧。"

我的手指停在半空中，尴尬地转了个弯，收回原有的位置。

"死去的那个人，你的未婚夫，真实姓名并不是庄永生，他用的身份证上的真正主人还在原籍所在地好好地活着，名字也叫庄永生，年龄什么的都一模一样。不，应该这么说，死去的庄永生用了这个身份证上庄永生的真实情况，死去的庄永生是个假的庄永生。"我严肃地告诉夏漫结论。

夏漫又往椅背后面靠了靠，眉毛往上一挑，很冰冷地问："所以呢？"

"所以，死去的庄永生是假的，他是在骗你的。"我愣了一愣，直接说出我的结论。

夏漫的眼神和我对峙了几秒钟，突然放声大笑起来。

我被夏漫笑得有点慌张，只能被动地看着夏漫。

夏漫笑着笑着，就用手捂住了自己大笑的脸，我看到她的肩膀抖动，双手盖住自己的脸，再也不愿意松开。

这一瞬间，我才意识到自己是多么残忍。我告诉一个刚失去丈夫的女人，她不仅现在失去了丈夫，连她过去拥有的一切都只是一场虚妄。

慢慢地夏漫松开了自己的双手，眼泪已经破坏了她精致的妆容，像是一朵被画坏了的曼陀罗。

夏漫振奋了一下精神，反问我："李警官，你千里迢迢来这里，就是想要跟我说这个吗？有意思吗？庄永生骗我？骗我什么呢？就算他的身份证信息是假的，其他的都是真的啊。"

我摇摇头，不是很理解夏漫这番话。

夏漫站了起来，和我面对面站着，略带仰头地看着我："李警官，你爱过人吗？你对你爱着的人撒过谎吗？"

被夏漫这么一问，我喉咙发干，忍不住咽了一口口水。

夏漫的眼神落到我的喉结上，又迅速移开，继续问："一个人的信息重要吗？我的本名也不叫夏漫，我的很多信息都是包装出来的，我也是假的。但是站在你面前的这个人是真的，我真听真看真感受，所以我是真的，和你说话的这个我就是真的。至于庄永生，他爱我，这是真的；我们的相处回忆，这是真的；我们在一起的每一分每一秒，这是真的，所以，庄永生是不是庄永生又如何呢？他叫庄永生，李永生，赵永生，随便什么永生都可以。

这些，对我一点都不重要。爱情不应该是用一堆证件来证明的，爱情是应该用你自己的真心来证明的。永生他真爱我，这一点，我又不是傻子，没人比我本人更加知道和了解。"

我非常意外，没有想到夏漫对于庄永生是伪造身份的这一点毫不意外。这不应该是正常人的反应，除非夏漫早就知道庄永生根本就不是庄永生本人。

"万一，庄永生对你的爱，也是假的呢？"我脱口而出。

第十章　悼亡者的访问

　　我曾听过很多很多的情话，男人的真心或假意，在情话说出口的当时，都是无比动人、甜蜜。

　　我也曾说过很多很多的情话给男人们听，一半走进了他们的心，一半错付真心。

　　这些都没有关系，我不介意他们说假话与我听，如果他们觉得这些假话是必需的，那我就会微笑接受：感谢你为了取悦那一刻的我，违背你的意愿与底线说了这些假话。多么深刻的付出，比那些价值昂贵的礼物更价值连城。

　　与假话相比，我誓死热爱男人们的真话，这些真心话，或者温柔，或者美丽，或者残忍，或者傻气。语言流露真心，真心书写真意，多么好。成年人的真心，从来珍贵，若是你肯赋予，我便一定加倍珍惜。

　　可是，从来没有哪一刻如此刻这样，让我对真话充满抵触和恐惧。

　　因为我亲耳听到眼前这个叫作李伟的警察在问我："万一，庄永生对你的爱，也是假的呢？"

　　我的今生挚爱庄永生，在我们蜜月的最后一天，被人杀死在我的枕边。

现在这个莫名其妙跑过来的警察告诉我，不仅庄永生的身份是假的，连庄永生对我的爱都是假的。

我冷冷地看着面前这个叫做李伟的警察，这个似乎有点喜欢我的警察，他的眼睛里虽然充满了对我的疼惜，但是义正词严，神情坚毅，似乎他说出的一切结论都是出于警察的公义，而非出自一个男人本能的妒忌。

所以我应该相信他吗？

庄永生是假的。

爱是假的。

那么这个世界，还有什么让我留恋的余地？

这一定是有哪里搞错了。

我收了收我的表情，闭了闭眼睛，然后重新张开，微笑地站起来，拎起我那层层叠叠的红裙裙角，开司米的开衫滑落下来，裸露出我的左肩膀，我也没有顾得上拢起来。我看到李伟很疑惑地看着我，我继续对他安抚地微笑了一下，走向化妆台。

化妆台上有一杯李果给我提前准备好的百香果汁，我伸出我精心做过光疗美甲的手，指尖刚触碰到玻璃杯，就一把牢牢地握在手中，我四十五度转过身来，歪着头，柔声问李伟："李警官，要尝一下我的百香果汁吗？"

李伟警官疑惑的眼神迅速变得羞涩，喉结不由自主地上下抖动了一下。

快说你要，快说你要，快说你要。

我心里焦急地默念着，表情依然维持着温柔的微笑。若论演技，我相信眼前的这个李伟警官，绝非我的对手。

我记得上一次我邀请他喝我的百香果汁，他拒绝了。我不确定是不是他压根不喜欢百香果汁，还是他不好意思用我的杯子。

我的眉毛继续往上挑了挑，给他默默地传递了一下希望他喝的压力。

果然，他的停顿不超过三秒，就伸出手来说："谢谢夏小姐。"

盛满百香果汁的透明玻璃杯，从我的手上到了李伟的手上，我的眼睛依然微笑地注视着他，嘴里小声地说着："李警官，还需要和我这般客气吗？"

李伟的脸迅速红了红，他一定是想起了和我接的那个吻。为了掩饰他的慌张，李伟一口气就喝完了我的百香果汁，一百五十毫升，很快他就可以进入梦乡。

李伟李伟，你莫慌张，我现在就去见我的庄永生。

四十三分钟后，我便到达了上海虹桥高铁站。至于丽思卡尔顿酒店里的残局，能干的工作人员有那么多，总会有人收拾残局。

去湖北黄冈市罗田县的旅程并非一趟惬意的旅程，需要先从上海虹桥站坐三小时五十一分钟的高铁到达麻城北站，然后再从麻城北站坐车去湖北罗田县。

这让我回忆起了我和庄永生最初的相遇。最初的相遇，始于高铁；隔着阴阳的再遇，也始于高铁。

我的手机开始被轰炸，微信一条接着一条进来，电话一个接着一个打来。开始的时候，我还会点开微信听一听，比如：

"夏漫，你去哪儿了，中场休息差不多了，我们要开始了。"这是王佳晴的声音。

"漫姐，我们要补妆了。你是在洗手间吗？"这是助理果儿的声音。

"夏漫，你别任性，去哪里了？赶紧给我回来！"这是马一鸣的声音。

"夏漫，你别冲动，你在哪儿？我马上来找你。"这是李伟沙哑的声音。

李伟的意志力不错，竟然能在昏睡一个小时后逻辑清楚地和我讲话。

太晚了，可惜太晚了。

"我请假一天，后天就回来，放心。"我给马一鸣发了一条短信。随即就关机了。

当我抵达麻城北站的时候是晚上的七点零一分。

麻城北站是一个中等规模的车站，之前我从来不知道中国的土地上还有这么一个车站，抵达的时候才发现，和上海虹桥站相比除了规模大小有差别，其他都差不多：疲惫不堪的眼神，焦虑的情绪，匆匆的步履，孩童的哭声，以及随处可见在候车椅上的点头打盹。

至于梦想和爱，拥抱迎接归来，这些似乎从来和高铁站没有什么关系。

至于我，我就是一个没有魂魄的过路人，爱若在，心才会在。

当我出站，坐上一辆相对干净的出租车时，外面早已是漆黑绝望的陌生世界。出租车微弱的行车灯照亮着前方狭窄的路，带着我去那个我早已熟记却从未到达过的庄永生身份证上的地址。

"喂，庄先生，你怎么可能是湖北人？"我蜷缩在庄永生的怀抱中，一边摸着他下巴上刚刚冒出的青色胡茬，一边看着他的身份证，好奇地问。

那是我们正式在一起之后的第一次旅行之前，我让助理果儿帮我们预订去法国旅行的机票。

庄永生将我的手捉住，轻轻地在手背上亲吻了一下，把我转过身来抱好，调皮地问我："那你觉得我应该是哪里人？"

"嗯，我想一想哦，上海人啊。"我喜欢的庄永生，干净、绅士、温柔，学识和品位俱佳，更像是上海人。

"亲爱的夏漫小姐，你这话可是有着明显的地域歧视哦。"庄永生笑着说。

"好好好，那就不是上海人，那就是北京人吧，北京人总行了吧。"我继续胡扯着。

"夏漫小姐，你是不知人间疾苦多久了？我们的大中国一共有三十四个省份，两百九十三个地级市，夏漫小姐可是只爱上海人与北京人？"

"错错错，长这么大，我的前任们还没有一个是上海人或者北京人。"我笑着回答。

"咳咳咳，前任们，请问夏漫小姐的前任，一共有几人？"庄永生将胡茬抵在我的额头上，抱紧着我逼问。

"不告诉你！"我笑着躲开庄永生的追捕。

这是我唯——一次和庄永生谈到他的身份证户籍所在地。之后我再也没有想过这个问题。

两人相爱，若是处处需要怀疑和追问，那样的爱情又有何意义？

你有你的过去，我有我的秘密。你的过去让你变成现在我深爱的你，我昨日之秘密让如今的我走向现在的你，何必要知道我们的来途充满了多少荆棘，遭遇过多少背叛，手刃过多少怪兽与妖魔。

当我坚定地走向你的时候，我只要你张开双手，拥抱我就好。

我没有问过庄永生的来路，庄永生也没有问过我的去处，我们在恰好的时间遇上了，相爱了，在一起了，我们成了当时唯一的、紧密不可分的、最好的我们。

在沉沉暮色里回忆人生，尤其是回忆往生的人，是一件残忍且绝望的事情。我眼睛看着窗外陌生的幽暗风景，眼泪在黑夜里悄悄地、连绵不断地流。无声又无息。

出租车抵达庄永生所在的村庄时，村庄里的家犬开始警惕地叫了起来，一犬叫，犬犬叫，渐渐地整个村庄的夜中深眠都被我们的到来打搅。

路边上的一家人家灯点亮了，家中男主人打开后门，开始对我们喊着："哪里来的？找谁啊？"

"师傅，麻烦您帮我问一下，这个村里有没有一个叫庄永生的人。我加钱，辛苦了，谢谢。"我立刻对着出租车司机小声地说。自从稍有名气以来，出版社和经纪人都将我保护得很好，和人直接打交道的事情，我本能地惧怕。

"老哥，庄永生是不是住这里？"出租车司机爽快地帮我大声地问了起来。

"老庄家？村西边尽头，铁路在前面横穿的那个人家就是。"男主人回答道。

"多谢老哥！"出租车司机说。

"是哪个来找庄永生啊？有什么事吗？"男主人开始好奇地问。

"就说是他远房亲戚。"我对着出租车司机说。

"远房表亲。"出租车司机快活地回答道，同时从后视镜里看了我一眼。

出租车经过了七八分钟颠簸，终于到达了一个矮破的小屋前。

"师傅，您等我一下，一会儿我们还要回城里的酒店。您等的时间正常打表计费就好。"我对着出租车司机说。

"好!"出租车司机又痛快地答应了。

我从出租车里走下来,我的香奈儿小羊皮平底鞋踩上这条因为修高铁而显得格外粗粝的路,不适且疼痛。

麻城罗田县的夜风也明显地不欢迎我,从我的薄衫之间狠狠地侵入了我的内心。我恐惧地拢紧了衣领。借着出租车的光,我走到这个路南小屋的原木色的后门,弯起食指,用力敲了敲门。

"庄永生,庄永生,庄永生。"我一下、两下、三下地一边敲门,一边呼唤。

门纹丝未动。

我加大敲门的力量,不顾食指已经磨红。

我看到木缝之间,亮起了微弱的灯光。

"是谁啊?半夜索命啊!"屋子里的男人咳嗽着,粗着声音,充满怨气地回应着。

吱嘎一声。

门打开了。

庄永生站到了我的面前。

我眼前一黑,瞬间坠入人生之炼狱。

第十一章　被遗忘的角落

当我醒来的时候，我看到的是怎样的一张脸啊！

布满风餐露宿的丘壑，岁月变成一把最锋利的刀，将他所度过的每一天在他的脸上留下深刻的雕痕。因为阳光直晒而形成的晒斑，在他脸上星星点点，如芝麻撒入谷间一样，布满了他整个脸庞。还有那灰白且杂乱如秋日之枯草的头发，每一根都自作主张地无秩序地伸向各个方向，中间的地带已然光亮，仿若知道这个家庭不舍得多用灯火，而企图用自己的微光将这个狭小的世界照亮。还有那把杂乱的胡子，我相信这把胡子从未知道世界上有一种它们的对手，叫作剃须刀。这把胡子如头发一样，干枯且灰白，无声无息地宣示着他主人的雄性荷尔蒙早已在生命中，悄然退场。

我的眼睛从来未曾真实面对过这样的一张脸，我被深深吸引住，试图确定这是真实的存在，还是我被困于一场奇异的梦境中。

很快这张脸咧开嘴，按照这张嘴能够咧开的最大限度，一直歪到耳边。我清楚地看到这张嘴的门牙已经缺了两颗，至于其他牙齿，也早已经失去了幼年的本白底色，变得黝黑、残缺、歪斜且泛黄。

因为这个微笑，我意识到我自己并非在睡梦中，我立刻条件反射地，将这张凑到我面前的脸，猛地推开。

眼前的这个人，被我突然一推，立刻倒退了几步。

脸的主人并没有被我的敌意惹怒，和我对视之后，神情反而变得小心翼翼，主动地再退后了几步。

"你就是那个女作家吧？"脸的主人，嗫嚅地问我，带着浓重的湖北口音，但是我第一时间就听清楚了。

我反应过来，这个眼前的人，就是真实的庄永生。是我千里迢迢，从上海飞奔而来寻找他。

我没有接他的话，回头四下看了看，发现自己刚才躺在一张油腻黝黑的竹条躺椅上。我立刻看了看自己，幸好身上都是整整齐齐地穿着来时的衣物，我松了一口气，立刻站了起来，将眼神投射给我眼前的这个男人。

我实在无法将眼前的这个男人，和"庄永生"这三个字联系到一起。我的庄永生，我爱的庄永生，我骤然失去的庄永生，他是那么好，那么俊美，那么清洁，那么芬芳，那么儒雅，那么绅士，那么灿烂，那么明亮，那么温柔，那么深情。我可以将这个世界上所有的语言中最好的形容词给予他，也不觉过分。可是眼前的男人呢，他仿佛是被造物主所遗弃的孤儿，独自在荒野中求生。

他怎么可以叫庄永生呢，他可以叫庄稼、庄园，或者庄田。不，不，他连"庄"都不可以姓，他为什么要姓这个姓。庄永生这个身份，为什么是他的呢？

想着这些的时候，我感觉自己的眼泪将要决堤，我立刻稳住情绪。我不想在这个庄永生面前展示任何的情绪，我收住眼神，将视线移向其他的地方。我看到眼前的庄永生，慌张地四处寻找，在一个黝黑的四脚桌的横杆上，拽下一条抹桌布，抖抖索索地抹了一遍他身边的条凳。

"来，坐。"庄永生用最简短的句式表达他的想法。

我看着这条颜色暧昧的抹桌布，不知道它存在的时间是有多久了，我看到这个抹桌布上还粘着几粒顽强的米粒。此刻内心的感受无以言说。

我不知道世上还有这样粗糙且大条的人生。

"谢谢，不用。"我淡淡地说。

庄永生释放出来的善意，我已经接收到了，但是我不想和他有任何情绪上的交流，我将自己包围在冷漠的外表中，这样使我深感安全。

"谢啥子谢。"庄永生居然忸怩地低下头，脸上有一种害羞的神情。

"你们读书人，就是喜欢说话文绉绉。"庄永生又补了一句。

"你知道我是谁？"我略一扬起下巴，尽量收住我惊讶的心绪，用最冷淡的口气问。

庄永生抬起头，认真且用力地点点头，然后说："你等一下子。"

庄永生转身快步地走进用一块蓝布做成门帘的里屋，窸窸窣窣摸了一阵。在他窸窸窣窣摸索的时候，我打量了一下庄永生的这间小屋。

这间小屋就是用砖头搭建了一个轮廓，里面该没有什么就没有什么。我不敢相信，现在还有人家的地面依然是泥土地，地面光滑而坚硬。屋子里面只有一张四脚桌和两条长凳，这是客厅所有的家具。房屋西北角有一个土灶，灶台只有一个眼，锅上盖着一个竹片围成的可以勉强称之为"锅盖"的东西。

这个屋子的色调都是灰暗的，像极了这个庄永生生命的色调。

很快，庄永生出来了，手里拿了一本书，是我上一本小说《情诗》，红色的封面在这个黑暗的小屋里显现出诡异的血色。

庄永生粗粝短小的五指拿着我的小说，有一种违和感。

我从来不知道我的小说有朝一日，会拥有这样的一位读者。坦白说，此刻我的内心是有一些惊喜的，但是我依然将庄永生拒绝在我的情绪之外。

"你买了我的小说？"我这样问，谁也听不出我的情绪。

庄永生却仿若受到了褒奖一样，嘿嘿地笑了起来，说："你说说你们这些作家，这一本书怎么能卖这么贵呢，要三十九块八毛呢，我好说歹说才卖给我三十五块。"

其实庄永生想要表达的是他花了巨款买了我小说的事实，然而到了他的嘴里，却仿佛是在责怪我高价售书一样。经济不发达地区、文化教育程度不高的人们，总是不擅于正面表达，再深的爱，再好的赞美，说出口的时候，总是变味儿了。好在我听得懂庄永生想要表达的最核心的意思，我敏感地捕捉到庄永生在面对我时，一种天然的亲近感与讨好感。

"你买贵了，当当上做活动的时候，只要卖六折。二十几块钱就能买到了。"我的话听起来一定让庄永生感觉他很不会办事，连买一本小说都买不到合适的价格。

庄永生的脸立刻变得较真起来，懊恼地说："我就知道那个书店老板娘坑我，我找她退书去！"

我没有接他的话，自顾自地将他手中的书轻轻夺下，打开我随身携带的包，拿出我的黑色签字笔，翻开书的扉页，想给庄永生写上几句话，这一次只是我们人生偶尔的交集，我们彼此命运存在巨大的差池，之后可能永不再见了。

面对眼前的庄永生，我似乎做任何事，说任何话，都不需要征求他的意见。

我明白我是如此地充满了偏见，我的所有行为明明白白地表达着我的态度：这个庄永生，不配有自己的想法和意见。

未料，庄永生一把夺过了我的书，视若珍宝地捧在怀中说："大作家，你干吗？你要写字，我给你再去里面拿纸去，可不能在这书上画。"

我知道庄永生误解了我的意思，庄永生不知道有作家签名这件事，庄永生只是想把我的这本书好好珍藏，谁都不可以弄脏或者玷污它，连作者本人都不可以。

眼泪瞬间又似乎涌了出来，我被庄永生本能和质朴的行为，一瞬间击中了心脏。我将眼神瞥向房顶，逼回了将要滴落的眼泪。

我从未想过我的书值得人们这样珍藏。我以为我写的从来都是无用的风花雪月，不过是人们在漫长而又无趣的人生跋涉中，一个偶尔借以打发时光的玩物，或者说一个情感垃圾的出口。我的这些书，随着时光的流逝，都将会认命且自觉地消失于人类文化瑰宝的历史长河中，不敢占用历史以及人类本身任何的一点资源。未曾想过，我的这些无用的文字，胡编乱造的故事，以及不太严肃的感情道德观，会在某一年、某一日、某一地被某一位文化程度不高的男人，视若珍宝。

"这本书我写得不够好，你不必认真看。"我轻描淡写地将我内心的翻江倒海变成一种命令。

庄永生的头摇得如拨浪鼓一样，说："你们这些文化人，就喜欢假谦虚，你要是写得不好，出版社能出？这书能卖到书店？社会会不管？国家会不管？"

我脱口而出说："我就不给社会添麻烦了。"

无论我用什么样的口气说这句话，庄永生再笨也听出我的玩笑，嘿嘿嘿地直乐着，眼睛瞟着我，又不敢直视，眼神始终盯在他脚上的一双用商标织带做鞋面的手工拖鞋上。

我注意到他的鞋子了，随口说着："鞋子手工不错，哪个姑娘做的？"

庄永生立刻解释道："可不是哪个姑娘做的，是我堂姐做的，我给她家收了三天玉米，她就给我做了这双鞋。你喜欢，你拿去！"

庄永生不管三七二十一，就直接从脚上拿下了这双鞋，抓起来，试图塞到我的怀里。

我别过头，忍住不去闻他的脚臭。

庄永生意识到不妥，立刻不好意思地扔在地上，将脚穿了进去。

"我脚，晚上洗、洗、洗过了的。"

我退后了两步，别过头，点点头。

不知为何，原本以为和庄永生的见面会充满了悲情的氛围，未料竟然是一种平常的走向。似乎这个庄永生能够让身处阴霾的我迅速进入一种淡而无味的人生真相中。

对的，人生的真相是：没有那么多快乐，也没有那么多悲伤，有的只是日复一日平淡地或艰难或蹉跎地活着。

突然庄永生想起了什么，问我："你今晚住哪儿？要不，你不嫌弃，我给你里屋铺个床？"

我惊讶地抬起头看着他。

他立刻解释道："我去隔壁王三家挤一晚上。"

我轻轻地摇摇头，说："不用了，我晚上住市区的酒店。明天你来那里找我，有些话我要问你。"

庄永生皱起了眉头，试图劝我："别去住酒店，那个地方瞎宰人的，一个晚上上百块，你说就睡一个觉而已，不值当！"

我不好意思讲，一个晚上一百块的酒店，我早已经住不惯，一个晚上上千块的酒店才能让我拥有一段安然的睡眠。

"没事，我不用自己花钱，单位报销呢。"我试图用庄永生可以理解的语言，让他免于对我金钱的忧虑。

果然我这样说，庄永生就释然了，说："有单位报销就是好。那时间不早了，你赶紧回去吧。你怎么来的啊？要不要我用自行车送你去？"

我指指外面，说："出租车就在外面，司机在等着。"

"多少——"庄永生刚想问多少钱,马上想到我有单位就改了口,"哦,我忘了,你有单位报销。那就赶紧回去休息吧。"

"好,我明天中午在中心大酒店等你,你到前台找我就好,你知道我的名字吧?"

"知道,夏漫。"庄永生抓抓头,不好意思地说。

我嗯了一声,转过身,准备出门。

"怎么有这么好听的名字呢?"庄永生不好意思地说。

我刚想走,听到这话,转过身来,决定告诉庄永生真相:"那是我的笔名,我的真名叫作李春梅。"

我想告诉庄永生,平凡和普通才是世界的大多数,没有什么需要隐瞒或者自卑的。

瞬间庄永生的脸上流露出"原来咱们是一路人"的恍然大悟,说:"我说呢,这才像个真的名字嘛。"

"明天中午十二点,我们不见不散。"我对着庄永生挥挥手,打开庄永生家的后门,跨出门去。

庄永生用尽他的力气,对我认真地挥手,说着不属于他的语言:"不见不散。"

第十二章　长日入夜时

看到我从屋里出来，出租车司机发动了车。

"小姐，现在去哪儿呢？"出租车司机从后视镜瞄了一眼后座的我。

"这里最好的酒店是哪里？是不是中心大酒店？就去那里吧。"我疲惫万分地对着司机说。

这是漫长的一天，此刻我才感觉到体力已经严重透支。

"好嘞，那我们就去中心大酒店了！"出租车司机痛快地答应了，发动了出租车。

我看了一下手机，这会儿已经是深夜十一点十九分。手机电量已经显示不满 10%。糟糕的是，这趟出门是临时的行程，手机充电线和充电宝，都在我的助理李果那里，除了身份证、银行卡和手机，我什么都没有带。

"师傅，不好意思，请问你那儿有没有手机充电线？"我轻轻地拍拍司机的椅背问。

司机回了一下头，说："有啊，不过这个线有点短，你坐在后座，可能够不到。"

司机一边说，一边拽给我插在前面电源的手机充电线。就差了那么一点点，果然是够不着。

现代社会，手机几乎是人的第二生命，尤其是我，我的大量工作都靠手机联系，手机没了电，跟要了我的命没有什么两样。

"那怎么办？"我焦虑地自言自语。

"要不，你把手机放我这儿充电？"司机随口建议道。

我想了一想，手机如果放在司机那儿，就意味着在充完电之前，我都没法用手机，这绝对不可以。

司机从后视镜中又快速地扫了我一眼，继续说出另一条建议："你要是想要一边充电一边用手机，那也没有别的办法了，你要不坐到前排来？"

我看了一眼后视镜中司机的脸，刚才这一路，因为心中有事，急于找路，都没有认真地看司机长什么样。从后视镜中看，这位司机不过是二十出头的样子，像是刚从高中或者是技校毕业，相貌倒是算得上年轻和干净。刚才我们这一路相处也算是愉快，尤其是刚才帮我在村庄里找庄永生，也算得上爽快。说起来，这人生中一段重要的旅程，我居然是和这个陌生人一路同行，也算是同甘共苦过了。

我没有犹豫，立刻答应下来："好，我坐前面来。"

司机停下了车，我从后座的右方下车，直接拉开右前门，坐进副驾驶座。

司机再一次发动了车，而我的手机终于彻彻底底地因为没电关机了，我将充电数据线插入手机，结果很沮丧地发现司机的手机充电线并不是苹果手机的电源接口。

"师傅，你这个手机充电线，怎么不是苹果手机充电线啊？"我略带失望地问。

可能是我话语中轻微流露出来的责备，让这个年轻的县城司机感受到了不快，他第一反应就是嘲笑我："这年头谁还用苹果手机啊？你说你们这些小姐是不是傻？苹果手机一个得上万，有这个钱，你买哪个国产手机买不到？功能还比苹果好！"

在我夏漫的生活中，能用这种口气和我说话的人已经不多了，我的第一反应是要教训一下眼前的这个年轻司机，我冷冷地说："傻不傻，不是用哪个手机决定的。再说用什么手机都可以，这是每个人的自由，我用惯了苹果手机而已。"

司机回过头看了我一眼，嘲笑地说："用惯苹果手机？看起来你和我差不多大吧，怎么就用惯了苹果手机呢？我听到刚才你找的那个男人，叫你什么小姐是吧，你们小姐来钱可真是容易。"

我听出了司机话里有话，立刻义正词严地纠正他："你误会了，小姐只是一个称谓，我们那里喜欢称呼女士为小姐，并不是你想的那样。"

司机斜着嘴角，哼了一声，轻佻地看了我一眼，用非常轻而不可闻却又让人清清楚楚听得到的口气，问："我想的哪样啊？"

司机说的时候，我看到前方的路途一片漆黑，连路灯都没有一盏，唯有这个出租车微弱的行车灯照亮了前方一小段路，我突然意识到自己不该在这个时候和这个司机较劲。我没有接司机的话茬，沉默了下来。

我开始后悔刚才坐到前面副驾驶座位上来，应该先检查一下手机充电线是不是支持苹果手机的。不，我压根就不该提什么手机没电，这里离县城能有多远，估计不过三十分钟就到了，到了酒店我就安全了。

"你不怕我是个坏人吗？"那天在颐和园的蓝色月亮下面，庄永生曾经问过我这样的问题。

因为对于我来说，庄永生不过就是一个和我在高铁途中偶遇的陌生人，我居然就轻易答应了这个陌生人晚上九点半在颐和园的安缦酒店约会。

"不怕。"当时的我笃定且自信地对着庄永生这样说。

庄永生笑笑，继续说："夏漫，你这样轻信别人，可不好。"

"那是因为你是值得我相信的人。"我固执地相信着自己的爱情直觉，相信我的眼睛，听从我的内心。

庄永生笑笑，没有再多说什么，一只手伸过来握住我的手，深深地叹了一口气，叮嘱我："答应我，在我之后，不可以这样轻易相信其他男人。"

我笑着摇摇头，说："在你之后，没有其他男人了。"

庄永生听了之后，将我的手紧紧握了握，我们就聊起了其他话题。

当时的我，以为那段对话，是很好听的情话，现在回想起来，却是早在故事的最开始，庄永生似乎就在提示着我什么。

不论如何，我都应该听庄永生的，不可以如那次相信他那样轻易地相信其他男人，相信其他男人也会如他那样，将我视若珍宝。

庄永生，将我视若珍宝吗？

其实，从不。

庄永生从来不过问我的工作，不听我任何工作中的牢骚。每一次我试图想要跟他诉说一点点工作中的事情，他都会用亲吻堵住我的双唇，然后告诉我："亲爱的，请别把工作带到我们的感情中来。"

慢慢地，我知道庄永生不喜欢听我聊起我的工作，我也渐渐地再也不提我工作中的事情。我工作中的繁杂，我工作中的压力，我工作中莫名其妙的要求和问题，这些我和庄永生绝口不提。

我以为那样的相处是最好的情侣关系：关于爱情，我们只是在聊爱情。

可是爱情真的是这样的吗？

爱情最好的模样难道不应该是两个人永远有说不完的话，两个人永远支持对方，两个人互相成为彼此的堡垒吗？难道不是对方告诉你，无论你出去将会遇见什么，我都是你最坚定的支持者吗？

可惜这件事情，我在今时今日孤独绝望的异乡深夜，在面对一个略有恶意的出租车司机的时候，我才有点醒悟过来。

庄永生真的爱我吗？

我似乎已经有点不确定。

如果时光可以倒流，重回颐和园的那个深夜，庄永生再次问我："你不怕我是个坏人吗？"

我会坚定地告诉他："我怕。所以请你对我好一点。"

不，我不可以这样想。我不可以这样想我已经逝去的未婚夫庄永生。他不过才离开我不到十天，我怎么可以怀疑他曾真心爱过我这件事。

不，他没有对我不好过。他记得我所有的爱好，记得我所有的饮食习惯，记得我所有喜欢看的电影，记得我最爱的作家，记得我们的每一个值得纪念的日子，记得我所有的小习惯。他怎么可能不爱我？

我一定是太累了，累到已经不想去记得庄永生对我好这件事。

我一定是在责怪庄永生先离开了我，我在责怪如果当初不是因为爱上庄永生，我就不需要今时今日面对这些麻烦，我在责怪自己，当初不该爱上他。

突然出租车猛烈地抖动了一下，哑然熄火了。我从回忆的复杂情绪中清醒过来。

我惊慌地转头看着左侧的出租车司机，心惊胆战地问："怎么了？怎么不开了？"

司机猛地一拍方向盘，爆着粗口："开个屁！你他妈没长眼睛啊，车子熄火了。"

"对不起，对不起，我不是责怪你的意思。那怎么办？"我试图缓和和司机的关系，语无伦次地解释着。

司机白了我一眼，打开驾驶室的车门，踢了一脚，走了下去，他走到车前头，打开引擎盖，支起来，打开手机电筒查看。

从我这个角度看，司机似乎是将手机电筒的光打到了我的脸上。

"你的手机电筒不要照我眼睛。"我微弱地请求着，本能地伸出手挡了一下。

司机突然走到了我的副驾驶座，猛地拉开了我的车门。

我惊恐地看着司机，失声道："你想干什么！"

司机不再和我废话，这个二十出头的小青年，用他原始的男性的力气，一把拽住我的右胳膊，用力一拉，我那羊绒开衫，终于在今天即将结束、明天还未到来之时，被一个陌生男人彻底地、粗暴地、狠命地撕了下来。

所有午夜梦回的噩梦，此刻都在眼前具体呈现：那只怪兽最终对我伸出了锋利的爪子，抓伤了我裸露的肩膀，我惊叫起来，又在瞬间被人用什么东西堵住了嘴巴。

我闻到年轻司机身上的狐臭，搅翻了我空空如也的胃，翻江倒海地呕吐出来。我死命地试图钩住出租车右边的车门，但是我的手指被用力地掰开。

我听到精致的长美甲在撕扯中清脆地断成两半。

我已经完全没有疼痛感。和绝望相比，肉体的疼痛已然不再有感觉。

我看到一双血红的眼，闪烁着兽类的光芒，情欲的冲动燃烧了眼前这个年轻男人最后的理智。

我被狠狠地甩了一个耳光，然后被拖向漆黑、无边、万恶的远方。

第十三章　百鬼夜行

"请等一下！"我声嘶力竭地喊道。

在那个陌生的县城司机，松开裤带，褪下长裤，扯下短裤，即将将黑夜长矛刺入我脆弱的灵魂时，我用全部的力气喊出了这句话。

县城司机愣了一下，我也愣了一下。我讨厌自己脱口而出的"请"字。更加直白一点说，我无比憎恨我的教养和礼貌，在这粗粝且残暴的人生时刻，耽误了 0.01 秒的救命时间。

"别想耍什么花招！"年轻的县城司机故意哑着嗓音说，好让自己听起来充满了雄性的力量，从而让纤弱的我在心理上讨饶。与此同时，他压住我上身的手又使了使劲。

"避孕套……"我尽量平静地陈述，不带任何的情绪，不想在最后的时刻惹怒对方。我在任何一个可以喘息的间隙，寻找可以逃生的机会。

显然年轻的司机没有听明白我在说什么，疑惑的表情出卖了他的无知。

"我车里的钱包里有避孕套。"我继续陈述，同时在黑夜里对视上他兽一样的眼睛，给了他一个祈求的眼神。

"我从不用那玩意儿。"年轻的司机嘲笑且骄傲地说出了这句话，话音刚落间，更加快了动作，寻找着我最核心的弱点。

"你不怕我有病？"我以最快最清楚的声音说出我的理由，反问年轻的司机。

年轻的司机果然犹豫了一下，说："我操，你不会真是小姐吧？"

"还是戴上避孕套吧，对你，对我都好。"我继续将声音放平稳，循循善诱。

在那辆脏绿色的出租车里，在前排座位上，我的黑色爱马仕铂金包里有一个黑色香奈儿的卡包，卡包里有一个冈本001，那是我作为女性自我保障的最后一根救命稻草。我从未想过有朝一日，会在这种情况下，去求助它。

年轻的司机看到我的眼神，居然一下子俯下身来，想要亲吻我。

我掩饰不了自己对这个男人的抵触以及厌恶，立刻别过头去。

年轻的司机揪住我的长卷发，强迫我正面看他："你他妈的傲什么傲？！"

他的右手一下子从我的腰间滑了进去，我能感受到他右手的食指、中指以及无名指的手指和手掌连接处因为长期握方向盘而产生的老茧，这些粗糙的老茧从我腰间的皮肤上摩擦而过，直接往上游走，如铁砂摩擦。而他的左手，一下子将我黑色亚麻长裤的蝴蝶结抽下来，他狠命抽了几下，却被抽成了死结，我的腰部被抽得生疼。

"操！"年轻的司机窘迫地骂了一句脏话，手开始疯狂地在他未知的世界探索。

"嘶啦——"我的长裤从大腿根处被撕开,遇到漆黑冰凉的夜,我忍不住打了一个哆嗦,我痛哭嘶吼,喉咙里冲出的声音是如母狼般的号叫。

我感受到年轻司机的坚硬如铁。

我看到了黑夜魔鬼嚣张的模样。

我听到夜风妖魔贴地潜行的颤抖。

我闻到了来自这个人间炼狱的腥臭。

我终于再一次知道,这个世界其实从来未曾爱过我,一秒都没有。

我闭上眼睛,终于放弃了努力,放弃了追求,放弃了梦想,放弃了爱,放弃了光,甚至放弃了放弃本身。我任由这个世界残酷的真相从我身上碾压而过。

这是我夏漫的始,也是我夏漫的终。

我曾痛失我爱,我已无所畏惧,你若想要拿走我的血,我便主动呈上我的肉。你若取走我的骨,我便奉上我的骨中骨。这是我在绝境之下,唯一可能和世界融合的相处。

突然,年轻的司机停住了所有的动作,有冰冷的液体滴落到我的脸上,一滴两滴三滴,那是一种叫作"鲜血"的黏稠液体。

我睁开眼,看到饱经风霜的庄永生站在年轻的司机背后,举着一块没有形状的灰色路边野石,两眼如战场厮杀般的血红。

年轻的司机挺了两秒，直接倒地，将头直直地垂倒在我的脖子处。

我相信，此刻从背后远远地看过来，一定是像这个年轻的司机正在吻我的脖子。

他死了，他死在了我的身旁，他死在了我的脖子处。如庄永生一样。

这是跳到我脑中的第一念头。

庄永生看到司机倒在我的身上，愤怒地将这个司机从后领口一把拎起来，将他从我的身上剥离。

"死样，这么不经砸！"庄永生愤愤不平地说着，话语间似乎有点没有棋逢对手的遗憾。

躺在陌生的土地上，衣不遮体的我，脑子里已经无法应付这忙碌且离奇的一整天。

我猜即使是这样狼狈不堪的我，对于眼前的庄永生来说，也是一道还算不错的风景，因为我看到庄永生的眼神落到我的身体之后，就立刻回避开来。我立刻下意识地将自己被撕开的长裤裤管遮了遮。

庄永生三下五除二地将自己的深蓝色翻领夹克衫脱下来，扭过头递给我。

"穿、穿、穿上这个。"庄永生面对我的时候，似乎结巴已经是一种常态。

我缓缓地坐起来，披上庄永生的蓝色翻领夹克衫，一股久未清洗的衣服的浑浊味、汗味、霉味、尘土味、香烟味、酒味、油腻的菜味夹杂而来，几乎将这个漆黑冰凉冷漠的长夜变成一幅人间烟火图。

我站起来，夹克衫迎着夜风抖动了几下，恍惚了我的年轮。仿佛这么多年，我其实一直是陪伴在庄永生身边的一个农妇，只不过我曾经在午夜梦回的时候做了一场华丽的作家梦。

梦里，我和一个叫庄永生的男人，相亲相爱；醒来，却发现其实我们并不相识。

因为夹克挡风，我的身体逐渐温暖了过来，人的思维也渐渐清晰了起来，我回过神来，看向庄永生。

庄永生的手中还拿着那块灰色的、棱角分明的石头，一脸无措地看着我。

"去看看他是死了还是活着。"我冷静地说出这句话。

"哦，哦哦。"庄永生立刻点头，伸出右手的食指和中指，在年轻的司机鼻子下面探了探，立刻欣喜地和我说，"有气！"

"好，你有没有手机？"我再问第二个问题。

"有，有！"庄永生在口袋里掏了掏，拿出一个颜色像银色又像灰色的手机，递给我。

我冷静地拨打了110，然后将电话递给庄永生："告诉他们这里的地址。"

庄永生对着电话用当地话说了一个地址，然后就挂断了电话。

"警察马上就来。"庄永生跟我汇报。

"手机给我。"我对庄永生命令道。

庄永生将手机递给我。

我快速拨打了电话给马一鸣，我冷静地说道："老马，我在湖北黄冈市罗田县。"

电话那头马一鸣的声音笃定而沉稳："好，我马上派人来接你。"

"老马，你让公关也一起来吧，我遇到了一点麻烦事儿。"我很淡然地说，仿佛麻烦事在我身上发生已经是常态。

"什么样的麻烦事儿？"老马见怪不怪地问道。

"我刚才差一点被……"我没有说下去。

我清楚地听见电话那头老马的杯子掉在地上，碎成一道绝唱。

"被怎样？"老马的声音抖了抖。

"被……非礼。"我尽量用书面且文明的词表达终极的残忍。

"警察，来、来了吗？"老马的声音让我听出了他对我的在乎。

"我报了警，警察在路上，还没有到。"我说。

"你人有没有事？"老马问。

"我没事，一点点擦伤，有人救了我。"我跟老马说。

"好，漫漫，你听好了，你按照我说的做，现在在警察来之前，赶紧离开现场，然后去找一个安全的酒店，哪里都不要去，等着，我和大家以最快的速度赶到。"

"那警察怎么办？他们快来了。那个人被砸晕了。"对于马一鸣的决定，我有点意外。

"你想办法尽快离开，一秒都不要耽搁。你是公众人物，现在热度正高，出了这件事不是什么好事，对你的形象不利。"马一鸣迅速地跟我在电话里说清利害。

我反应过来，看向庄永生，我挂上电话。

"我要立刻离开这里。"我对庄永生说。

庄永生点点头。

"我不能让警察知道这件事，也不能让任何人知道这件事，你要为我保密。"我继续对着庄永生命令道。

"晓得，我晓得。"庄永生拼命地点点头。

我不说话，环顾四周：这个年轻的司机就倒在我一臂之远；离我们半米远的路上，倒着庄永生的一辆二十八寸大杠自行车；离我们十多米远，停着这个司机的出租车。

现在逃离这个地方唯一可以依靠的工具就是庄永生的自行车。

"你这个自行车能载人吗？"我问庄永生。

"能能能，我这个自行车过年期间载一头两百来斤的猪都没有问题。"庄永生献宝一样对我说。说完似乎感觉自己说错了什么话，又立即刹车，解释："你、你，这么瘦，肯定没问题。"

我瞥了一夜黑夜中魔鬼最后的模样，坚定地说："好，走！"

庄永生瞬间如蒙大赦，立刻扶起自行车，说："走！"

我搂紧了庄永生这件气味混杂的外套，走向出租车，打开副驾驶的门，抓起我的包，从包的内侧摸到了一支口红，我悄悄地打开口红的帽盖，抓在自己的手心里。

这是一支设计成口红的辣椒喷雾，我第一次去美国旅游的时候，在洛杉矶市中心的一个工艺品店所购买。这个工艺品店做各种各样外形与实际用途天差地别的商品，这支口红无论外形还是内在都像极了香奈儿 COCO 小姐唇膏，只有当你轻轻旋转拧开的时候，才会发现口红的芯子其实是一个喷管，一管口红的辣椒水量足以击退歹徒，但是里面的量仅够一次防身。

这支喷雾跟随我多年，无论上高铁还是飞机从未被查出来过。自从购买之后，也从来没有机会使用。刚才因为事出突然，我没有来得及将这支喷雾拿出来，这会儿我有足够的时间抓在手心，击退陌生的庄永生可能出现的歹心。

漆黑且漫长的人生路，若没有一点武器，怎好安全上路？

至于前方，前方若给我光，我就热爱光；前方若给我伤，我便准备好迎接，遍体鳞伤。

第十四章　猜谜的游戏，才刚刚开始

那是我夏漫的人生中最沉默的一段路。

庄永生载着我，自行车车轮滚滚，沉默地碾压着尘土，滑行在黑夜中，夜风唰唰从耳边拂过，露水纤纤从我的面庞轻轻擦过。来路是苦处，去处是陌路。

庄永生在卖力地踩着自行车，我相信比他往日的任何一次都要踩得认真和努力。而我坐直了身躯，刻意和他保持着距离，想要将这段路仅仅定义为一个自行车车夫和一个乘客的关系。

至于自行车载人应该有的浪漫与青涩呢？这似乎与此刻的庄永生和我毫无关系。

车轮滚滚，驶回往日时光。

我看到十三岁的少年偷偷地骑着车跟着我放学，跟了一个学期。直到第二个学期油菜花开的时候，他等在路的尽头，跟我说，我们周日一起去春游好不好。

我报之以羞涩微笑，点点头，始终未曾开口说好。

而少年开心地骑车离开，答案无须确定，彼此早已心中明了。

人生中最难以表达爱的时光永远有两段，一段是最初的爱，一段是最后的爱。

最初的最初，小鹿乱撞，满眼羞涩，爱你怎么说出口，我们在努力练习，却总是在直面彼此的时候，羞于出口。最初的最初，我们奢侈地用漫长的时光，练习说爱。

最后的最后，旧故里草木深，华发初生，暮色沉沉，我们已经习惯将爱隐藏得极深。爱就一个字，我们却不肯说出口一次，所有的情绪只会用最克制的行动表示，怕烟花和笑容太放肆，怕示爱勾起了往日的相思，我们都已不敢最后一次，孤注一掷。

至于我和我的庄永生，我们相遇在人生的中间点，爱得放肆又无耻，我们踩着前任们的累累尸骨，将回忆粉饰成坦途。一见钟情的相遇，陌生暧昧的勾引，疯狂挥霍的时光，这就是我和庄永生相爱的真相。

至于烟火人间，你错了，我和庄永生之间怎么会有烟火人间？

庄永生死在我们爱情最好的节点，最高光的时刻，他的死亡成就了我一本最畅销的小说。这一切印证了那句话，有的人死了，他还活着。庄永生在我的小说中，终于永生。

"你认识庄永生吗？"我终于开口说了第一句话。

"啥？"骑车的庄永生听到我的突然开口，自行车笼头不由得歪了一下。

"你认识我过世的未婚夫吗？"我试图去解释庄永生的身份，最后只能想到这个文绉绉的词。

"哦，你说的是用我身份证的那个你男人是吧？"庄永生有着朴素的直白。

"嗯。为什么你身份证在他那里？"我反问道，仿佛盗用身份证的人是眼前的这个庄永生。

"我哪里晓得？我的身份证丢了。"庄永生小声地解释。

"丢了，丢了，你不用去补吗？你难道不用身份证吗？"我很没有好气地说。

"我又不出远门，哪里用得上身份证啊。我们村里好多人一辈子都没有办过身份证的。"庄永生理直气壮地说。

"不用身份证？存钱，存钱你不用身份证吗？"我对于这件事觉得简直不可思议。一辈子不办护照的事情我听说过，一辈子不办身份证，我闻所未闻。

"存钱？你说放银行啊？钱，当然是放自己家踏实啊。"庄永生一边喘着气，一边轻松地说着。

"买手机！你买手机总归要身份证的吧？"我想起了庄永生唯一有的现代化工具就是手机。

"这手机不是我买的，是我侄子不用了给我的，没花钱。"庄永生很心满意足地说着。

隐隐地听到远处警车的警报声，从远至近，呼啸而来。警灯划破漆黑的深夜，给这个单色调的乡村之夜，画上夸张且狰狞的颜色。

"怎么办？"庄永生的声音里有了一些慌张。

"什么怎么办？"我很克制且冷静地用责怪的口气坚硬地说。

"咱们这里就这一条路，警车会看到我们的。"庄永生声音越来越弱，"刚才那个人流了很多血，不会这会儿死了吧？"

"所以呢？"我不慌不忙地反问他。

"所以，所以，所以我会不会坐牢啊？"庄永生回过头看了我一眼。

"别看我，看路！"我漆黑且冷静的眼神，让庄永生闭住了嘴，回过了头。

警车已经越来越近了，终于快要和我们交会了。

我将庄永生的蓝色夹克衫脱下，盖住我的头。

"你只管看路，继续骑，目不斜视。"我继续下着命令。

庄永生连回答我"哦"的勇气都没有了。

警车灯扫向我们的一瞬间，我立刻抱住庄永生的腰，将头埋在庄永生的后背，扭向警车照不到的另一方。我将我的手包搁在朝外侧的地方。

我冷静地代入警车开来的主观视角，从他们那个角度看起来，我和庄永生应该就像是普通夜间回乡下的农村夫妇而已。只不过这个农妇现在睡着了，所以这个丈夫怕露水打湿她，就将自己的夹克衫给了老婆而已。看起来，还算是恩爱的农村夫妇，五好家庭的那一种。

警灯照到我们，丝毫没有犹豫和停留，直接以刚才的速度杀向前方的现场。

只不过，受害者与行凶者，皆已逃亡。

"你怎么不害怕警车？"警车过去很久之后，庄永生忍不住说。

"你怕不怕死人？"我没有回答庄永生，抛给了他这样一个问题。

"死人，死人有什么好怕的。我前两天还帮老王家抬他爸爸的尸体呢，人死了可真重啊，要好几个人抬才抬得动。他们还给了我五十块钱。"庄永生似乎变得放松了下来，话也开始多了起来。

"如果有个死人在你枕边睡了一夜，你怕不怕？"我淡淡地说。

庄永生的车子猛烈地一摇。

"我那个男人，就死在我枕边，我和尸体睡了一晚。"我相信我的话已经让庄永生吓得几乎想要立刻扔掉我。

果然庄永生不说话了。

"你为什么会出现？"我想起了刚才的关键时刻，若不是庄永生出现，我这会儿估计已经被屈辱撕成碎片。

"那个……我不放心你一个人去酒店嘛，这边就一条路，我就想跟着你看到你进了酒店，我就放心了。"庄永生不好意思地说。

"你很关心我吗？"对于任何莫名其妙的好意，我总是会怀疑其动机。

"你、你、你是个好人。"庄永生嗫嚅了半天，最后居然给我发了一张莫名其妙的好人卡。

"不，你错了，我是一个坏人。"

成为一个真正意义上的坏人是我毕生的目标，然而我从未成功过。我不得不承认成为一个全面意义上的坏人是需要天赋的，或者心狠，或者健忘，或者猖狂，或者疯狂。

到达中心大酒店的时候已经是凌晨三点十七分。

这个号称当地最好的酒店，大堂的灯已经熄灭了一半，显得格外昏暗。好在前台还有一位值班人员打着哈欠坚守。看到我们进来，立刻条件反射地站了起来，说了一句："欢迎光临。"

我踏入酒店门的第一件事，就是将庄永生的夹克衫从我的身上以最快的速度扯下来。

然后，我快步走向前台，将我的身份证和庄永生的身份证拍到前台上，用最没有表情的声音说道："开两个大床房，这是身份证。"

是的，我有这个庄永生的身份证，真正属于他的身份证，曾经属于我的未婚夫的身份证，一直牢牢地被我藏在我香奈儿卡包的最内侧。我没有将这个身份证交给警察。警察只是从酒店登记处拿到庄永生的身份证信息，但是这张神秘的身份证，这张隐藏了庄永生很多秘密的身份证，一直就在我夏漫的手上。

身份证上的庄永生显然是少年时代的庄永生照片，仔细辨认起来，似乎就是眼前这个饱经风霜的中年颓败男人庄永生曾经可以有的模样。他也曾逗人可爱，他也曾眼神清朗，他也曾被父母捧在手掌，他也曾有过人生最好的时光。

眼前的庄永生听到我的话的时候，想要说一句阻止的话，被我一个眼神冷冷地镇压住了，喉结咽了一下口水，勇气被阉割在他未曾体验过的富丽堂皇中。

等他看到我掏出他的身份证，更加是无法控制地脱口而出："我的——"

"知道是你的。"我用最小的音量，却是最有掌控力的语速直接切断了他后面的话。

庄永生再也不敢说话。

我掏出他未曾见过的信用卡，付了押金，再拿到了两张房卡，径直往前走。

只有在这种酒店，这样的地方，我才渐渐觉得这是我应该存在的世界，即使我此刻衣衫褴褛，我也能走出一米八的气场。

而粗壮的庄永生显然恰恰相反，他迈着最小的碎步，犹犹豫豫地东张西望，跟在我的后面，进了电梯。

走到了1218房门口时，我用一张卡刷开了门，指挥道："这是你的房间，今晚你不用回去了，省得我明天还要等你。房间里有浴缸和热水，请你好好清洗一下，明天你将要见很多人。你的所有衣服，都可以丢了，你可以先穿酒店的浴袍，明天一早，我会让人准备好衣服送过来。行，就这样，你可以关门了。"

我转身走，看到庄永生丝毫没有想要关门的意思。停住脚步，眉毛一挑，问："怎么，还有什么问题吗？"

"我的衣服能不扔吗？"庄永生轻轻问。

我看了一眼庄永生脸上敝帚自珍的样子，同意了："行，你想留着就留着吧，别在我的视线里再出现就行。"

庄永生窃喜地笑了，接着又问："那万一，明天早上没有衣服送过来怎么办？"

我从上到下扫了庄永生一眼，看着庄永生出现在酒店的违和感，直接丢给他一句话："那你就在这里待着，别出门了。"

"为什么？"庄永生的脑回路终于转了过来。

我转过身，正视他，清清楚楚地问他："你想被警察抓走吗？"

庄永生头立刻摇得跟拨浪鼓一样，瞬间就进了房间，将门关上。

凌晨三点五十三分，我终于将自己泡进放满热水的白色浴缸里。

浴缸里的沐浴泡泡盖满了我的全身，至于那些陌生的、粗粝的、未经我同意的禽兽的手，终于在这一瞬间退后到历史背后。

我是夏漫，我杀了庄永生吗？

你猜。

第十五章　向死而生

我睡了一个无比漫长的觉。

梦里我蜷缩在我熟悉的男人的怀抱，岁月静好。梦里他是我的今生挚爱，我是他人间最舍弃不了的依赖。

多好的美梦，让人意志沦陷，自废智商和情商一半的武功。我深知这是一个美梦，人间的散从来多过聚，恨从来多过爱，伤害从来战胜相爱，残忍总是刺伤最后的期待。

我闻到了庄永生的味道，他最喜欢的香水 Creed 的银色山泉，他将最干净的人间气息带给我，我深深地长吸一口气。我终于从人间淤泥中活了过来。

等一下，我的庄永生，他可曾活过来？

"漫姐，漫姐，我在，我在，我们都在。"

我从恍惚中醒了过来，眼前热热闹闹地站了一堆人，我那当红女作家的身份和例行排场，突然闪现在这个落后小县城不怎么高级的单人房中。

第一个进入我眼帘的是李果，准确地说此刻是李果正搂着我的头。

不对，不对，我记得昨晚我最后的画面是躺入浴缸中，什么时候睡到了床上？李果他们又是怎么进入了我的房间？

我坐了起来，李果扶了我一把，李果靠近我的时候，银色山泉水朝我涓涓而来。李果是什么时候换了香水的，我记得她一直用的都是迪奥小姐。粉红色的迪奥小姐和李果跳跃的青春倒是绝配，换了银色山泉的她，有一种瞬间遁入空门的断舍离之感。

"果儿，你换香水了？"面对自己人，我放松地用晨起的慵懒嗓音，开始问一些浪费人生的闲散话题。

谁料李果的脸色变了一变，很不自然地说："漫姐，你要是不喜欢这个香水味道，我就换回来。"

"没有没有，挺好闻的。之前永生用的也是这一款。"我掀开被子，伸出双腿，瞥了一眼站在面前的其他人——还有马一鸣、王佳晴，居然还有警察李伟。

"男士，可以回避一下吗？"我扫了一眼马一鸣和李伟说。

李伟听到了这话，二话不说立刻以标准军姿转身，表示非礼勿视。

而马一鸣则根本没有理我的话，反而更进一步走过来，仔细地看着我："漫漫，你确定你不需要医生？"

我光脚踩在地毯上，双脚敏感地感受到这里的地毯太旧、太老、并且经年未洗。

"鞋呢？"我话音刚落，李果就将一双干净的拖鞋递给我，双眼却不敢直视我。

我一边将右脚拖鞋穿上，一边瞥向李果，直接问："李果小姐，今天情绪不太对啊？"

谁料，我这一问，李果居然就转过身去，掩面哭泣了起来。

我完全不知道发生了什么。我停止了手里的动作，直起身来，扫了一眼大家，问："怎么回事？"

王佳晴拍拍李果的后背，对我说："李果见到庄永生了。"

"哦。"我接着刚才的动作，"有什么接受不了的吗？"

"夏漫，对不起。"最后面的警察李伟听到我们热热闹闹的讲话，终于忍不住转过身来开口了。

我看着李伟，轻轻地笑了一下，问："李警官，百香果汁好喝吗？"

李伟眉头轻轻皱了一下，没有接我的话茬，说："夏小姐，昨晚究竟发生了什么？"

我的这帮工作团队的人真是让我吃不消，这一大早也不管我方不方便，直接就闯进了我的房间，好在昨晚我要了干净的睡袍穿着睡觉。没有隐私，是我成名之后要习惯的事情之一，尽管我到现在为止，也还没有习惯。

"好了，我现在要洗漱，有什么回头再讲吧。另外，下一次能不能别扰我清梦？"我下了逐客令。

"夏漫，今天有三场安排。"王佳晴在离开之前例行公事地告诉了我。

"今天？三场安排？在这里？"我一口气问了三个问题。

"夏漫，你要知道你最庞大的粉丝群就是在这种十八线小县城。这次你正好在，不如顺便把活动做了。十一点是你的签售会。下午两点是县城图书馆捐书活动。下午六点去当地电视台接受访谈。"王佳晴点开她的手机，查看日程安排。

"都取消了吧。"我直接说出我的要求。

大家显然没有想到我会是这种态度，王佳晴看了马一鸣一眼，李果还在旁边缓解情绪。真不懂她见到真实的庄永生怎么搞得比我还失望。

"漫漫，你不是说你还好吗？不需要医生吗？"马一鸣研究着我的眼神。

"我是还好，我是不需要医生，可是我今天不想工作，可以吗？"我生气地坐在写字桌前，正好随手摸到了电视机遥控器，一下子用力将遥控器对准电视摁了下去。

"昨晚警方发现受害者的时候，受害者已经因为失血过多重度昏迷，现在还未醒来。可疑的是受害者当时下装消失，疑似有另一起案件同时发生。"电视机里正在播放当地新闻。

李伟听到这个新闻，出于职业敏感，凑上前认真地看了看。

马一鸣瞥了我一眼，没有说话。

王佳晴忍不住切了一声："这什么狗屁当地新闻，下装消失，那就摆明了有人想要性侵受害者，结果受害者没有同意，就被砸了脑袋了。"

看，人类的想象力多么丰富，可以从同一个客观事实讲述出完全不同版本的故事。

我咬紧牙，没有说话。

"好了好了，夏漫赶紧洗漱，至于今天的工作安排，一会儿到楼下吃早饭的时候再说。"马一鸣将大家的注意力都拉了回来。

大家都开始离开房间，走的时候，马一鸣靠近我，小声地问："漫漫，你没事吧？"

面对知道事实真相的马一鸣，我的情绪立刻就低落了下来，说："有事。"

"好，那就全部取消吧。"马一鸣想了一想对我说。

马一鸣说完，就转身拖着颓废的步伐往外走去，步伐里写满了他无力掌控的失望。

"夏漫，你是我马一鸣毕生最得意的作品！"在《完美恋人》一跃成为新书排行榜第一名的时候，马一鸣开心地如少年一样，跳跃尖叫，给我拥抱。

马一鸣将我从茫茫人海中挖掘出来，亲手打造和指导，将我从一个小有才华的文艺少女，打造成了今天言情小说界的畅销女王，我给了马一鸣事业上最大的成就感。

马一鸣给我做的所有的商业安排，无一例外都是将我夏漫托举得更高更好。

这一次，我从普通的言情小说家成功转型成为悬疑爱情小说家，马一鸣居功至伟。

"等一下，老马，早餐我要喝一杯热牛奶、一杯现磨热咖啡、两个双面煎蛋、一片烤面包、一份燕麦粥和一个菜包。"我笑意盈盈地一口气报出菜单。

马一鸣边听，边点头，一个劲儿地说："好好好。"

马一鸣知道我夏漫吃完一顿丰盛的早餐之后，将会答应所有的工作安排。

我可以让全天下所有的人失望，唯独不可以让马一鸣失望。我夏漫和马一鸣在这十年里互相成就对方，如果我撤退，那就是对马一鸣的摧毁。

我从来都是一个知恩图报的人，马一鸣就是我今生最大的贵人。

当马一鸣、王佳晴、李伟、李果和我，围坐在庄永生跟前的时候，庄永生显然是感受到了他活到今时今日最大的重视。

庄永生的双手紧张地互搓着，磕磕巴巴地说："你们想问啥就问吧。"

"你知道她是谁吗？"王佳晴指着我问出了第一个问题。

"夏漫，不，李春梅。"庄永生说出了我的真实姓名，并且流露出期待老师表扬的表情。

马一鸣立刻用刀子一样的眼神责怪地看了我一眼，我吐了吐舌头，清了清嗓子。

"你可以忘记她是谁吗？"王佳晴继续对着庄永生说。

"忘记？为什么要忘记？那肯定是忘不掉的。"庄永生搓着手乐呵呵地说着。

"给你多少钱，你可以忘掉她。"王佳晴的耐心和公关能力似乎已经不屑在庄永生面前施展，直接问出了主题。

庄永吓了一跳，然后明白过来，说："你们、你们是想封我口。我懂。"

"你说——"王佳晴继续说。

"行了，我来。"我拉过一把椅子，直接坐在庄永生对面，看着庄永生说："我叫夏漫，我也叫李春梅，我知道你知道，我也知道你忘不掉，但是这件事能不能成为你的秘密，不能对第三个人说起。我可以信你吧？"

"当然，当然。你当然可以信我。"庄永生一口气说。

"这么说吧，不管你懂不懂，你都必须将见到我以及我的丈夫拿了你身份证的事情，咽进肚子里。"我轻轻地凑近庄永生的耳边说，"否则昨晚那件事就瞒不过去了。"

庄永生立刻坐直了身子，说："你们放心吧，我一分钱不要的，我喜欢看夏漫小姐的书，我绝对不会出卖夏漫小姐的。"

"你看过夏漫的书？"李伟跟上来追问。

"嗯，虽然看不懂。"庄永生不好意思地说。

"哎，你们说这是不是一个绝好的宣传点？"王佳晴拍手道。

"一个年近不惑的农村单身男人，一辈子未曾恋爱结婚过，居然喜欢读夏漫的小说，你们说这是不是一个爆点？"王佳晴继续兴奋地说。

马一鸣看着王佳晴鼓励她："继续说。"

"夏漫和庄永生是两个世界的人，他们居然可以通过夏漫的小说，来到同一个世界。这就是夏漫小说的魔力，无论你在哪里，无论你是谁，她都可以走近你，打动你。"王佳晴继续滔滔不绝。

马一鸣一拍手，拍板："今天下午六点的采访，让庄永生和你一起上。"

庄永生，庄永生，无论你是死是生，你都是为我而生。

第十六章　李果的底牌

时隔三十六小时，又见夏漫时，我和夏漫久已疏远。

夏漫的周围围绕着助理李果、编辑马一鸣、宣传经纪王佳晴，还有那个庄永生。

此庄永生，非彼庄永生，他们借着同一个姓名和身份，穿越了天堂和地狱，共存于这个粗糙且残忍的人间，对夏漫进行凌迟。

此庄永生已然从彼庄永生死亡的历史里复活过来，褪去了他精英的模样，走进人间疾苦，然后拷问夏漫：如果我是这般的模样，你是否依然爱我？

不用夏漫回答，我都可以明确地知道答案：夏漫不爱。

夏漫永远只偏爱那一种男人：干净、优雅的绅士，学识与品位齐美，外貌与灵魂一色。

这不是眼前的庄永生，也不是眼前的我。

无论我们有多么爱夏漫，夏漫只爱她的心上人，绝不留给别人半分。

即使这样，也没有关系，我是夏漫老公庄永生被杀案的负责警察，在案件查清楚之前，我有足够的理由接近夏漫，即使夏漫的眼里从未有过我。

我坚信夏漫并非杀死庄永生的真凶，除了夏漫之外，所有人皆有嫌疑。

我第一个怀疑的人，就是夏漫的助理李果小姐。

李果小姐，女，二十四岁，安徽芜湖人，于南京某师范学院毕业，学的是幼师专业。自从二十一岁进入出版社实习，一直做的是夏漫的第一助理工作。从一开始月薪一千的实习生，到如今月薪三万的夏漫第一助理，李果小姐，绝非凡人。

"果儿，你换香水了？"夏漫漫不经心地问。

谁料李果的脸色变了一变，很不自然地说："漫姐，你要是不喜欢这个香水味道，我就换回来。"

"没有没有，挺好闻的。之前永生用的也是这一款。"夏漫依然毫不在意地随意聊着。

说者无心，听者有意。这段漫不经心的对话，开启了我怀疑李果的第一步。

从夏漫房间出去之后，我跟在李果的身后，慢慢地走着。我观察着李果的脚步匆匆忙忙，急着往自己的房间走去。

按照原计划，大家都去一楼的餐厅吃早饭，连夜开车赶来，大家都疲惫不堪，食物至少可以给身体暂时的安慰。

"我回一下房间。"李果对着王佳晴轻轻说了一下，转身就走向自己的房间。

　　如今纸媒日渐式微，出版社更是每况愈下，然而马一鸣这个组因为有夏漫这个当红作者撑着，倒是经费充足，丝毫没有省吃俭用的意思。比如在这个小县城的五星级酒店，出版社给他们每一个来的人都单独开了房间。李果和王佳晴虽然都是出版社的员工，同为女性，但也是一人一个单人间。

　　在入住的时候，马一鸣大方地表示也把我的住宿解决了，我婉言谢绝了。我自己另外单独开了房。按照出差标准，我们是不可以住五星级酒店的，但是为了能紧密跟随出版社的这组人，我决定自费住在这里。

　　李果掏出了房卡，在门上刷了一下，门打开了，李果推了进去。在李果即将把房门掩上之际，我果断地伸出一只手，撑住了即将关上的房门，一跃身进去，将门迅速地合上。

　　李果看着我这一连串熟练又强势的动作，惊讶得张大了嘴巴。

　　"李警官——"李果惊叫道。

　　我将右手食指轻轻地放到唇上，说："嘘——如果你不想让人知道你事情的话，咱们还是小声说话为好。这个酒店的隔音，实在是差强人意。"

　　李果迅速地收起自己惊讶的眼神，换上了一种冷冷的"任尔东西南北风，我自岿然不动"的表情。

　　嗯，这个表情像极了，像极了——夏漫。

　　"说吧，李警官，我们之间有什么好谈的吗？"李果的问话句式都非常像夏漫。

这些都不算什么，再凶神恶煞的犯罪嫌疑人，我都遇到过。

"李果小姐，你杀了庄永生吗？"我决定单刀直入。

这招果然有效，李果错愕地抬起头，一脸惶恐地看着我。

我和李果小姐四目相对，我牢牢地将眼神锁住在李果小姐的容颜上。

不到一分钟，李果便将眼神移开，李果突然笑了，笑着笑着便落下泪来："你们都只会欺负我是吗？连警察也这样。"

这是李果对我说的第一句话。

我看着李果，流着泪的李果满腹委屈，却又故作坚强和不认输的模样。

"我不太明白你是什么意思，李小姐。"我很诚实地告诉李果，"如果你愿意和我说实话，我可以看看有什么我能帮你的。"

"实话？这个世界还有实话存在的必要吗？你不是警察吗？实话应该你来告诉我啊，你告诉我什么是真相，什么是实话。"李果一口气说道。

说完李果挑衅地看着我，没有半点退缩的样子。

"你和庄永生是什么关系？"我继续直接问李果。

"你觉得我和庄永生是什么关系？"李果笑了一下，反问我。

"夏漫对你们都不错。"我不放过李果脸上的任何一丝表情变化，小心翼翼地放出我的试探问话。

"我们对夏漫也都不错。尤其是我。"李果很直接地回答。这个答案无可挑剔。

"夏漫知道你和庄永生的关系吗？"我用心里假设的答案，

継続引诱李果上钩。

继续引诱李果上钩。

"那必然是不知道的。"李果果断又直接地回答我，让我多少有点意外。

"你和庄永生的这种关系，你们对得起夏漫吗？"我多少有点生气的，我没有想到李果对于她和庄永生的关系，丝毫未加掩饰。

"我和庄永生的这种关系，有哪一个地方对不起夏漫了？"李果反问我道。

我愣了愣，觉得是哪里出了问题。

"你和庄永生到底是什么关系？"我有点失去耐心，并且看不懂李果的底牌是什么颜色。

李果哈哈大笑了起来："李警官，听你的这个意思，你是认为我是庄永生的情人，对吗？"

我的脸仿佛被人当面抽耳光一般疼，难道不是吗？

看到我错愕的表情，李果如考试得了高分的优等生一样，很是满意地笑了起来，接着便拉开房间的门，对我伸出了右手，做出了一个请的姿势。

"你使用和庄永生同一款香水这件事，你如何解释？"我继续追问道。

"呵，听你的意思是，你觉得是因为庄永生使用了那款香水，我才使用了这款香水？或者说，是我偷偷使用了庄永生的香水？李警官，我告诉你，你弄错顺序了。庄永生知道那款香水品牌，还是从我这儿得到的知识。"李果有点觉得自己被冒犯了。

李果将房门完全打开，我只能走出门去。

我出门的时候，李果说了这么一句话："等你拿到我和庄永生关系的证据，你再来审问我吧，李警官。"

我和李果的第一次谈话，完败。

李果并非庄永生的情人，这是我和李果谈话完毕之后，唯一得到肯定的结论。通过这个结论，我可以排除一些繁杂的旁支信息。

可是李果说不是，就不是了吗？李果使用和庄永生同一款香水这件事，该如何解释？李果显然有一个巨大的秘密，这个巨大的秘密竖在我的跟前，我能感受到它的存在，却无法看见它的全貌。这一点让我非常沮丧。

至于李果究竟有没有杀庄永生，此事在目前还不能下定论。

我没有想到夏漫答应了所有的工作安排，我更加没有想到的是夏漫居然同意和庄永生同台接受晚上六点电视台的访谈。

我以夏漫工作人员的名义，和夏漫他们一起来到当地电视台。我看到夏漫脸上的伤痕已经被化妆师修饰得很好，在电视台的灯光下，夏漫一如既往地光彩明亮。

让人跌破眼镜的是庄永生。庄永生被电视台的造型师剃了一个寸头，穿了一件纯白色T恤，一条黑色的胯裆短裤，一件黑色的短袖衬衫敞开着穿着，脚上是一双纯白色的球鞋，突然之间，全无乡土气息。唯有庄永生拘束的态度，佝偻着的坐姿，对每个人都点头哈腰的样子，出卖了他的出身。

庄永生被造型师从化妆间带出来的时候，在场所有的人都吃了一惊，甚至有人鼓起了掌，俨然是看到了一个草根偶像的诞生。

"瞎胡闹！"王佳晴看到庄永生出来之后，忍不住气得骂了一声。

于是我看到王佳晴三步并作两步地跑上前去，走到所有人的面前。

"是谁让你们给庄永生打扮成这个样子的？"王佳晴狠狠地质问电视台的工作人员。

电视台的工作人员并不受雇于出版社，看到王佳晴前来质问，并不买账，直接就是一个反问句："有什么问题吗？"

王佳晴看到这个十八线小县城电视台工作人员蛮横的样子，倒是有点意外，但是王佳晴到底是专业的宣传经纪，转瞬之间便明白过来这是遇到了地头蛇，再不能拿出在上海的那个做派，于是收了收语气，解释说："这样打扮不合适。"

"哪里不合适？"这个电视台的男编导继续反问王佳晴。

"他，代表的是夏漫十八线小县城的粉丝。你现在看看他，从上到下，浑身上下有一点点他原来的影子吗？他不是他，这个人有作为典型的价值吗？"王佳晴指着庄永生说。

"呵，原来你们出版社要这个，你们就是想看我们当地的读者土了吧唧的样子，对吗？"

"这样说有点难听，但是差不多就是这个意思。"王佳晴点头道。

"那我明确告诉你吧，绝对不行！我们电视台有义务给我们当地的百姓形象把关。"电视台的男编导义正词严地告诉王佳晴。

看到事态恶化，编辑马一鸣立刻上来了。马一鸣将王佳晴和电视台的男编导拉到一边，小声地问到底是怎么一回事。

问了半天，才明白电视台对于庄永生代表县里的读者参加电视访谈十分重视，所以特意给庄永生做了造型，希望节目播出之后，庄永生代表该县城读者的正面形象。但是显然这一点和王佳晴想要的效果南辕北辙。

几番沟通之后，双方各自坚持，不愿意妥协。

至于夏漫，当时的夏漫坐在访谈区的聚光灯底下，漠然地看着眼前的这群人为了她的访谈，极力争辩，似乎此事与她毫不相关。她的眼神游离在这个针锋相对的世界之外。她只是静静地看着，如看电视剧一样看着眼前的每一个人，不带任何感情色彩。

突然演播室的门被打开了，一群穿着制服的当地警察冲了进来，直接走到夏漫面前，说："夏漫女士，你需要跟我们走一趟。"

夏漫缓缓地站了起来，脸上没有丝毫的意外，倒是旁边的庄永生如临大敌一样，瑟瑟发抖。

我看到夏漫朝着我轻轻地招招手，喊我："李警官，你来。"

第十七章　庄永生的秘密

"老大，我们找出死者庄永生的真实身份了！"徐璐兴奋的声音从电话那头喷薄而出。

在去往当地警察局的途中，我接到了徐璐的电话。我这边跟着夏漫这条线，徐璐和赵辰继续调查庄永生。

我看着坐在我身边不远的夏漫，立刻压低声音对徐璐说："一会儿我打给你。"

夏漫的眼神瞥了一眼我这里，淡淡地问："是案件有进展了？"

我耸耸肩，这件事出于纪律，我无法告诉夏漫。

夏漫的眼神暗了暗，将头转过去，不再看我，也不再追问。

我为自己将夏漫拒于千里之外，而深感抱歉。

夏漫对于世间的人和事，有着可怕的忍耐力；对于别人的敌意和凌辱，有非常高的承受力。这与她的身份和地位显然格格不入。

在这个看人下菜的世界上，越当红的人越是性格暴躁，越是不会考虑别人的感受，因为他们身边的人和事都是围绕着他们转，他们不需要对任何事情忍耐。这就是为什么越大牌的明星，越会耍大牌。他们耍的不是大牌，他们以为那才是他们的人生常态。

至于夏漫，夏漫是完全不同的。即使现在她已经爆红成一线女作家，她依然对这个世界是一种逆来顺受的态度。

"一会儿到警察局，你实话实说就好，我在，你也不用太担心。"我轻声地对着夏漫说，试图尽可能地让夏漫感受一点善意。

"嗯。"夏漫轻轻地用鼻子答应道，脸上却是一种敷衍的表情。

顿时，我觉得自己的那句话是那么无力和羞耻。

我在，你也不用太担心。其实我在，也根本没有什么用。夏漫仓皇的人生，命运安排我见了很多次，除了增加伤害，我似乎别无他用。

徐璐的信息不断地发来，全部是有关庄永生。

无论你的人生有多么精彩，你若有一天成为警察的档案，你的人生就只剩下数据与直白。

死者庄永生，真实姓名为孙志强，男，一九八五年十二月二十一日出生于山东烟台，本科毕业，毕业之后未曾正式就业，至今人才档案依然挂靠在当地的人才市场。感情状况，不详，未婚未育。家中父母都健在，上面有两个姐姐，孙志强是家中老三，也是唯一的儿子。

孙志强要和夏漫结婚这件事，家中居然无人知晓，连孙志强和夏漫恋爱这件事他们家似乎都未曾知道半分。

因为是家中最小的独子，加上从小相貌清秀，孙志强一直都备受家中父母以及姐姐们的宠爱。虽说是出生于小城市，但是也从未吃过什么苦，吃穿用度也是家里最好的。周围邻居对孙志强的评价就是一个清秀白净的男孩，很有礼貌。至于长大后的孙志强是什么工作，去了哪里，邻居是一概不知道的。据邻居反映，孙家老三在大城市工作，不是北京就是上海。逢年过节的时候，孙志强也不一定回来。

问起孙志强的父母，儿子是做什么工作的，父母都摇摇头说，儿子的事情他们不太懂，大概是做什么生意吧。

孙志强的父母说，从小到大儿子都习惯自己拿主意，儿子聪明且能干，从小到大都很乖，很让父母省心。所以长大之后，他们就不再过问更多关于他工作的事情。

徐璐没敢将庄永生已经被杀的消息直接告诉孙志强的父母，徐璐将照片给孙志强的父母看了看，孙志强的父母很确定，照片上的人就是儿子。他们很不安地问，儿子出了什么事情。徐璐只是说例行询问。

徐璐还得到了一个惊人的线索，孙志强从小喜欢写作。曾经在当地的中学生作文比赛中拿过一等奖。这张奖状，至今仍被孙志强的父母保留着。

我读着这些信息看着身边的夏漫，心里有一种说不出的悲凉。

我所拿到的信息，是夏漫最亲密的枕边人的信息，然而我百分百确信这些信息是夏漫完全不知道的。

夏漫不知道她的庄永生真实姓名叫作孙志强。

夏漫不知道她的庄永生真实年龄其实比她还小几个月。

夏漫不知道她的庄永生并非湖北人而是山东人。

夏漫不知道她的庄永生父母健在并且还有两个姐姐。

夏漫不知道她视之为值得托付终身的人，却从未想带她去和家人见面。

夏漫更加不知道，她的庄永生居然也喜欢写作。

"夏小姐，庄永生喜欢你的哪一本小说？"我假装不经意地问起。

夏漫将疲惫的眼神投向我，轻轻地摇摇头："哪一本？他不看我小说的。"

"为什么？！"我无比吃惊地问。

夏漫小姐虽然年纪尚轻，却是一个高产作家，自从签约这家出版社，前前后后出版的小说有十七本，被读者市场认可，日趋走红。夏漫的每一本小说我都认真读过，客观地讲，夏漫的书写的是言情题材，世界观格局虽然谈不上大，但也够得上"文笔优美、故事引人入胜"的评价。我不清楚庄永生，不，应该是孙志强，作为她最亲密的爱人，怎么会从来不看夏漫的小说。

"没有为什么，男人看言情小说的，本来就不多吧。"夏漫没有觉得这是一个很大的问题。

"那他爱你什么？"我脱口而出道。

在我的内心，夏漫的小说是夏漫的重要组成部分，我通过阅读夏漫的小说，接近夏漫的灵魂。如果庄永生不读夏漫的小说，他怎么去阅读夏漫的灵魂？

很显然这个问题刺痛了夏漫。她的眉头轻轻地皱了一下，瞥了我一眼。

"如果这个问题冒犯了你，我道歉。"我立刻补上一句。

"没事，我和他之间的感情，本来就没有多少人能懂。你这么问，也不奇怪。"夏漫转过头去，却是不认输的口气。

就在这个当口，警察局到了。

夏漫和我都下了车。因为我亮明了警察的身份，才得以和夏漫一起过来。至于其他人，只能在酒店等消息。

我这才知道，电视里的那起出租车案子与夏漫有关。出租车司机还在医院里没有醒来。有目击者看到夏漫打了这辆出租车，开到了庄永生所在的村庄。更巧的是，出租车司机被砸晕的地点离庄永生的村庄不远，所以夏漫是第一嫌疑人。

"夏漫小姐，究竟发生了什么事情，希望你能配合我们一下，如实说明。"当地警察因为知道夏漫是著名作家，说话很是客气。

"你们问出租车司机吧。"夏漫显然不想回忆什么。但是这样的回答，显得夏漫态度极差。

"夏漫小姐，出租车司机至今还躺在医院里，没有醒来。你这样说，我们就不好工作了。"警察很委婉地表示不满。

外面传来嘈杂的争议声，似乎什么人闯了进来。人声鼎沸，听不清楚。

随即有个年轻的警察步履匆匆地进入了审讯室，在刚才那个询问夏漫的警察耳边说着什么。

警察抬眼看了夏漫一眼，脸色略有异样，随即对着年轻的警察就点点头。

年轻的警察转身就出去了。

"对不起，夏漫小姐，让您在本市遭遇了这样的事情，是我们的失职。您可以先回去了。"警察客客气气对着夏漫说。

夏漫一愣，抬头看警察："发生了什么？"

"庄永生把一切都坦白了。"警察说。

话音刚落，夏漫立刻站了起来，冲出去。

我和夏漫几乎同时到达警局大厅，正好看到刚才进来的年轻警察，正准备将庄永生拘留起来。

"你为什么要过来？"夏漫对着庄永生斥责道。

"我不能让你替我背锅，人是我砸、砸、砸的。那我肯、肯、肯定是要负责的。没、没事，我皮糙肉实的，进局子不怕。你、你、你、不行。"庄永生结结巴巴，抖抖索索，舌头都紧张得不利索地说出这些话，却依然想要维持住很有勇气的样子。说完他撩起黑衬衫的衣服下摆，擦了一下脸上的汗。

"不要用衣服擦汗！"夏漫提高分贝，用完全不能忍受的语气尖叫道。

庄永生被夏漫吓了一跳，立刻将衣服下摆放下，然后用手将衣摆抹抹平，然后将手心的汗在衬衫上，下意识地擦了擦。

夏漫的眉心紧紧皱了起来，终于放过庄永生这个动作，继续追问。

"你为什么不听我的？！我会让我的律师处理这些的，你出什么头！"夏漫很是生气。

"没事，没事，没、没事。"庄永生继续安慰夏漫。

突然之间，夏漫就转过身来，对着当地警察说："好，你们想要知道发生了什么，我告诉你们发生了什么。我对我即将要说的每个字负责，你们最好马上录音。"

听夏漫这么一说，旁边的警察急忙打开录音笔，拿出记录本。

"昨晚我打了当地一辆出租车，去贵县的乡下。我是在高铁站正规出租车等候区，打的车有正规出租车运营执照。同时我也相信贵县民风淳朴，感激出租车司机做当地引导，陪我等候，带我认路，找到我想要找的人。谁知，在返程的过程中，该出租车司机起了歹心，意图对我不轨，将我拖离出租车，并殴打我，想要对我施暴。幸得贵县有庄永生这样的人，担心我陌生女子半夜返程不安全，悄悄在后面骑车护送我，从而看到了魔鬼兽性大发的一幕。庄永生以一己之力，与歹徒搏斗，将我救出虎口。虽然下手过重，导致歹徒昏迷，但是依然不能抹杀庄永生该行为见义勇为的属性。我认为，贵单位不对当地人民见义勇为行为进行肯定和表彰，反而错怪好人，此种行为实属不妥。"

夏漫一口气说完，旁边的警察在纸上忙不迭地写着。

而庄永生听了夏漫的这一番讲话，俨然是如见女神的仰慕表情，激动得眼冒星光，嘴巴是完全合不拢的表情。

至于我，我深感震惊。我看到了夏漫昨晚身上的伤痕，但是没有想到她竟然遭遇了这样的劫难。

我从未有过这样的无力感，此刻，我想将夏漫拥抱入怀，告诉她，所有这一切都是一场噩梦，天亮后，她的人生依旧精彩。

夏漫在说完这些后，身子微微发抖，眼神却是一种心如死灰的苍凉。

"夏漫小姐，您别激动，这件事我们会去核实的。一定会给您一个说法。"年轻的警察试图安慰夏漫。

语言从来不能抚平伤痕，补偿也从来不能够抚慰人心。夏漫所经历的这一切，从庄永生的死亡到如今，已然是别人的一生，甚至是三生。

"所以，庄永生，可以走了吗？"夏漫直视主事的警察的眼睛，逼问道。

"这……"主事的警察还在犹豫。

"多少保释金？我交。"夏漫继续冷冷地问。

"这不是钱的事儿，这不符合流程。"主事的警察还在犹豫。

"流程？！你来告诉我，什么是正确的流程？！"夏漫已经很不满意。

"夏小姐，您、您别激动。这事，我们要请示一下。"主事的警察解释道。

"行，你现在就去请示，我在这里等着。如果请示不成，那么我想，当红女作家初入贵县，即遭强暴，这个新闻热点也不错。我不介意给自己恶意炒作一回。"夏漫直接坐在了公安局大厅接待处的椅子上。

不到五分钟，主事的警察就出来，跟我们说："你们今天可以走了，但是后续的事情，还需要你们多多配合。"

夏漫点点头，在一堆文件上不停地签字。

庄永生一脸错愕地看看周围，最后看向夏漫："我们这就可以走了？"

夏漫抬起头，淡然地说了一句："你可以走了。"

说完夏漫放下手中的笔，站了起来，临走之前，回头对着主事的警察说了一句："你们的笔，没油了，可以换一支新的了。"

跨出公安局门口的时候，夏漫轻轻地对着我说了一句："庄永生的秘密，你可以告诉我了。"

第十八章　若不是因为爱着你

我究竟爱过庄永生什么呢？

不，应该这么问，我究竟爱过孙志强什么呢？

这个叫李伟的警察，是我人生厄运的见证人，有他在的地方，我便会记得，那是我人生最灰暗的时光。

李伟告诉我庄永生不叫庄永生，而是叫孙志强。

无论他叫庄永生，还是孙志强，还是刘志强，李伟不断地在追问我，我究竟爱过庄永生什么呢？

在爱情载体消失的末日，去重返爱情开始的起初，我已经有些记不得来时的路。

庄永生是我的第七段正式的恋情，相识于偶然。这是我之前，以及之后，也许都不会再有的艳遇。

爱上一个人有很多种理由，比如你爱上了一个人或漂亮或帅气的外貌，比如你爱上了一个人或成熟或孩子气的性格，比如你爱上了一个人的才华和学识，比如你爱上了一个人的风度和教养。还比如，你爱上了一个人爱你的感觉。

对，我爱上了庄永生爱我的感觉，这应该是我们爱情的起初。

　　我的十七本小说里，曾经描述过数不清的男性，那些男性在我的爱情故事里，有着不同的设定：有帅气多金的霸道总裁，有才华横溢的独立艺术家；有细腻温柔的东方男子，有幽默有趣的西方男孩；有自私并且有家暴倾向的渣男，有无条件默默付出的备胎，我笔下的每一位男子，我皆用生命深爱。

　　至于庄永生，庄永生俨然是我笔下所有男性的完美结合，他兼具了帅气多金和才华横溢，温柔细腻和幽默有趣，自私禁锢和无条件对我付出。

　　有时候，我会恍惚，庄永生的行为是我笔下的人物走出来，对我进行反噬。

　　比如去年五月的那一天。

　　去年五月份的时候，我的一本故事发生在巴黎的爱情小说被东升影视公司看中，老板旭东升亲自要求和我见面，谈这本书的版权转让。

　　旭东升是一个儒商，年近中年，却对自己的身材管理做得极好，隔着纯黑色的 T 恤，依然能看见他胳膊上的线条。

　　那天的会面被安排在出版社的会议室，与会人员有旭东升、旭东升的秘书、旭东升的版权律师，还有旭东升的项目开发总监；我这边有马一鸣、李果、周律师和我。

　　谈判的过程非常愉快，旭东升几乎答应了我所有合理或者不合理的请求，给了我们最大的合作诚意。

　　谈判的休息间隙，我带着旭东升去出版社咖啡室喝咖啡，我和旭东升站在咖啡室的窗前，正好可以从窗前看见二楼出版社小院的一棵大树，大树估计已经种植了多年，现如今正好长得枝繁叶茂，甚至可以看到有小鸟在上面筑巢。

"我在巴黎的时候，我租住的公寓前也有一棵这样的大树，那时候我和我女朋友，有时候一起坐在窗前，看着这棵大树，什么也不说，什么也不做，就那样静静地看一个下午。"旭东升突然触景生情地说起了他的人生故事。

难怪旭东升想要买我这本巴黎爱情小说。

"那后来呢？"我轻轻地接了一句问话，鼓励旭东升说出他的故事。

对于我们写作者来说，好故事难得，遇到了我必定珍惜。

"后来？所有的后来，不都是花开两朵，天各一方。"旭东升淡淡地笑着说，语气中虽有遗憾，却是一种释然的大度。

"以后会遇到更好的。"我用最平常的安慰，接着旭东升的感慨。

"夏小姐是在说你吗？"旭东升开着玩笑说。该话字面的意思似乎有点潜台词的暧昧，但是在那个场景之下，我除了听出了玩笑的感觉，并没有感觉被冒犯。

我刚想接这句话，就听到一个矿泉水瓶被狠狠地砸到地上，我转头一看，居然是庄永生站在咖啡间的门口。

我不知道庄永生在这里站了多久，又是听到了什么，是不是误会了什么。我刚想解释什么，庄永生已经转头离开了。

我惊慌失措的表情，让旭东升看出了端倪。

旭东升立刻问我："男朋友？"

我不好意思地点点头。

"那你赶紧去解释一下吧，希望没有给夏小姐带来麻烦才好。"旭东升说。

我点点头，说："不好意思了，旭总。"随即立刻追上了庄永生。

终于在楼梯间，我找到了庄永生。

庄永生抽着烟，眼睛红红地看着我，一副困兽的模样。

我走上前，轻轻想要搂住他解释，却被庄永生一把推开。当时我正好从楼梯往下走，看到庄永生的时候，他站在楼梯夹层的转角，所以被他一推，我直接就从楼梯上摔了下去，滚落了几个台阶，掉到了下面的一个平台。

我的额头以及膝盖，擦破了皮，当场就流出了血。鲜血艳红，刺眼夺目。

庄永生看到后，疾步跑下来，将我抱在怀中，不停地吻我，说："对不起，对不起，对不起，夏漫，我太爱你了。我忍受不了你和别的男人，一丝一毫的亲密。"

"没有别的亲密，我的亲密都给了你。"我流着眼泪说着。

"对不起，对不起，对不起，我就是太爱你了，我就是小气。在你的事情上，我就是无法做到不在乎。"庄永生继续说道。

那天的结局，是我本人没有再参加后面的版权会议，全权交给了马一鸣和法务去谈判。我本人则被庄永生抱着送进了医院，在庄永生的强制要求下，我从里到外做了全身的检查，甚至做了一个脑部 CT。

旭东升倒也磊落，尽管那天的会议我没有再参加，旭东升还是按照当时我要求的条件，购买了我小说的影视改编权，钱上也没有砍价半分。

那天会议结束之后，旭东升给我发了一条短信，短信的内容是：你开心就好，好关系彼此成就，才能长久。

我看短信的时候，庄永生正在给我倒水，未等他转身过来，我已经悄悄地把短信删除了。

从那以后，我再也不参加任何直接和甲方谈判的会议，我退居到一个职业码字人以及公众场合提线木偶的位置。

表面上，庄永生并不过问我的工作，我们也从来不谈我们的工作。

庄永生也从来不看我的小说，有几次我自己写了特别满意的片段，想要跟他分享，他总是用亲吻和拥抱来堵住我的要求，说："漫漫，你不会是想让我变成看言情小说的那种娘娘腔吧。"

我试图辩解过我的小说没有那么低级，但是庄永生表示出了不感兴趣，我便没有再逼问。后来我便安然地接受了庄永生不看我的小说这件事。

那么我爱庄永生的什么呢？

我曾想象过我的另一半是什么样子，我给他做了很多侧写，比如：身高一米八以上，长期健身，可以将我高高举起看整个烟火人间。会三种以上语言，上知天文下知地理。硕士以上学历，有自己的独立事业。热爱小动物，以及会弹一手好钢琴。

我自己都知道，这些侧写，完全是出于一个作家本能的臆想，当不了真。

可是有一天，突然有一个男人闯进你的生活说，我符合你的所有条件，并且我爱你。

有谁能够拒绝这样一个你自己设定的完美恋人？有谁能够去想，这样一件好得不像是真的事情，很有可能就不是真的？

庄永生就是这样的一种存在。所以，我除了接受他、爱他、嫁给他以外，别无他选。

更何况我身边的所有人，都给庄永生投了赞成票。

马一鸣说，夏漫你也快三十了，也该嫁了，庄永生挺合适的。

王佳晴说，漫漫你这时候嫁给庄永生，也是一个宣传点。一个言情小说家，嫁个一个大众眼里的梦中情人，总是比较正面的一件事情。你的私人感情，一直都是你的营销点，你要保持。

李果说，庄永生那么帅，我以后的老公要是能及庄总的一半，我做梦都要笑醒了。

你看，这么多的理由，这么好的理由，这么堂而皇之的理由，我要怎么拒绝？

至于我和庄永生的鸿沟，爱情里的鸿沟那么多，也不是我们两个人才有。

结婚之前，我曾提出去庄永生家中见见他的父母，庄永生婉言谢绝了。

庄永生说："漫漫，你是独立高知女性，讨好公公婆婆这件事，你就不用去做了吧。"

当时的我听了，只是觉得庄永生深得我心，现在想来，其实是庄永生根本就不想让我走入他真正的生活。

真正的庄永生是什么样的人？

这个叫作孙志强，并且借着湖北小县城农民庄永生的身份来和我恋爱并结婚的男人，究竟是怎样一个人？

他究竟是受害者，还是犯罪嫌疑人？

他的真实内心，究竟对我夏漫可曾有过半点真爱？

他是出于什么目的，过来欺骗我？

我决心自己搞个清楚。

李伟似乎可以求助。

还有那个叫作庄永生的农民，看起来也是真心待我。

我决定求助这两个人。

至于身边的其他人，我知道他们待我好，但我暂时不想让他们知道。

"李警官，庄永生叫作孙志强，以及所有庄永生的真实背景，还请您帮我保密，我不想让身边任何人知道。"我对李警官提出请求。

李伟深深地看了我一眼，郑重地点点头说："好。"

第十九章　也曾生死相许

因为警察的突然来临，湖北黄冈市罗田县的所有安排都全部取消。

我从公安局出去的时候，门口已经围满了人，其中有长枪短炮的媒体、隔壁城市的媒体、自媒体以及我的粉丝们。

闪光灯闪烁，手机挥舞，硬是将公安局门口变成了星光大道。

"夏漫小姐，请问是你砸伤了出租车司机吗？"

"夏漫小姐，你能解释一下为何你的先生遇害情节跟你的小说情节一模一样吗？"

"听说你有严重的精神分裂，请问是真的还是假的？"

"我们接到消息说，你有长期的药物滥用史，你解释一下吧。"

"夏漫，你认不认为你有罪？是不是你杀了你丈夫？"

一个问题比一个问题尖锐，一声比一声高，人群沸腾声，如惊涛骇浪，开始还是轻轻地拍打着海岸的浪花，让你觉得新奇和美丽。没过多久，就直接是海啸翻滚，让你无法逃离，直接被巨浪卷走，从而窒息。

我不知道，你是否经历过海啸。我曾真实地与海啸擦肩而过。我对人与自然的抗争，从来不具备任何信心。

活，或者生，万般皆是命，半点不由人。

那是我和庄永生在一起之后的几个月，刚过完年没多久，我的工作安排比较闲散。于是我们决定去太平洋的一个海岛休假几天。这个太平洋的小岛，从地图上看，你是绝对无法找到的，不过是蔚蓝的太平洋中，英语句号般一个小点。

我对所有的星空或者大海，都有着本能的恐惧。可是在庄永生面前，我绝不会将我的弱点暴露半分。

我希望庄永生认识的我是最完美的恋人，因为当时的他在我的心中是那么完美的恋人，我不愿意让自己逊色半分。

庄永生喜欢吃辣。他问我："你能吃辣吗？"

我笑着说："能啊，怎么不能。"

我记得每一次，庄永生都直接点一个辣底的火锅，然后我一边吃得落泪，一边笑着说好过瘾。

直到多年之后，我看到电视剧《都挺好》中的一幕：苏明玉明明是苏州人，合作方的洪总却找了最辣的成都火锅，请苏明玉吃。苏明玉咬牙答应，一边吃火锅，一边落泪，一边喝水的样子。才想起，当初的我和庄永生，其实也是这般模样。

当时的我和庄永生，明明也像极了甲方和乙方，庄永生还偏偏是一个想要折磨我的乙方。

可惜的是，当时的我身在迷局中，是被欺负而不自知的。

当时的我以为爱是将就，是妥协，是将自己的弱点粉饰。

其实长久健康的爱，是真实，是坦白，是告诉你我曾经历过这么多千疮百孔，你考虑一下，还要不要爱我。

我清晰地记得，有一年春天的下午，我和庄永生正在海边散步，已经有放了学的岛上小孩背着书包在海边的公园荡秋千。

这是小岛最大的公园，公园的本意是纪念战死在这座岛上的亡灵。公园门口有一个巨大的地球半圆，很多刚学会走路的幼儿，光着脚好奇地在这个地球上踩来踩去。

这个公园的纵深处是一条条小道，有岛上的居民或者小孩，绕着这一条条弯弯曲曲的小道，骑车或者奔跑。

公园的最南边连接着沙滩，沙滩出去就是一片美丽的浅海，浅海被一圈珊瑚礁围绕起来，有着好看且透明的梦幻绿。我和庄永生当时就在这个梦幻绿和沙滩之间，光着脚走路。

突然就听到公园里响起了巨大的广播声，广播呜呜啦啦用土著语言说着什么，接着便看到公园里的人都开始步履匆匆往外走去。我们正在疑惑中，便听到广播里有英文广播，说的是日本正在发生海啸，这里也开始预警。

因为人生地不熟的缘故，我和庄永生立即决定返回酒店。

刚到酒店，就发现酒店工作人员在找我们。酒店组织了很多大型巴士，让我们用十分钟收拾行李，迅速上车。大家严阵以待的模样，让我对这次的海啸有了更直观的感受。

我们原本就计划过来三天，所以行李并没有很多，最重要的无非是证件。带上行李和证件，我们被酒店的巴士直接拉到了这个小岛的最高峰。

一路上，我们看到很多汽车都在加油站门口排队加油。当地人的小汽车或者大皮卡中，都放着满满当当的水、被子以及其他行李。

俨然是全岛人的大逃亡。

如果我们就这样死在岛上了，你后悔吗？

我问庄永生。

不后悔。

庄永生这么回答我。

我握紧了庄永生的手，想着若是就这样结束了此生，也算是我夏漫的人生一个不平常的结尾，我也不后悔。

那天，整个岛上的人全部排着队，盘旋在这个岛的顶峰或者接近顶峰处。

人们只不过是在做徒劳的自我救助，若是海啸来临，不过是将死亡推迟几分钟而已。

后来，我从电视上看到，在我们逃到山顶孤绝等待的那几个小时里，日本的海啸最高达到了四点二米，不用说逃，就是加快马力的汽车也逃无可逃，瞬间就被海水卷走。

而我们所处的那个小岛，刚好在被估算为最有可能被波及的太平洋海域。

一直到深夜十一点左右，小岛的警报解除，周围的汽车慢慢驶离山顶。我们的巴士也开始返回酒店。

巴士里的旅客，用各种语言，叽叽喳喳地谈论此次旅行的奇遇，因为有惊无险，所以平添了兴奋。

等到我们回酒店看到电视直播，日本的民众死亡人数不断地在增加时，我和庄永生感受到了强烈的后怕。

我不再说话，脸色苍白。

而庄永生更为他提议了此次旅行的地点而生出强烈的死里逃生之感。

我们在一起吧。

那天的深夜，我以为庄永生睡着之后，庄永生冷不丁地说了这句话。

我悄悄地伸出了手，握住被单上庄永生的手。

我们一直在一起。

我这样回答庄永生。

庄永生转过身来将我紧紧地抱住，不舍得松开。

我记得有一首歌是这么唱的："我怕来不及，我要抱着你。直到肯定你是真的，直到失去力气，直到视线变得模糊，直到不能呼吸，让我们形影不离。我怕时间太慢，日夜担心失去你。恨不得一夜之间白头，永不分离。"

是的，我和庄永生，我们死里逃生，我们生死与共，我们从此之后，明白世界保留我们生命的奇迹，只为了印证爱情的意义。

大自然残忍地用狂暴血腥的方式，带走了同一片太平洋里数万人的生命，只为了提醒我，提醒庄永生：你们应该在一起，你们应该永远在一起。

如果你问我，什么时候想要和庄永生一起共度此生的。那个夜晚一定是重要的一刻。

至于庄永生，我相信同样也是如此。

从那个海岛回来之后，我和庄永生彼此都没有再提海岛上的这件事，我们似乎都将这件事忘记了。毕竟这是我们曾经共同去过的诸多旅游目的地中的一个。

我也以为我忘记了，直到人群汹涌如海啸的此刻，这些尖锐的问题一个个向我砸过来，我才明白，原来当时的海啸只是暂时退去了，它或早或晚都要卷土重来。

残忍的是，如果当时的海啸发生了，至少还有庄永生和我共同面对。而现在只有我孤独的一个人。

爱我的你，此刻究竟在哪里？

我的脚下一软，整个人便瘫软下去。我闭上眼睛，不想再与这个世界抗争。

苟且偷生这么多年，我早已稳赚，此时离去，我绝不哭泣与可惜。

我感觉到一股力量将我支撑住，我听到耳边有人在焦急地呼喊："夏漫，夏漫，夏漫，坚持下去，坚持下去。"

不，我不要坚持，不要坚持。生命这么多曲折与苦痛，请允许我说放弃。

我闭上眼睛，将全世界都忘记。

你看着我睡在你的身边，如婴儿一样。你朝着我微笑，说亲爱的，我永不离开。

我说，你骗人，你从不愿意在我这里过夜。再漫长的深夜，你都要回到你的领地，从不肯陪我从黑夜到白天地欢愉。

你说，你也想留下来，看我绝情地老去。你也想留下来，听我细说我们的回忆。可是生命它偏偏不允许。

我说，没关系，没关系。你就留在原地，等我这就过去，我赤身裸体，穿过树影婆娑的坟地，看我的侧颜映上你的碑文琉璃。

我多想留下来，永远与你牵手相依，永远在你的枕边，听风铃叮当摇开你的故居，你说你已老去，茫茫人海，我不过是其中之一。

眼泪一滴又一滴，你毫不怜惜与好奇，从不问我有多么爱你。爱得更多的人，总是担心与犹豫，相聚与分离，拥抱与相依，残存与死去，差之毫厘，谬以千里。

此生若不能爱你，我可否温柔地杀死你?

第二十章　最熟悉的陌生人

　　幸福破窗而入，撕碎一屋脚本和想象。霸气占据头条，久久不散……

　　等一下，哪里有幸福？幸福在哪里，它不在柳荫下，也不在温室里，不在月光下，也不在睡梦里，那么它究竟在哪里？

　　请让我凝神想一想。

　　这么一想，我似乎感觉我是睡着了，我身边有人在陪伴着我。

　　是谁呢？

　　我屏住呼吸，去细听。

　　原来是警官李伟。

　　后来我才知道，在我晕倒的最后一刻，李伟直接将一件警服盖住我，一把把我搂住，上了车。

　　从表面看来，李伟的这个举动不过是警察保护证人的一个最平常不过的举动。

　　但是我是夏漫，职业言情女作家夏漫，我比任何普通人都更知道李伟的这个动作包含了其他意义。

　　一股甘泉，从我口中流进来，直接进入了我的心扉。我慢慢地醒过来。我看见眼前的李伟，没有其他人。

"带我回去，回上海，我带你去一个地方。"我握住李伟的手，郑重地要求。

李伟看着我点点头。

"不要告诉任何人。"我补充道。

李伟的眼睛中有火花亮了亮，然后继续认真地点了点头。

我握住李伟的手紧了紧，示意感激，然后便松开了。

回到酒店，照例是乌压压一堆人在等待。

"漫姐，你回来了，你还好吗？"李果迎上来第一个问。

"没事。"我很敷衍地回答。

"漫漫，所有今天取消的安排，能放到明天吗？"王佳晴问。

"不能。我在这里待够了。我要回上海。立刻，马上，一分钟都不想多留。"我平静但是坚决地说。

王佳晴张口又想要争取什么，被马一鸣用力一拉给制止住了。

马一鸣走上前来，看着我，老马浑浊且泛红的双眼，如老父亲一样看着我，接着他便把手放到我的头上，轻轻地揽过我的头，安慰地将我搂过，轻轻地在我的背上拍了拍，说了一句："好，我们这就回上海，立刻、马上、一分钟也不多留。"

听了马一鸣的话，我的眼泪唰的一下子流了出来，拼命地点头。

飞机降落到上海虹桥机场的时候，已是深夜。

从高空俯瞰上海，整座城市被一条条闪亮的灯带环绕，灯火辉煌的模样，让我的心渐渐温暖了过来。

我爱上海，爱它慵懒醒来迷离的清晨。

我爱上海，爱它步履匆匆、理直气壮、挺直腰杆的白昼。

我爱上海，爱它精致芳华、流光四溢的夜晚。

我爱上海，爱它孤绝冷艳、不可亵渎的深夜。

只有回到上海，我才真正感觉，我是夏漫，夏漫就是我。

我可以在这座城市肆意荒废，深夜买醉，爱得无边无际又浪费，或者冷得拒人千里也不愿改正与忏悔。这是上海最大的好，我在最好的上海，成为最好的我，最真的我，不加掩饰的我，从而遇见最好的你。

"漫姐，要不要回我那里？"李果小心翼翼地问我。

不知道从什么时候开始，李果用这种小心翼翼的态度对待我，仿佛我是一颗随时就会爆炸的人体炸弹，一不小心就会让她和我两败俱伤。

李果在努力躲避我的导火线。而我则在努力躲避，不让别人碰到我的伤痕。

其实我是害怕回到自己家的，自从庄永生死后，我害怕深夜独眠。但是看此刻李果的态度，我想如果我回到她那里，她会处处不自在。我不愿意打搅别人。

"不用，我回自己的家。谢谢。"我也客气且礼貌地回答李果。

李果的表情轻微地抽搐了一下，对于我突然的礼貌与客气，她也显得有点意外。

"不用谢。"她条件反射地礼貌回答我。

所有的客气与礼貌，都是因为疏离与距离。

"漫漫，好好睡一睡，明天到出版社，我再和你商量接下去的事情。今晚什么都不要想，好好睡一觉。"马一鸣说。

"好啦，我没事啦，你放心。"我故作轻松地对马一鸣说。

马一鸣点点头不再说什么。

回到我家的时候，我已经毫无力气。

我打开灯，看着我熟悉又陌生的家。当初装修这套房子的时候，我的事业如日中天，周围都是人，繁华且嘈杂，我看腻了红男绿女与社交名利，所以我对设计师的要求是房子一定要装修成极简风格，或者只是日式"性冷淡"风格。

如今回到这样的一个家，我突然觉得冷清得毫无人间烟火，格外凄凉。

手机突然进来一个陌生的电话，我感到奇怪，是谁会在这个点打电话给我？

"喂，哪位？"我随手接起来，随时准备要挂电话。

"李、李春梅是吗？"电话那头，一个男人犹犹豫豫的声音。

"你打错电话了。"我直接想要挂，突然想起来，李春梅可不就是我？

因为用夏漫的名字用惯了，电话里听到有人直接叫我真名，一下子还真的反应不过来。

我听出来是谁了，是庄永生，那个湖北的庄永生。不过就是几个小时，我俨然觉得庄永生与现在的我之间，隔着一整条银河。不，应该说，隔着整个宇宙与历史长河。

"对，是我。有什么事情吗？"我淡淡地说。

电话那头，庄永生的声音愣了一下，我声音冷得可以将整个南极温度通过电话传递。

"没、没、没什么别的事情。就是看看你有没有安全落地。"庄永生又恢复了在我面前结巴的原样。

"谢谢，到了。我要休息了。"现在我只想将这个庄永生从我的世界里划去。

我的世界里，不需要他。

我的世界里，也不欢迎他。

我的世界里，无论哪儿都容不下他。

"到、到、到了，我就放心了。"电话那头的庄永生丝毫不理会我的冷淡，开心且满足地说着。

在他即将挂断电话的前一秒，我立刻说："等一下。"

电话那头庄永生果然等着。

"你打人的事情，我会安排律师去处理的，我说话算话，你别担心。你该怎样怎样。有事情，再打电话给我。没事就别打了。"我一口气说完，似乎多说一句，都会是对我生命的极大浪费。

"好嘞，好嘞，好嘞！"庄永生开心地一连串说了三个好。

我没有再说话，直接挂断电话。

失眠如毒蛇，越夜越钻心。

反正睡不着，我起来准备出去兜一圈。

我走到地下停车库，开车出去，在城市游荡。不知不觉中，我居然开车来到庄永生住的小区。

我从未独自去过庄永生的家，自从我们在一起之后，我去庄永生的家都是庄永生陪伴的情况下。如今日这般，一个人静悄悄地走进他的小区，去看他，从未有过。

我抬头看了一眼庄永生的家，是三楼最右边的那一家。

等等，我是不是眼花？我居然看到庄永生的家，亮着灯。

难道是庄永生出去之前，忘记关灯了？

不对，庄永生从来都是一个细心的人，细心到如果他想对你隐瞒一件事，如果不出意外，你一辈子都不会知道真相。比如，庄永生并非他真实身份这件事。

难道看到这个房子多日没有灯火，小偷悄悄地溜了进来？

我悄悄地伸手摸进包里，我的口红防狼喷雾忠诚地躺在我的包底，瞬间给了我底气。

庄永生是一个细心的人，没错。

但是，你知道的，我从来也是一个有备无患的人，并且我是一个怀疑主义者。所以，庄永生家里的钥匙，我曾在他睡着的时候，偷偷配了模型。此刻庄永生家的钥匙和我的口红防狼喷雾乖乖地躺在一起。

这把钥匙的作用，是我预备有一天怀疑庄永生出轨，便可以堂而皇之地进入他的家门，然后冷静地看他最后的表演。

只是我没有想到，用到这把钥匙的这一天会这么晚，此刻庄永生人都不在了，我才需要用这把钥匙打开庄永生的家门。

我悄悄地从消防楼梯上去，耐克的跑步鞋就是这点好，可以将你的脚步，消于无声且无痕。

当初装修的时候，庄永生偷了一个懒，将后门的钥匙和前门的配成了同一把。因此，此刻我可以悄悄地从后门进入，保证屋里人，完全不会察觉。

我将钥匙插入锁眼，轻轻地转动九十度，钥匙灵敏地松开了齿轮。我轻轻地推了推门，高级的门就是有这点好，打开的时候悄无声息。

从我这个角度看过去，我看不清屋里有谁，但是我能清楚地听清脚步声，并且这个脚步声似乎完全没有要掩饰的样子。

脚步声笃定且正常，就如平时的你我在自家客厅行走，那种理所应当的步伐。

脚步声忙碌地在屋里进进出出，我听到那个人从庄永生的卧室，走到庄永生的书房；再接着从庄永生的书房，走到庄永生的卧室。

听声音，那个人似乎在搬动什么东西，或者说在整理什么东西。脚步有点重，似乎在抱着重物。

我将口红喷雾从包里拿出来，握在手中，打开口红帽子，继续轻轻地走上前，我躲在客厅与卧室走廊的夹角侧面。

我听到这个人又从卧室出来了，我屏住呼吸，一个大踏步上前，对准来人的方向，用力一喷。

"啊——"那个人尖叫起来。

我看见了那个人！

我没有想到会是这个人！

我最亲的人，从来伤害我最深。

不过，这才是世界的真理，不是吗？

第二十一章　圆圈不圆

如果可以有如果，我希望我和所有不堪的人事，都不要直接面对。

此刻的我，手中高举着口红防狼喷雾，喷雾已然被我一瞬间喷射到对方的脸上。

对的，我知道你此刻特别想要知道对方是谁。

你来猜一猜，我看到的人是谁。

你说，对面的人是不是我死去的未婚夫庄永生？

不是，不是，自然不是。

人死不能复生，我看着我枕边的庄永生被杀，我看见的时候他已经离死亡的时刻，过了好几个小时。

我亲眼看着警方将他带走，据说现在还冻在当地的冰柜。

他如何逃离法医的冰柜，千里回到家中？

你说，对面的人是不是李伟？

不会，不会，自然不会。

李伟警官虽然办事出其不意，且偶尔会不合规矩，但总是一位正直的好警察。半夜三更，偷偷溜进受害者家中，翻箱倒柜的事情，也绝对不会是他所为。

你说，对面的人是不是那个县城的庄永生？

不能，不能，自然不能。

那个庄永生最自在的地方便是他的那个小村庄，如是进入上海，别说要赤手空拳进入庄永生这个高档小区了，就是让他过一条马路，他都会怀疑自己有没有在上海走路的能力。

好吧，我知道你不耐烦了，我来告诉你。

是她，对的，她，日夜在我身边的她，我的贴身助理李果小姐。

此刻的李果，穿着一身黑色丝绒的卫衣，白色的球鞋，戴着一个黑色口罩，头发利落地盘起。一看就是她特意为了今晚换了便利的着装打扮。

此刻的李果，捂住不断流泪的双眼，却也看清楚是我，忍住痛，不断地说："漫姐，漫姐，不是你想的那样。"

卖防狼喷雾的美国店主，诚不欺我，这一小管口红喷雾，足以让李果挣扎疼痛，完全没有和我对峙的能力。

"哦？不是我想的那样？你知道我想的是哪样？"我故意语调轻松地问道。

"漫姐，漫姐，我能不能去洗手间处理一下眼睛？"李果在我面前，从来毫无气势。

小姐，想要越姐代庖？你还嫩了点。

"忍一忍吧，卖家说了，过三个小时，辣椒的灼烧感就会退去，你的眼睛瞎不了，放心。"我一边平静地述说，一边观察着李果脸上的表情，"要是瞎了，我还让你做我的助理，我记得出版社给你的福利里有工伤保险吧？"我继续轻描淡写地说着。

我很清楚我的话，在李果听来是如何的惊心动魄。

"说吧，李果小姐，你深更半夜来我死去未婚夫的家中，是为了什么？"我有点没有耐心，直奔主题。

李果的脸上，眼泪混着橘红色的辣椒水不断流下，她的手一开始掩着自己的眼睛，听到我这句话突然又放下来，故意挣扎着瞪着眼睛看着我。

说实话，此刻李果的表情，让我想到了"狰狞"二字。我从来不知道，平时温温柔柔的小绵羊，换了一副面孔，可以瞬间如鳄鱼般残忍。

"你有什么资格问我？夏漫小姐？哦，不，李春梅女士？"李果突然变了一副口吻，轻蔑地问我。

我愣了一下，这辈子我都未曾料到，李果会用这种口气和我说话。

"呵呵，我有什么资格？"作为一个作家，我自然知道心理优势的把控至关重要，我绝对不能让李果看出我有丝毫的怯场。而大笑，从来都是掩饰内心慌张的一种绝佳招数。

果然，李果被我笑得有点慌张。

"你笑什么？"李果果然露怯。

"我笑，我一手培养的李果小姐，果然长大了，我心甚慰！李果小姐温柔的红唇中，终于长出了尖尖的獠牙，只不过我没有想到，李果小姐长出獠牙的第一刻，居然是想用牙齿咬我！果然人生充满了悬念。"我一边仔细地捕捉着李果的表情，一边将语言当作武器，刀刀扔进李果的心脏最中央。

"我不曾亏欠你。我今日所得，都是我赢得的，并且也是我应得的。"李果一字一句说。

"哈哈哈，真是笑话，你一个十八线师范院校的毕业生，拿着上海名校毕业的白领才能拿的工资，你居然来跟我说是你应得的？说来听听，我看看李果小姐的哪些是李果小姐赢得的，又有哪些是李果小姐应得的？"我继续嘲笑李果。

"彼此彼此，李春梅女士，你一个历史肮脏、阶层低下、文采一般的三线大学中文系毕业的学生，突然走到今天的地位，你觉得你的一切是理所应当的吗？你配吗？"李果居然第一时间反驳我。

今天的李果是怎么了？今日之李果，就如披上了最坚固的铠甲，与我刀光剑影间，居然丝毫不见落入下风的痕迹。

"我不跟你啰唆。你私自闯进我丈夫庄永生的私宅这件事，你对警察去解释吧。"我狠狠地抓住李果的软肋，拿起手机就拨打了110。

李果用袖子擦了一下自己依然还在流出的眼泪，淡淡地说："也好，我也想问问警察，有人偷偷进了我的房子，我到底该如何处置。"

什么，我听到了什么？！我放下手机，看向李果。

李果的表情非常笃定。

我顾不得和李果比气势，直接地问："你的房子？你什么意思？"

"我的意思，就是字面的意思。这个房子是我李果的房子，房产证、土地证都是我李果一个人的名字，我全款买房，不与任何人共享这个房子。我说清楚了吗？"李果淡定地用略带讥讽的口气对着我说。

等等，肯定有哪里不对。

李果的工资，不过是到今年才涨到月薪三万，加上年终奖及其他福利，一年也不过就是不到五十万的样子。李果的消费，又是典型的"魔都"白领的消费水平：早餐是必须到星巴克带一杯拿铁的；午餐是必须健康有机的；晚餐是经常性地打卡"魔都"网红餐厅的；护肤品及化妆品，兰蔻都已经被嫌弃了；至于一年出国两次买一些包包什么的，不是香奈儿这个级别的，她也是看不上的。加上别的开支和消费，李果一年能不负债就不错了。她哪里有闲钱去买这套一百多平方米的高档住宅？

李果一直跟着我的行程走，她虽然谈过几次不咸不淡的恋爱，但是绝对没有和什么大富大贵之人谈过，更加没有做被包养之类的令人不齿的事情，根据我的了解，她也没有额外的进账，所以这套房子到底是怎么一回事？

从认识庄永生到现在，庄永生就住在这所房子里，从来没有变过。

庄永生谈到这个房子的时候，也是很笃定地说这是他的房子，他买的时候早，所以也没有多贵。这么多年住习惯了，他就没有换过房子。

我在庄永生这里也偶尔过夜，也从来没有李果的半点痕迹。

所以，这套房子怎么可能是李果的？

两个恋人之间，自然是对方说什么就信什么，我也从来没有想过要看庄永生的房产证，看看他是否撒谎。我也从来没有从公开的土地信息网上查过这个房子的房东到底是谁。这么看来，是我太大意了？

难不成，之后所有的恋爱，我都应该让对方出具派出所无犯罪记录证明、身份证明、房产证以及民政局是否婚娶的证明？

想到这儿，我忍不住开口问："我不是庄永生，不对，不是孙志强的妻子，我们没有领过证，难不成你是？"

这下轮到李果哈哈大笑了起来，李果毫不介意充分展示她的轻蔑："孙志强这种人，送我都不要，也是难为你一直当作手心里的宝。"

什么意思？听起来李果知道的比我更多。

"李果，你跟了我这么多年你也知道我脾气。咱们直接一点吧，你想要说什么，你直接说吧，说清楚，走出这个屋子，我绝不追究。"我直接痛快地和李果要求。

"你不提我跟了你这么多年倒还好，你一提，呵呵，那咱们今天这事儿，我可不会依了你的心意。你以为你是谁？当红言情女作家夏漫？转型成功的悬疑爱情女作家夏漫？中国最具商业价值女作家？李春梅，你清醒一点吧，你活在泡沫中也太久了一点。"李果一口气对我说。

"李果，我自问从未怠慢你半分，我不知道你究竟如何看待咱们这么多年的情谊。但是看到今日的你，听到你说这一番话，坦白说，我很受伤。"这是我的真心话，说着说着，我的眼泪就流了出来。

李果看到我的眼泪流出来，愣了不过三秒，就立刻嘲讽地说："收起你虚假的眼泪，哄你的下一个男人去吧！别以为谁都真心爱你！人家不过就是玩玩你！你也太好骗了一点！爱情？夏漫，你真的以为你的前男友们都真心爱你？把自己的每段恋情都写成小说用来赚钱的女人，我不知道你有什么好骄傲的？！说实话，我真觉得恶心！"

眼泪一经打开，便无法再收住，今晚居然让我听到了这辈子都没有猜到的话，不如让真相来得更加残忍一点吧。

"请继续，我听着。"我浑身发抖，无力地说。

"你想听，我就要说吗？"李果走到我跟前，继续嘲笑着说。

"夏漫，不，李春梅，我告诉你，既然今天你发现了，我不如把话挑明了吧，从此刻开始，我不再是你的助理。你爱干吗干吗去，我也不伺候你了。另外，这是我的家，请你，立刻，马上，滚出去！"

李果说着，就用食指指着门口。

我将脚步缓缓地移向门口。

庄永生不是我认识的庄永生。

李果也不是我认识的李果。

我的人生里，有什么是真的呢？

"站住！"李果突然又说。

我回过头看着李果，不知道这位魔女，又想要干什么。

"把钥匙留下！"李果命令道。

李果的脑子，并没有她平时表现得那么傻白甜。原来她从来都智商在线。

我转身朝着门口继续走，一边走一边从包里掏出那把我悄悄配的钥匙，直接用右手，朝着身后，狠狠地抛过去。

第二十二章　第二名受害者

"默然忍受命运暴虐的毒箭，或是挺身反抗人世无涯的苦难并通过斗争把它们扫清，这两种行为，哪一种更高贵？"

在骤然而至的黑夜中，我曾一遍又一遍地问自己。

答案总在沉睡中。这就是我深爱睡眠的原因。

你问我，谁杀了庄永生？

答案也在沉睡中。漫长的深夜和深沉的睡眠，它们都同谋偷窥了庄永生的最后一夜。

至于那个深夜里，你经历了什么，我相信你也已经忘记。就如忘记了你曾经经历过的所有普通而又无趣的夜晚，一模一样。

什么，你说你记得那些平淡的夜晚。

好，那我来问你，二〇一九年二月十四日的凌晨一点十三分，你在做什么？

如果，你说你正在和你的爱人庆祝情人节，那么我再来问你，你真的觉得你了解你的枕边人吗？他可曾将所有的真心，捧出来交给你？你又可曾将所有真心，捧出来交给他？

什么，你跟我说，独立的成年人需要各自的私密空间？

好的，亲爱的，在这样私密的阅读时间，我们可否放下种种掩饰的借口，认真想一想这个问题：我们是真的需要各自的私密空间，还是我们并未全身心爱着我们的枕边人，所以才需要这样的私密空间？

　　"夏漫，你今日之所得，必将成为明日之失落。你今日之春风得意，必将成为明日之痛哭流涕。"

　　这是李果对我说的最后一句话，如诅咒一般，在我脑中盘旋。

　　在我把钥匙扔给她之后，我和李果，我和庄永生的这栋房子，似乎永远没有了关系。

　　甚至李果这个人，也瞬间在我的生命中消失得无影无踪，似乎她从来未存在过。

　　至于我对庄永生的爱与过去，也似乎从未发生过。

　　或者我想，我记错了，那些本就从未发生过。

　　那些可能，只是我那本爆红的悬疑小说里的情节。

　　请你给我点时间，我去好好捋一捋细节。

　　"您好，夏漫老师，我是许倩，是您的新助理。"

　　眼前这个叫作许倩的姑娘，短发、俏丽、大眼睛、白皮肤、瘦高的个子，走路带风。说实话，我很喜欢。

　　喜欢归喜欢，突然被安排一个新助理的事情，至少得跟我打个招呼吧？所以我并不准备用欢迎的态度对许倩。

　　"新助理？谁让你过来的？我原来的助理呢？"我面无表情地冷冷地吐出了这么几句话。

许倩显然没有料到我是这样的一个反应，笃定的眼神中有一丝慌乱，但是迅速镇定下来。

"夏漫老师，这是出版社安排的。这一份是您今天的工作安排，请您过目。"许倩递上来一份文件。

我别过头去，不接这份文件，也不看她："让我原来的助理李果来见我。"

许倩笑笑，继续温柔且利落地说："夏漫老师，今天上午您上半年度的小说总结会议在二楼会议室，十点准时开始。"

我有点生气，转回椅子，一把推开桌子，站了起来，一字一顿地对着许倩说："请你出去。我需要见我原来的助理。"

我拿起桌上的电话，直接拨给了马一鸣。

"喂，漫漫，闹够了没有？"马一鸣苍老的声音从电话那头传过来，有一种让我服从的力量。

"为什么给我安排新助理？李果呢？我要李果回来。"我对着马一鸣说。

"从此之后，这个世界上再也没有李果。"马一鸣对我说。

"我要李果回来。老马，我要让她当面和我说个清楚。"我继续弱弱地要求着。

"夏漫，你听好了，这个世界上没有李果，没有庄永生，什么都没有。你忘记这一切，你是夏漫。你有数百万的忠实读者与粉丝，这是你存在于这个世界的意义与价值。你忘记那些不重要的，只需要记住这些重要的。"马一鸣说。

"安排助理之前，至少应该让我知道。"我只能开始逐渐妥协。

"许倩是最好的人选，你相信我们出版社一定会比你更加在意你的助理是谁。她是最能干的，也是最合适的，比任何人都合适。"马一鸣继续劝我。

我瞥了一眼许倩，许倩站在我面前用最优雅标准的待命姿势站好，脸带着微笑，丝毫不介意我此刻正在跟马一鸣当着她的面讨论她。那表情仿佛在任凭一个三岁小孩在她面前胡闹。

"你之前也这么说。"我忍不住对着马一鸣笑着抱怨。

"我之前说的也是对的，不是吗？"马一鸣也笑着说。

对的，平心而论，马一鸣给我安排的人一直都是整个出版社最得力的人手。李果也是最好的助理。

"不管如何，我要见李果。在她正式离职之前，她应该和我做一下正式的交接。"我对着马一鸣要求。

"你见不到了。"马一鸣的声音突然沉重了起来。

"见不到了？为什么？你是什么意思？她辞职了？辞职总要来见一下我吧？无论发生什么，她都应该和我亲自当面讲清楚。"我急了。

"你以后会知道的，现在可以准备去开会了。许倩都帮你安排好了。你按照她的安排，跟以前一样，只要做她告诉你的事情就好了。"马一鸣继续说。

说完马一鸣就挂上了电话。

跟以前一样，听从许倩的安排，听从助理的安排，听从执行经纪人的安排，听从出版社的安排，这就是我夏漫的人生。

夏漫的人生，并非我真实的人生。

或者，我压根就是一个没有自己人生的人。

我没有敢对马一鸣说，我昨晚见了李果。我更加不敢告诉马一鸣，我昨晚是在庄永生的旧居见到了李果，还发生了那么一场恶劣的冲突，导致了李果的突然离职。

我曾请求李伟警官，庄永生的真实姓名和背景，请他帮我保密，我不想让身边任何人知道。

李伟警官答应了，所以，我去庄永生旧居的这件事，我目前还没有让任何人知道，除了我和李果。

我不知道李果离职前是怎么对马一鸣他们说的，但是凭着直觉，我感觉马一鸣他们似乎还不知道我昨晚和李果见过面这件事。要是李果说了，马一鸣在电话里面自然会和我提这件事。

我更加没有想到李果会连最后一面都没有和我相见。

不，应该说，我没有想到昨晚在庄永生家中就是我和李果见的最后一面。

我不想告诉马一鸣关于李果和庄永生的关系，我不想让出版社的任何一个人知道李果和庄永生的关系，尤其在我没有确定之前。我的助理介入到我的私生活这件事，我深深觉得万般丢脸。

挂了电话，我抬起头，对着许倩看了一眼，然后笑了："许倩，对吧？我知道了，我十点准时到会议室。"

许倩很开心且笃定地点点头，然后继续说："夏漫老师，您的百香果汁我已经准备好了，是现在拿给您吗？"

我一愣，脱口而出问："你知道我喜欢喝百香果汁？"

许倩胸有成竹地点点头说："夏漫老师的所有喜好我都已经熟记于心，您放心，我会是个好助理的。"

突然手机屏幕亮了起来，我的手机长期处于静音且没有振动的状态，所以除了我自己，别人没有看到，是完全不知道我手机进了电话的。

我瞄了一眼，看到是李伟的号码，我不知道为什么不想当着许倩的面接这个电话，我对着许倩笑笑说："你出去吧，我一会儿就来。"

许倩点点头，轻轻带上了门。

"李伟，是我夏漫——"还未等我说好开场白，李伟就迅速地打断了我。

"夏漫，你听好了，李果死了。"李伟用一种毋庸置疑的声音，急忙且坚定地说。

李伟的话如晴天霹雳，一下子劈开我所有的人生勇气，粉身碎骨。

"你、你、你说什么？你慢点说，是谁死了？"我结结巴巴地说。这个状态让我瞬间想起了湖北的那个庄永生，原来结结巴巴是因为人生的起伏超出了预期。

"你的助理李昊，昨晚被发现死在她自己的家中，似乎是跟入室抢劫的小偷进行过搏斗。等一下，我发你新闻链接。你助理今天没有来上班吧？"李伟跟我一口气说道。

"没有没有，没有来上班。出版社刚才给我安排了一个新的助理，我也完全不知道是怎么一回事，出版社也没有跟我说这件事。"我想要把所有的信息做一个汇总，我完全不确定到底发生了什么。

点开李伟发送过来的新闻链接，新闻里措辞隐晦地说着，昨晚在某高档小区发生了一起入室抢劫并可能伴有强奸的案件。小区的一名女业主被杀死在卧室里，现场发现有香奈儿口红管状防狼喷雾一枚，疑是歹徒所用工具。公寓没有发现被撬锁的痕迹，似乎歹徒已经蹲点很久，甚至可能是有钥匙，直接用钥匙登堂入室。

我越看新闻越是手脚冰凉。

小区公寓的主人是李果，这一点确凿无疑。

现场的防狼喷雾是我的，如果警方稍加检验就能发现我的指纹。

公寓没有被撬锁的痕迹，是因为我拿着钥匙打开了这个房子的后门，这一点我也洗清不了嫌疑。

我和李果见面这件事，绝无第三个人知道。那么从这件事上来说，我似乎是嫌疑最大的人，但是只要我不说，就没有人知道，除非等警方发现线索来找到我。

但是我没有杀害李果，更加不可能强奸李果。我走之后，李果究竟发生了什么？谁能告诉我？

新闻的最后，警方公布了热线电话，鼓励有线索的市民拨打电话，协助破案。

我看了一遍这个电诉号码，迅速地记到我的手机里，储存的名字为：香奈儿。

第二十三章　又见故人

　　看完新闻，我浑身发抖，许倩在门口轻轻敲门。我惊慌失措地抬起头，许倩已经推门进来。

　　"谁让你进来的？！"我突然歇斯底里地大喊道。

　　许倩愣了几秒，却似乎对我的这个反应已经有预见一样，用很平和的口吻说："夏老师，您需要我给您倒一杯热水吗？"

　　在许倩冷静的力量下，我收住了情绪，闭了闭眼睛，然后睁开看着许倩，问她："你到底是谁？"

　　"夏老师，我是您的新助理许倩，早上的时候我跟您自我介绍过了。"许倩耐心且温柔地对着我重新说了一遍。

　　"你为什么来做我的助理？"对于许倩的反应，我觉得专业得有点不正常。

　　"我是您的忠实读者，所以看到出版社有这个职位在招聘，我就申请了。所以我熟悉您的所有喜好。"许倩用略带自信的口吻这么解释。

　　"出版社这个职位在招聘？什么时候开始招聘的？你为什么今天来上班？你知不知道我一直都是有助理的？"我有很多疑问。

　　"夏老师，我入职的时候出版社跟我签署了严格的保密协议，因为夏老师您是名人，所以我只能回答跟助理工作相关的事情，别的事情我不能多说也不能多问，这是我入职培训的第一条原则。所以，夏老师，您就别为难我了。我一定会好好给您做好这份助理工作的。我们现在该去会议室开会了。"许倩很是诚恳地和我解释。

真心或是假意，走心的话还是敷衍的话，我从来一听就能明白。所以我听到许倩这么说，就不再为难她。

"你先去，我这就来。"我对许倩说。

许倩没有想到我这么快就答应了，也不再为难她。脸上瞬间流露出松了一口气的表情。

真心或是假意，我真的分得清吗？

庄永生可曾对我真心过？

李果可曾对我真心过？

我真的知道吗？

"晚上八点半，在滨江大道的星巴克见。我有话对你说。"

在去会议室开会之前，我快速地给李伟发了这条消息。

一整天，我都处于魂不守舍之中。例会上说了什么我完全记不得。我只记得我不断地说好，好，好，我知道了，我知道了，我知道了。

许倩不断地在噼里啪啦地打字，打字，打字。

没人脸上流露出任何异常，没人对许倩的出现表示出好奇或者疑惑，更加没有人问一问李果去了哪里，似乎我们这个出版集团根本就没有李果这个人。

出版社的董事长王永年也出席了今天的小说总结会议，这是之前所有的作者从未有过的待遇。马一鸣表现得受宠若惊，让我站起来和王董事长握个手。

"夏小姐，感谢你为出版社做的贡献啊，好好写作，争取多写好作品，让读者满意！"王董事长说的话都是官方语言，不知道是他在董事长的职位太久已经不怎么会说接地气的话，还是王董事长对我其实压根就不了解，只是在鼓励一个赚钱机器而已。

"好的，董事长，我一定尽力！"客套且官方的话，作家能说一箩筐，我也是依样画葫芦地说。

"夏小姐能不能给我透露一下，到底是谁杀死了庄永生？"王永年突然凑到我跟前，用近乎耳语的声音问我。

我一惊，抬头看着王永年，王永年瞬间就将八卦的表情收拾安妥，朝着我意味深长地点点头。

原来如此，不是王董事长对我特别关照，而是王董事长跟作者直接要剧透来了。

我朝着王董事长微微一笑。

"不如，我们来讨论一下谁杀死了庄永生，怎样？"我转过去，朝着大家，大声地说。

本来，会议进行到这里，大家都已经昏昏欲睡。我的上半年度小说总结会，无非是读者反馈、市场数据、图书码洋等一系列数据的罗列，听到我这样说，大家犹如突然被打了一针强心剂，

弑爱

每个人的脸上都闪烁着兴奋的光。

"你想讨论什么？结局不是已经确定了吗？"马一鸣缓缓地说，脸上是搞不清楚我想要干什么的表情。

"小说里每一个读者都是杀死庄永生的人，但是事实呢？肯定不是这样，杀死庄永生的一定是某一个人，这个人一定是你也认识、我也认识、他也认识的人。"我很冷静地说。

"很有意思的想法，继续说下去。"王永年看到我居然把他八卦的问题放到台面上来讲了，也无比感兴趣地参与了讨论。

马一鸣皱着眉头看了我一眼，深深地摇摇头，一脸无奈的表情："夏漫，别忘了你的那本小说已经完结了。"

我知道小说结局一经面世，不可更改，这时候的讨论，纯属无用之功。

"老马，你别摇头呀，你看看读者现在在我们《完美恋人》的页面上留言都有几百页了。每个人都对这个结局充满抱怨，我们可以推出一个番外篇的。保证粉丝一定会超级感兴趣。"我对马一鸣解释道。

"怎样的番外篇？"马一鸣似乎开始有点兴趣了。

"谁杀死了庄永生。"我笃定地说。

王永年看着我这么奇怪且平静地谈论这件事，脸上流露出一股不可思议的表情。

"等一下，夏漫小姐，你说的庄永生是小说里的，还是你的……你懂我的，那个庄永生。"王永年有点吞吞吐吐地问。

"小说里的庄永生，还是我的未婚夫庄永生，对吗？没事，董事长你直说就好了。咱们在讨论专业，不用顾及我的感受。"
我很置身事外地直接说出王永年的心里想法。

"可以都讨论一下，谁杀死了小说里的庄永生，还有谁杀死
了我的庄永生。我们集思广益，看看读者有什么高见吧。"我很
平静地说。

"好！如果这个番外的关注度超过一万粉丝，我就给你直接
再做个番外系列。咱们得趁热打铁啊。"王永年鼓励我说。

"行！那咱们就这么做吧。"马一鸣也点头答应了，眼睛里
闪烁着让他兴奋的光芒。一旦老马遇到他觉得有意思的题材，就
会露出这种如获至宝的表情。

"顺便，咱们也可以讨论一下，是谁杀死了李果。"我继续
微笑着说道。

瞬间，这个二十人的会议室，安静得一根针掉下来都能听到。

我看到许倩脸上一脸茫然。

"许倩，是吧，你还不知道吧？我的前任助理李果，昨晚被
发现死在她自己的公寓中了。这就是让你今天走马上任的原因。"
我用一种戏谑的表情，慢悠悠地对着许倩说，一边说一边揣测着
许倩下一步的反应。

转瞬之间，许倩的脸色一下子变得毫无血色，满脸错愕。

非常好，很明显许倩什么都不知道。如果许倩知道点什么，
还是这种表情反应的话，那么许倩的演技完全可以媲美奥斯卡
影后。

许倩一转头就看着王佳晴。

很好，我知道了，是王佳晴将许倩招进来的。

王佳晴耸耸肩，对着许倩说："我们也是早上才接到警方的通知。所以临时叫了你过来。我们也在等待警方最后的结果。"

"今天我就不更新最新章节了，今天就开个盘口给读者讨论'谁杀死了庄永生'。"

"好！许倩给夏漫老师出个断更公告，然后断更日的内容直接开个空白页面，给读者写谁杀死了庄永生的答案。"

断更日，就是作者的解放日，我期待今晚会出现奇迹。

此刻是八点零三分，距离我和李伟约定的八点半，还有一段时间。

我在星巴克，点了一杯大杯的热香草拿铁，双手捧住这温暖的时光。

在我最孤独、最恐惧的时候，我最向往热闹的人群。这就是我深爱黄浦江滨江大道的原因。

在人山人海、比肩接踵、熙来攘往的陌生人群中，我的孤独感会减轻一些，我的恐惧感会缓解很多。

此刻，黄浦江两岸正华灯绽放。整个上海的气质全部凝聚在这灯光妖娆之中，华光溢彩，肆意流淌。

你可以看到那些陌生人的热闹是如此多样，如此繁杂，如此热烈，如此精彩，如此好。

在这里，你可以看到旅游团体挥舞着小红旗的热闹；在这里，你可以看到热恋中的情侣手牵着手过每一个台阶，面对着黄浦江水浪漫拥吻；在这里，你可以看到那些笑容灿烂的自拍，无论是老人还是小孩，都会对着镜头瞬间咧嘴开怀；在这里，你也可以看到夕阳下，奔跑着的人们，他们试图与时间和身体对抗，让健康与年轻永恒。

坐在滨江大道的星巴克里，我看着近在咫尺的尘世繁华与人间烟火，心底渐渐暖和了起来。

突然我的眼前座位坐了一个人，穿着一身纯黑色的运动衣和运动裤，纯黑色的跑步鞋，戴着一顶纯黑色的棒球帽，帽子压得很低，几乎遮住他的半张脸。

我正端着咖啡杯，将拿铁送进我的口中，看到眼前这个人坐下，我的杯子瞬间一下子砸落在地，在这喧闹的人群中，发出清脆的碎裂声，所有人一下子都回头看我。

而我已经顾不上他人的眼光，我站起来，失声喊道："庄永生！"

第二十四章　断更日

我见到夏漫的时候，夏漫从喧闹的人群中猛地站了起来，失魂落魄。

夏漫手中的杯子，清脆地摔碎在地上，褐色的咖啡渐渐地在地上蔓延开来。

我没有想到夏漫的反应会这么大。这是我的错。我一直在琢磨夏漫喜欢的男人到底是什么样的。

夏漫究竟是爱上了庄永生的什么，是庄永生年轻美好的身体，还是庄永生内在的灵魂。

我将庄永生所有能找到的照片都认真地研究了一遍，我发现以前的庄永生并不是如夏漫知道的那样。

我们收集到庄永生各个阶段的多种照片。在见夏漫之前的庄永生并不如夏漫了解的那样。

以下几组你将看到的照片，是庄永生认识夏漫之前拍的照片，你可以看到他以前的穿衣搭配。

照片一：蓝色条纹衬衫，配白色毛衣，同色的牛仔裤。

照片二：粉红色白条纹立领衬衫，配立领拼接黑色皮衣，还有灰色牛仔裤。

照片三：白色长袖 T 恤配米色夹克衫加灰色围巾，白色的裤子。

照片四：深灰色绒布衬衫配浅灰色夹克衫，黑色的裤子。

······

庄永生的衣品和夏漫书中所写的衣品，大相径庭。

怎么形容呢，认识夏漫之前的庄永生，与你每天马路上遇见的所有二十多岁的普通男白领几乎毫无分别，又像是技术宅男的穿衣风格。可是认识夏漫之后的庄永生，突然之间俨然换了一个人，和夏漫喜欢的男人标准几乎完全吻合。

我研究了一下夏漫书中的所有男主人公的穿衣打扮描写，发现庄永生几乎是夏漫笔下人物的翻版。

比如此刻，我穿上了夏漫描写的一个小说主人公的穿着，夏漫的小说中是这么写的："罗一周穿上了一身黑色的运动衣运动裤，戴上一顶黑色的棒球帽，甚至连脚上的跑步鞋都是黑色的。他特意压低了帽檐，让自己苍白的脸色隐藏不见，转身就跑入绝望的夜色之中。他与黑夜融为一体，根本不愿祈祷光明的来临。"

夏漫看到我出现的时候，果然惊诧莫名，但是她口中喊出的名字居然是：庄永生！

夏漫的反应印证了我的猜测，庄永生是按照夏漫小说中的人物去穿衣打扮的。也就是说，很有可能，庄永生所有呈现给夏漫的形象都是完全按照夏漫小说中偏爱的男主形象去规划的。所以夏漫怎么可能不爱上庄永生！夏漫爱上的根本就是夏漫心目中的完美恋人，或者说夏漫爱上的根本就是夏漫自己打造出来的男人！

服务生匆匆忙忙过来，打扫夏漫脚下的碎片。

"小姐，请小心玻璃。"服务生友好礼貌地提醒夏漫。

"不好意思，杯子多少钱，我来赔。不用找了。"夏漫匆匆忙忙地从包里掏出钱包，放了两百元到桌上，眼睛却依然牢牢地看着我。

"用不了这么多。"服务生说。

"没事，就这样。我有话要和这位先生说。"夏漫指着我说。

我朝着服务生点点头，服务生打扫完就识相地离开了。

"李警官，你什么意思？你干吗要打扮成庄永生这样？"夏漫和我倒也没客气，发现来者是我之后，直接就是一顿拷问。

"是吗？庄永生这样穿过吗？什么时候？"我看着夏漫，认真地问。

我没有看到庄永生有我今天这副打扮的照片，所以我不太确定是不是庄永生真的这样穿过。我只是为了确定，按照夏漫书中的人物打扮，会收到什么样的效果。果然效果惊人。

夏漫被我这么一问，愣了一会儿，认真地想了一下，说："好像庄永生真没有和你一模一样的打扮，只不过是类似的打扮。"

我挑的这个穿衣描写，是夏漫一本并不畅销的小说中不起眼的一个人物一次偶然出场，如果不是对夏漫的书有足够的了解，根本不可能想得起来夏漫会有这么一段描写。果然，庄永生模仿了其他的畅销书中男主设定，还没有来得及触及那一本书。

"你约我今天来这里干什么？"我问夏漫。

夏漫如做间谍一样，前后左右看了看，然后凑到我跟前压低嗓音说："我昨晚见过李果。"

这次轮到我吓了一大跳。

李果已经死了。死时的样子极其惨烈，甚至可以用恐怖来形容。李果不仅遭遇了入室抢劫，还在死之前被人强暴了，下身血迹斑斑，惨不忍睹。根据法医判断，应该是死前被强行插入硬物。

警方现在将犯罪嫌疑人集中在李果最后见的这个人身上。推测这个人，身形瘦小，一米六五左右的身高，心狠手辣，心思缜密，并且与李果相熟。

我听到夏漫告诉我昨晚见过李果，我才发现夏漫所有特征都符合李果案件的嫌疑人设定。

关键的关键，夏漫还告诉我，那个电视上说的那个防狼喷雾就是她的。

我完全不知道该怎么办。

于公，作为一个警察，虽然不负责当地案件，但是我还是有义务配合警方抓捕嫌疑人，将其缉拿归案；于私，夏漫信任我才对我说这件事，我应该守口如瓶，加上从内心深处来讲，我希望夏漫不要卷进这个案子中来。

"你要不要去公安局说清楚？我可以陪你去。你不会有事的。"

挣扎了半天，我终于对夏漫说出了最终建议。

夏漫两眼惊恐地看着我："你也认为我杀了李果吗？那我干吗要对你说这些？"

"我相信你没有杀李果，但是现在所有的证据都对你不利，所以为了更好地保护你，我对你的专业建议是去和警察说清楚。"

"说清楚？哪里说得清楚？我怎么证明庄永生的家曾经住过庄永生？再说我的钥匙是我偷偷配的，的确是我偷偷溜进去的。那个防狼喷雾也是我的，这个也是事实。我怎么说清楚？"夏漫有点激动，虽然她在极力克制着她自己的音量，但是眼泪已经随着她激动的解释涌了出来。

"那你希望我为你做什么？"我很认真地看着夏漫。

"我希望你帮我，我现在完全不知道我周围发生了什么。我似乎被卷进了一个旋涡，我周围的人一个个被卷进去，或者死亡，或者被踢出局，我完全不知道为什么会这样。我现在不相信任何人，我只能求助你。"夏漫诚恳地请求我。

"你为什么相信我？"我对夏漫突如其来的信任感，充满了疑惑。夏漫的周围每天都围绕着一堆人，每个人都因为她而获利，所以他们会比夏漫本人更加注意守护夏漫的安全与名誉。为什么夏漫不相信他们？

"我也不知道我为什么相信你。我没有办法给出具体的理由和解释，只是我的第六感告诉我你是可以相信的人。"夏漫握住了我的手。

夏漫的手心冰凉，没有半点温暖。

"我不能违反纪律的。"我对夏漫说。

"我不需要你违反纪律，我只需要你帮助我对我身边的人隐藏你所知道的线索，然后我会将我这边知道的线索都告诉你，希望你能帮我尽快找到真凶。我相信杀害庄永生和李果的人，他们是同一个人。"夏漫一口气说道。

"那如果他们不是同一个人呢？"我问夏漫。世界上大多数的犯罪是激情犯罪，简单地说就是一瞬间的冲动而导致了犯罪；蓄意的谋杀，甚至于像庄永生和李果这样的案件如果是同一人的话，那就是连环谋杀案。这样的案件本来就不多，近几年随着监控镜头的普及和推广，已经越来越少了。

"他们一定是同一个人。"夏漫很笃定地看着我的眼睛说，并且用力握了握我的手。

"断更日。"我的手机关注的作者夏漫页面突然跳出来一个公告信息。

我看着眼前的夏漫本人，问夏漫："断更日？是什么意思？你今天不更新小说了？是偷懒了吗？还是最近事情多影响到了你？"

很荣幸听到作者本人在我面前解释："这是出版社策划的活动，我们来看看关于'谁杀死了庄永生'这一点，广大读者有什么奇思妙想。"

"你到底有没有杀死庄永生？"我看着夏漫的眼睛说。

凭着我对夏漫的了解，夏漫一定是不会杀了庄永生的，哪怕

is这个行为可以让夏漫爆红，哪怕这个行为可以让夏漫得到创作灵感，夏漫也不会杀了庄永生。

这一点，我对夏漫深信不疑。

尽管如此，虽然我早已知道答案，但是我依然要问这个问题，我要郑重地问夏漫一次。

"我杀了！我不仅杀了庄永生，我还杀了李果，我还杀了夏漫，我是第一嫌疑人，这一点请李警官不要怀疑。"没有想到夏漫居然这样回答。

断更日的页面底下，已经开始疯狂盖楼。读者的猜测花样百出，却又合情合理。

是谁杀死了庄永生？

一定是庄永生的情人，恨庄永生背叛了自己，娶了夏漫。这样的事情一定是情杀无疑。

怎么可能！一定是夏漫的前男友之一，夏漫将他们拿来作为小说的题材之一，用过即弃，却偏偏和庄永生结婚，这口气，任何男人都咽不下去。

不对不对，不是庄永生和夏漫身边的任何一人，一定是夏漫的死敌胡一笑，夏漫最近的数据太好，把胡一笑的言情小说江湖地位瞬间挤了下去。不捅夏漫一刀，怎么能解气。估计是庄永生一不小心做了替死鬼。

胡扯！哪有什么前因后果？估计是这个情侣套间中本来就装着针孔摄像机，偷拍入住度蜜月的情侣，一不小心被庄永生发现了，所以就杀人灭口。

你小说看多了吧？还偷拍？哪来的偷拍？估计是当地土人想要半夜偷钱，进入高级套房，未料被庄永生发现了，所以这是一桩因财而起的意外杀人案。

……

上百条留言，上百种猜测，每一个读者的推测都自成逻辑，堪比专业推理。

看着这上百条留言，夏漫突然抬头看着我扑哧一笑说："还有一种合情合理的情况，他们绝对没有想到！"

第二十五章　第一受益人

"什么合情合理的情况，愿闻其详。"我看着夏漫因为兴奋而闪闪发光的脸，很是好奇地问。

"那就是我杀了庄永生啊。"夏漫忽闪着她的两只大眼睛，丝毫不顾忌在她面前的这个人的身份就是警察。

"你杀了庄永生？证据呢？"我不屑一顾地对着夏漫说。

"证据就需要你们警察去找了。话说你们警察现在是不是做事太谨慎了？这找了半天也没有告诉我有什么靠谱的证据。"夏漫居然开始责怪我们警方。

我哭笑不得地摇摇头，说："感谢批评，我们接受。那动机呢？"

"动机？我杀庄永生动机一大堆，还需要我来给你分析动机吗？"夏漫一边用很鄙夷的眼神看着我，一边摇着头说。

听夏漫这口气似乎在讲一件事不关己的案件。

"能否有劳你这位大作家，帮我分析分析你的动机？"我顺着杆子往上爬。

"行，你看可能性一，就是我知道庄永生在欺骗我，所以我怎么可能留着他那条小命到天明？依照我的性格，如果我知道庄永生从头到尾都是假的，你说我能留着他等到过年？肯定不可能的，对吧？"夏漫用很愤慨的语气说着，仿佛是一个被欺骗的孩子。

"我注意到你刚才的话里，用了一个词'如果'，那就说明这些都是你的假设。"我用警察的思维一本正经地跟夏漫说出我否决的理由。

"行行行，那咱们来看可能性二，就是我的小说里写的完全就是庄永生，所以你说我杀了庄永生，是不是可以让小说大火的一个重要手段？你看事实结果，也的确是我的小说就迅速走红了。我是庄永生被杀之后，第一受益者。"夏漫略抬着下巴，微微带着点骄傲地看着我说。

我轻轻地摇了摇头，看着夏漫的眼睛告诉夏漫："不，你错了。庄永生被杀之后，第一受益者是你的出版社，并不是你。"

夏漫愣了一下，认真地想了一想，问："等一下，你的意思是……"

未等夏漫问出口，我就非常肯定地点点头，告诉她："对，我就是这个意思！"

转瞬之间，夏漫的脸色就变了，本来还是轻松、调侃的口吻，一下子变得万分严肃，神情甚至开始有点惊恐。

夏漫看着我，我继续缓缓地对着夏漫点点头，非常肯定地点点头。

"所以李果……"夏漫几乎不敢相信。

"如果是出版社，李果的被杀就合情合理。"我越说越觉得出版社的嫌疑最大。

"那么是整个出版社吗？是出版社的一个人，还是出版社的一群人？"夏漫的眼睛里已经弥漫了恐惧的情绪，在这个热闹拥挤的咖啡馆，在这个灯火斑斓的黄浦江两岸，在这个岁月静好、热闹璀璨的魔都，显得如此格格不入。

"我不知道，我现在不能确切地告诉你我的推测。你最好自己留意。"我郑重地叮嘱夏漫。

夏漫点点头，一滴眼泪瞬间就不经意地滚落了下来。

夏漫最终还是答应了我的请求，跟我去了公安机关，陈述了自己当晚见过李果的事实。

然而这份答应，让我深知，夏漫已经将我排除在可信赖的人之外。

夏漫答应之前，深深地看了我一眼，然后微微笑了一下，说："好，我跟你去。"然后再也没有正视过我。这是夏漫的拒绝方式——我不想正视你，你不必走进我的心，我对你的心也毫无兴趣，请君自便。

对于这个世界，夏漫从未有过真正的安全感，这一点在她时不时受惊的表情中便得知，她对这个世界的伤害保持着毫不松懈的警惕，以及随时准备接受的姿态。

无论是谁对她的背叛，无论是谁对她说的谎，无论是什么出乎她意料的事情发生，她总是默然接受，毫不反抗或者争辩。

而这一点，是让我深觉心痛的。

从读夏漫的第一本书开始到如今已有多年，我认为自己对夏漫足够了解，也认为作为警察，我可以给夏漫足够多的安全感，然而事实以及结果就是：夏漫认为我对她所有的好，无非就是想要调查案子顺利，仅此而已。

是的，我也想"仅此而已"，可是偏偏是"情难自已"。

李果已经死了，她再也无法亲口说出，她和庄永生之间究竟是什么关系。

死者不能开口没有关系，在这个网络发达、到处是数据储存的世界上，你的一切已经不需要你自己牢记，你的一切也不需要你自己招供。

公安局调查的结果显示，庄永生住的这个房子，果然如李果所言，其产权所有人是李果，该房子购买于二〇一七年十二月二十六日，这一天目前并未发现有任何特别的意义。至于庄永生和夏漫，这一天还未相识。

李果的付款方式是银行转账一次性付款。根据经手这次转账的李果的客户经理回忆，李果是分五次将所有现金带过来，然后存入她所持银行卡中。因为是现金存入，李果的现金来源目前不可以追溯。

李果购买房子之后并未入住。二〇一八年的夏天，庄永生亲自安排工人装修，李果从此之后再也没有出现。

"庄先生是个挺大方的客户。装修的要求就是简单、大方、实用，我们的报价，他也没有讨价还价，只是要求一定要用环保材料。哦，对了，如果说有什么特别的，有一点和别的客人不一样，庄先生每次看到设计图纸都不会表态，每次都说他拿回去考虑，考虑完之后呢，才告诉我们行还是不行。我们当时猜，可能是他拿回去跟他爱人商量去了。这设计图纸，我们大概前前后后修改了七八稿。我们感觉他爱人是一个挺难搞的人，但我们从未见过她面，从头到尾都是庄先生跟我们对接的。"

庄永生房子的装修公司项目经理这么对警方说。

"这个房子，不是庄先生的吗？庄先生是这么跟我们讲的啊。我们一直以为他是业主啊。庄先生搬进来的时候是单身，后来就交了女朋友了，长得挺清秀的，很客气礼貌的一个姑娘。看得出来两人感情很好，进进出出都是牵着手的。不过这姑娘不怎么在这里过夜，有时候到一两点了，姑娘也是会开车回去的。听说这个姑娘还是个什么名人来的。没看出来，每次看到我们都会笑笑，点头打个招呼什么的。她的车子进进出出的时候，还会特意停下来，对我们说谢谢。两人挺配的。"

这是庄永生小区门口的保安小钱对警方说的话。

"我们还真不知道他做什么工作。我看庄先生穿着打扮非常体面，说话做事也挺有教养的。他在这里有个固定停车位，位置上停着一辆奔驰，工作日几乎每天都会出去的。我们一般也不问住户是做什么工作的。该问的问，不该问的就不问。你说我们小区，一共两百户住户，哪里都搞得清啊。除非有什么印象特别深刻的，我们就会知道。比如？比如，1 号楼有个住户，每天早上都咿咿呀呀来一段，被隔壁邻居投诉了几次，我们后来知道是京剧院的，每天早上都要吊嗓子。人家毕竟也是文化圈的，脸薄，说了两次，就再也没有过。"

这是物业管理处的经理对警方说的话。

"我跟你们说，这个庄先生绝对在夏小姐之外有别的女人。庄先生的女朋友是夏小姐，我就是夏小姐叫过来，每周给庄先生打扫一次的。你知道吗？有一次，我看到垃圾桶里还有用过的避孕套。那几天明明夏小姐去外地出差了，你说这个避孕套怎么来的呢？我吧，就是一个打扫卫生的，干咱们这一行，嘴紧是第一原则。庄先生对我虽然没有夏小姐好，但是毕竟他这里也是一份工。夏小姐让我过来给他打扫之后，他也没有挑我毛病，就这么一直用着我，多少算我半个东家，我自然不会给他添麻烦。唉，庄先生怎么了？是不是和夏小姐闹矛盾了？怎么会让你们警察出面问我这个？"

这是给庄永生打扫的梅阿姨对警方说的话。

"那你给夏小姐打扫的时候，有没有看到类似的情况？"警方问。

"什么类似的情况？你是说夏小姐有没有别的男人？不会的，不会的，那是绝对不会的。我也前前后后见过夏小姐四五个男朋友了，夏小姐绝对不会在同一时间谈两个男朋友的。夏小姐都是直接换男朋友的。有时候也真羡慕夏小姐啊，你说说人家这一辈子怎么就这么潇洒呢。你看看我，就那么一个老公，还伺候不过来，你说她怎么就能应付那么多不同的男人呢。不不不，我可不想换老公，男人嘛，都差不多，你说谁比谁好？换上一百个，也不就那样，日子还得照常过。夏小姐跟我说什么爱情，爱情你说能当啥用？能当钱使，还是能当饭吃？也就他们文化人相信那些虚了吧唧的东西。你说你一个警察，要是没有给你发工资，你追求什么正义是吧。我就想啊，夏小姐要是不谈恋爱，估计也写不了那些言情小说。所以吧，我看夏小姐谈恋爱，跟我打扫卫生，也是差不多一个意思，就是为了工作需要。我是不是说多了？哦哦哦，没有说多就好。

"夏小姐是个好人啊，要是她和庄先生有啥矛盾，那一定是庄先生对不起他。我敢保证！我活到这把年纪了，看人还是挺准的。庄先生没跟夏小姐交心。"

梅阿姨斩钉截铁地说。

第二十六章　不念将来，不惧死亡

"你看看这个照片上的人，你认识吗？"

"认识啊，这是夏小姐的助理李果啊。李果有夏小姐家的钥匙，我有时候打扫卫生的时候，李果会自己开门到夏小姐家取东西。"

"李果去过庄先生家吗？"

"这个我不知道，我没碰到过。不过要是去也正常。你知道吧，夏小姐对李果可信任了，连银行卡都给她去取钱。"

"银行卡取钱？你怎么知道的？"

"我怎么不知道，夏小姐就当着我的面给的啊。有一次夏小姐要出差，身上没有现金了，就让李果给她去取一点现金。看样子也不是第一回了，因为夏小姐说密码还是原来的。"

梅阿姨给了警方一个极大的提示。

警方去查了夏漫名下的银行账号，果然发现，夏漫作为法人的一家工作室名下，有一家银行的款项曾经在二〇一七年被人分五次取走部分金额，而金额的总数恰好接近庄永生这套住房，或者说是李果的房子。

也就是说庄永生这套住房，付款人可能就是夏漫本人。

说实话，对于我究竟有多少钱这件事，我的确一直不是很清楚。

为了税收优惠，出版社几乎在我每出版一本新小说的时候，都会给我注册一家工作室。将所有的稿费发到工作室，然后帮我依法缴纳完所有的税收，再打给我个人账户。这些事情，都有专人对接，无论是开新的个人工作室，还是缴纳税收，我完全不需自己操心。

所以我自己有很多张不同银行的卡，至于个人工作室的卡，我从来没有自己保管过，都是放在会计那里，有的时候李果会和会计对接这些事情。想起来的时候，我就问一嘴，想不起来的时候，钱就在工作室的账上躺着，有需要的时候，我再问出版社要。

所以说到底，我是不太清楚在我名下的存款实际有多少的。每年年底，出版社的会计会跟我核对一遍我应得的稿费，有时候我会把钱拿去存起来，有时候我会把钱拿去理财，更多的时候我会出去玩一圈然后痛痛快快地把钱花掉一部分。

所以当警方要求我去核查工作室的账目的时候，我是有些吃惊的。

吃惊的当然不只是我，还有出版社的会计。会计心里清楚这是怎样的一个错误，她立刻澄清自己，她只负责做账，但是从来没有经手过工作室的银行卡或者 U 盾。她说，这些她全部交给了我的助理。

我过去的助理就是李果，李果已经死去。死无对证。

我现在的助理是许倩，许倩说她压根就不知道工作室银行卡的事情，从来没有人交接过。

警方要求搜查李果的办公室。

但是李果的办公室已经清理给许倩了。之前许倩根本不知道李果被杀的事情，所以许倩按照人事处的吩咐，直接把李果所有的杂物放到了一个大盒子里，这个盒子现在还在公司的储藏室。

如果说这个出版社还有什么角落是我没有去过的，这个储藏室就是其中之一。这个储藏室在我们出版社大楼的地下二层与地下三层的夹层中，电梯并不能直接到达，需要坐电梯到地下二层往下走半层，或者是坐电梯到地下三层往上走半层。

我不太清楚出版社为什么把一个储藏室放在这边，这个储藏室装的似乎也不是什么出版物，感觉更像是保洁阿姨的存放空间。

许倩说，她只是把李果的东西全部收拾到这个纸箱子里而已，这个纸箱子接下来去了哪里不是她管的。

出版社的保安小王说这个纸箱子是他搬过来的，有人让他把许倩办公室的纸盒子搬到地下储藏室的，他就搬了。

"谁让你搬的，你怎么会不记得？让你搬，你就搬？你不问问清楚吗？"警察有点哭笑不得。

"问清楚了啊，人家让我到许小姐的房间去搬一个纸盒子，我到许小姐的房间看到有个纸盒子啊。我也问了许小姐，是不是这个纸盒子要搬走。许小姐说是啊，然后我就搬到地下室了。怎么干活干多了也有错吗？我们干保安的，不就是人家怎么说，我们就怎么做吗？还能怎样？你以为，我还能像你们警察一样问东问西吗？"

"我不知道啊，我只知道这个箱子要搬走。他问是不是这个箱子要搬走，我说是。就是这样啊。我是不是哪里做错了？"许倩一脸紧张与茫然。

的确，许倩和保安小王都没有做错，但也都做错了。

职场就是这样，多问肯定是错的，少问也是有问题的。一个没有交接好，重要信息就遗失掉了。我暂时没有办法理清这里面是哪个环节出了问题，但是有一点是肯定的，这其中一定有猫腻。

刚打开储物间，里面黑乎乎的，一只老鼠直接蹿了出来，吓得我尖叫一声，忍不住跳起来，转身抱住身边的人。

等抱住的时候，才看清身边的人是李伟。

李伟轻轻地拍拍我，安慰道："没事没事的，是老鼠，已经跑掉了。"

警方进去，拿着手电筒找了一圈，没有找到许倩说的那个盒子。

"是什么样的盒子？上面有没有特殊记号？"一个警察从房子里面对着外面喊。

"哦，我标注了物件所有人的姓名是李果，也写了那天的日期，应该是二〇一九年三月十四日。"许倩对着里面的警察喊。

"晓得了。"警察在里面窸窸窣窣翻了一阵，终于找到了一个大纸盒。

等到纸盒搬到我们跟前的时候，每个人都倒吸一口凉气。

因为这个纸盒已经被老鼠咬得破破烂烂了，谁都不确定盒子打开里面有什么。

你有没有想过有一天，你来不及告别，来不及准备，就突然离世了，你的生前之物怎么办？

你的不堪与秘密来不及销毁；你的私密与喜悦被突然围观；你的工作与生活突然被展览，你想过这些吗？

我很认真地告诉你，我想过，我想过如果我此刻突然离世，来不及准备和这个人间好好告别，我的一切怎么办。

警察或者我的亲人，会第一时间拿到我的手机，在我的手机中有一篇备忘录，叫作《如果我突然离世》，在里面我清清楚楚地写明白了，如果有一天我横遭意外，无论是谁，你捡到了我的手机，你应该怎么做。

另外，在我的经纪人马一鸣那里有一把钥匙，这枚钥匙是一家银行保险柜的钥匙。马一鸣知道是哪家银行，他将拿着那枚钥匙走进那家银行，由我的客户专员打开那个保险柜。保险柜里是我所有的财产以及一份遗嘱。遗嘱由马一鸣、两位律师以及两位医生共同见证，他们能够证明我是在无胁迫、精神状态正常的情况下自愿地立下了这份遗嘱。遗嘱中，我将我所有的财产和作品版权做了一个交割以及分配，这份分配将能够保证所有我在乎的人，不会因为我的骤然离世而影响了他们的生活品质。

当然还有其他日常。你不会知道，每一次的出差我都将其视作人生的不归路。无论是坐汽车、高铁、轮船或者是飞机，我都不知道我是否能够安然归来。所以那些身外之物，家中的全部，我都安排得可以面对任何一个陌生人的检查以及偷窥。

对的，我的做法是不留存任何秘密。

我从不写日记或者日程记录，我那些不可告人的小秘密，只留在我的内心深处，从不会记录下来。

每一次离家之前，我都会让梅阿姨打扫一遍房子。我将所有可能会让人评价我的东西，都毫不犹豫地扔掉：比如那些不健康的零食，比如那些我依赖的药物，比如那些我喜欢的情趣内衣，比如我喜欢的润滑油，比如那些自己深觉羞耻的小爱好，能随身带走的就带走，带不走的则统统扔掉。

因此我一直将自己的个人所有物严格保持在一百件以内的数量。我非常固执地保留我骤然离世的尊严，不给任何人留下可能窥探我生活的空间与机会。

如果我外出，突然遇难，我留给世人的是完全可供展览的人生。

我当然也有足够多让人八卦的物料，那些我愿意呈现的、我不在乎你在茶余饭后作为谈资的，我统统写进我的小说中。

可惜李果跟了我这么久，还是没有学到这一点。

李果对于我极简主义的生活，一直不是很能理解。我也从未解释过我为何如此。李果以为我可能有洁癖或者是整理癖，仅此而已。

她不明白，我拥有随时离世的能力，同时我也准备随时骤然与世长辞。

不，你不要这样。你不必学我。你要记得热爱世界、热爱小动物、热爱粮食和蔬菜。你要记得你有你的爱人与牵挂。

而我，则孤零零一个人，其实从来无人牵挂。

本来，我以为庄永生将是我的未来牵挂，可惜，我终究是真心错付了。

而这些，我从来没有跟李果说过，李果自然也不清楚我的用意。

比如此刻，李果一切办公室的隐蔽的小秘密都在这个盒子里被骤然展现。

来，我们一起看看李果小姐的小秘密。

第二十七章　下一个受害人

这个盒子里，有李果换下来的钩了丝的一只丝袜；有李果用了一半的气垫粉底，此刻已经霉迹斑斑；有李果记录的日程本，上面密密麻麻地记着她在公司所有的行程，还有一部分私人行程；这里甚至还有李果的一本生理期体温记录本，李果什么时候来例假，排卵期是什么时候，上面还有一些隐秘的小叉叉，这些小叉叉即使她没有注明也能让人猜到，那是她记录的有性生活的日期。只不过，她没有记录是和谁。

保安小王对于这个已经发霉的但是依然精致的白领李果的隐秘世界万分好奇，他不断地问着，这是什么，那是什么。

看得出来，许倩对她的前任充满了好奇心。但让我很满意的是，许倩始终保持着缄默，只是眼珠子不停地随着纸箱子里的东西流转着。

纸盒子里的东西还有很多，警方决定不现场挑拣，直接拿回警局检查。

保安小王脸上流露出很失望的表情。李果于保安小王，是另外一个世界的女性，那个世界的女性精致、优雅、挑剔、美丽。

那个世界的女性和他的世界仿佛是同一个世界，近在咫尺，甚至根本就是在同一块领地，却从来泾渭分明。保安小王的年龄和李果差不多大，但是保安小王从来不会将李果作为可以恋爱的对象，保安小王有他的自知之明。而李果也从来没有将可以嫁给小王这样的人作为未来的人生归属。

偶尔李果也会对保安小王甜甜地微笑，为了回报这个微笑，小王也会对李果有求必应，比如搬搬重物这种小事。

李果和保安小王在两个世界里，各自安好地活着，保安小王从来不知道李果这个世界打开的内核是什么样，直到今天。

不过就是几分钟的时间，保安小王开始知道了一点点属于李果这个世界的女人的信息。

不过就是几分钟的时间，保安小王开始觉得似乎什么都知道了一点点，又什么都不知道。他要的女人依旧离李果的世界万分遥远。

当晚十一点多，警方就打电话告诉我结论：我被转走的那个工作室的银行 U 盾，并不在李果的这个盒子里。

清晨，我是被一阵尖锐的电话铃声吵醒的。

我的安眠药药效还未退去，睁开眼睛的瞬间，我完全不知身在何处。我转过头看向窗外，依稀想起来一点。

我光着脚下床，脚一接触上米色、橘色拼灰色图案的地毯，心中渐渐有了踏实感。

我不敢再回家一个人住，那空旷且极简的家中，有一股说不清道不明的阴森感。我让许倩给我订一个月酒店，条件就是要能让我有足够的安全感。

许倩这件事办得极为漂亮，她帮我选中了这家有着七十多年历史的著名五星级花园酒店，坐落在淮海路的商业圈，推窗即能看见人世繁华。更加重要的是，上海的一位文艺圈大姐大常住这个酒店顶楼，让人陡然生出一种踏实和安全感。最加分的是，这家饭店里有地道的老上海菜还有老克勒的咖啡馆，我一天的早中晚三餐都能在酒店很舒服地解决。

许倩提议帮我订套房的时候，被我一口否决了。我害怕一个人住套房，我会始终觉得那个空着的客厅里有一双眼睛，在悄悄地看着我。

最终许倩帮我订到了一个风景绝好的行政房，推窗就可以拥有上海的古往今来。

晚上可以从窗边眺望黄浦江对岸浦东的灯火辉煌，也可以看到从旧时光里的霞飞路到淮海路一个世纪的繁荣。法国梧桐郁郁葱葱，极有姿态地守护着道路的两边。

车水马龙，川流不息，中外游客皆从四面八方而来，人声鼎沸。背着双肩包的老外，踩着高跟鞋拿着晚宴包的名流，用各自的姿态或惬意或仪态万方地走在这条街上。

即使有这么多人，这条马路也不嘈杂或者繁乱，一切都是井井有条，因为附近时不时就会有红蓝相间的巡警巡视灯亮起，附近的警察二十四小时保证着这一带的安全。即使偶有性急的行人想要穿过马路，也会马上有协警阻拦。

道路两边不仅仅有顶级的 5A 级写字楼，也有各种国际最知名的商业品牌，以及各大奢侈品品牌设计独特的旗舰店。

这样的尘世繁华与人间热闹，加上这座城市独有的秩序感与安全感，让住在这里的我心里增添了很多安宁。

电话是李伟打过来的，李伟很着急地问我："夏漫，听说你搬到酒店去住了？"

"是的，酒店热闹一点，睡眠好一些。"我淡淡地说。虽然我深知自己跟这个警官没有解释的义务，但是这个李警官似乎挺关心我。

"你会不会查看酒店是否有摄像头？"李伟急急地问我。

"摄像头？什么摄像头？你是说酒店里面偷偷装了摄像头？"我很吃惊地问李伟。

"是！就是这个意思。"李伟很肯定地给我答案。

"我住的是五星级酒店，这一点我想我完全不用担心吧？"我依然不敢相信。

"你和庄永生度蜜月的那个房间也是五星级，但是被人偷偷装上了微型针孔摄影机，你知道吗？"李伟终于告诉我。

我和庄永生度蜜月的房间装上了微型针孔摄影机？那就是说我和庄永生所有的亲密瞬间，都有人躲在这个摄影机后面，偷窥到整个过程？

等等，那既然如此，杀人凶手是谁呢？摄影机拍到了没有？

我来不及细想，我现在就要知道这个答案。

"那你们找到杀人凶手了？"我迫不及待地问道。

"我们找到针孔摄影机，但是没有找到储存卡。储存卡早就被人取走了。"李伟的声音听起来万分沮丧。

"被谁取走的？你们不去调酒店的监控吗？你们不去查吗？看看是谁买了这款摄影机 调一下所有的售出记录啊！"我非常激动地对着电话大声地喊着。

"夏漫，你别激动，你别激动，我的同事正在做这方面的调查。你要知道同款的针孔摄影机售出的数目是巨大的，我们要找这个购买者，无异于大海捞针。"李伟小声地和我解释。

"好，那你们继续捞吧。"我试图挂电话。

"等一等夏漫，你按照我说的做。"李伟赶在我挂电话之前，阻止我挂电话。

"还有什么事情？"我冷冷地说。

"你按照我说的方法 检查一下房间里有没有针孔摄影机。你弯下腰，看看你床的附近，大致看一下有没有摆放不合理或者奇怪的地方。洗澡物品摆放的地方都检查一下。看看有没有类似圆点的东西。"

听李伟这么一说，我不由自主地拿着手机弯腰看了看床底，主动汇报："床底下正常。"

然后我走到浴室，浴室整整齐齐、井井有条，都是酒店的一些必需品，以及我个人的一些洗漱用品。也没有什么异样。

"你现在查看所有的电器旁，在电视机、空调、电风扇等电器设备上，都细心检查一下。另外记得睡觉的时候关掉总电源。"

李伟继续在电话那头有条不紊地指挥我。

我依言检查了床头灯、电视机、空调开关附近，依然都是正常。

"好，现在你把所有的门窗关闭，关闭灯光、电视，让房间处于黑暗状态。然后你打开手机摄像头，将手机摄像头对准房间的每个地方，依次查看。出现小红点的地方就说明有摄像头！当针孔摄像头与手机距离一米左右的时候最容易发现，请注意距离。查看的时候，不要着急，耐心一点。另外，如果床前面有镜子，把手机顶在镜子上，如果和看到的反射镜像有些距离，那么很可能里面有夹层，需要小心检查。"李伟在电话那头，有条不紊地教我。

即使如此，我还是手忙脚乱，拉窗帘，关灯，打开手机，照了房间的每一个角落。

结果是：没有发现任何针孔摄影机的迹象。

"什么都没有发现。"我如实地对着手机跟李伟说。

"这不符合逻辑啊。"李伟自言自语地说。

"符合什么逻辑？你的逻辑就是，我这个房间肯定会有个针孔摄影机？"我疑惑地问。

"对。"李伟脱口而出。

"你什么意思？什么对啊？你为什么觉得我的房间会有个针孔摄影机？你知道什么？你是不是有什么瞒着我？"我开始警觉起来，总觉得李伟有什么事情没有直接告诉我。

"我现在不敢肯定，但是我可以提前警示你，万事多加小心总是没有错。我觉得这些所有的事情，别人都是替罪羊，他们要针对的人其实是你。"李伟小心翼翼地说出了他的想法。

"什么叫针对的人其实是我？你的意思是，他们想要杀的人不是庄永生，也不是李果，而是、而是、而是我？"我简直不敢相信，感觉我快要窒息了。

"我不敢肯定他们是不是要杀你，但是我敢肯定，他们要针对的人是你。庄永生也好　李果也好，从某种意义上来说，他们都是为你而死。"李伟终于说出了他的最终结论。

"什么叫为我而死？你是说我害死了庄永生和李果？！"我哭泣着嘶哑着喊道。

"夏漫，夏漫，你别这么想。我跟你说这些的目的，是为了让你多加提防。你的房间没有针孔摄影机这一点不太合理。你一会儿要出门吗？"李伟问。

"对啊，我一会儿起床后就去出版社。"

"好，那你晚上什么时候回来？我等你晚上回来之后，来一下你的房间，帮你彻底检查一下。你看好吗？"李伟问我。

"好！"

李伟的电话刚挂上，午倩的电话就进来了。

"漫姐，你赶紧来，李果的父母带了一帮人，打上门来了！"许倩的声音里透露着手足无措的绝望。

第二十八章　生命是一袭华美的袍

做了我三年贴身助理的李果小姐，死了。

死在了我和她最后一次见面的一个小时之内。死于谋杀。

我是李果小姐的老板，女作家夏漫。我是谋杀李果的第一嫌疑人。关于这一点，只有警察李伟知道。

李伟劝我去和警察讲清楚。我答应了，目前还没有去。我要想好如何和警察们交代，在李果死之前很短的时间内我曾见过她，并且和她产生了激烈的冲突，但是我并没有杀她。

杀害李果的动机，我有；杀害李果的时间，我有；杀害李果的武器，我有。如何证明我并未杀害她？

其实连我自己都不确定，自己是否真的杀害了李果。

我不确定在激烈的情绪下、在我睡意蒙眬的时刻，我会不会借助梦的力量，逃脱法律的制裁，肆无忌惮地将刀捅进李果小姐的左胸膛，然后将利器深深地插入她的下身，恶毒地骂一句：你这个贱货！你以为我不知道你和庄永生上床的事？

李果说她看不上庄永生，你以为她说，我就信了吗？

李果说她和庄永生并无我想象中的那层关系，她说，我就信了吗？

来来亲，你来跟我说说，你的前任们是不是都曾有人和你说过：我和她（他）就是普通朋友。

很耳熟是吧？

当下说的人，是不是都会赌咒发誓？

当下听那句话的你，是不是也都会说：好的好的，我信你。

但是结果呢？

结果就是，他们和她们，该有什么关系就有什么关系。你不想知道的关系，你猜测的关系，统统都会被事实一一验证。

我们为什么要赌咒发誓？

因为我们心虚，因为我们自己都不信，因为我们自己也希望用这些强烈的话语给我们不安的内心装上一道安全的阀门。

所以，你问我，有没有杀害李果？

我说我没有，你现在还信吗？

还没有等我对警察们坦白我曾在李果被杀的当晚，见过李果的事实，李果的爸妈以及亲朋好友们就找上门了。

等我赶到出版社的时候，出版社已经被李果的家人闹得人仰马翻。

我被许倩安排从后门悄悄进入。许倩带我上到三楼的会议中心，然后指着一楼的出版社接待大堂。

三楼的会议中心，正好在我们出版社大楼的正中央，会议室是全玻璃的，正好从会议室外侧能清楚地看到整个出版社大堂的景象。

此刻的出版社大堂已经围满了人。

更准确地说，出版社大堂已经变成了一个临时的灵堂。

前台的桌面上，已经摆上了李果的黑白照片框，照片上扎着黑色的布花，李果青春的脸庞似笑非笑，有一种说不出来的阴森和恐怖。

李果的这张照片，还是我帮她拍的。

我清晰地记得那是李果做我助理后第一次参加时尚圈的晚宴，我作为畅销书排行榜第一名的作家被邀请，可以带一名同伴参加。当时我刚和前面的男朋友分手，还未认识庄永生，所以我就把这个名额给了李果。

年轻的女孩都会对这种灯光璀璨、美酒香槟、环佩叮当、权贵云集、俊男美女的派对充满了向往。李果也不例外。李果花了三个月的工资，买了一件晚礼服，隆重地去参加这个派对。

站在签到处，摄影师让李果对着镜头微笑留念。

李果回过头用请示的眼神看着我，我点点头，挥挥手示意她去好好享受红毯。

同时我举起手机，站在李果的正对面，帮李果拍了那张照片。

拍完，第一时间发给了李果。

作为和李果朝夕相处的一名同性，我比任何人都清楚李果的哪个角度是最美的。

李果果然非常喜欢我给她拍的那张照片，将照片作为她的微信头像、手机屏保。我想这也是为什么李果的家人要用这张照片来作为李果遗像的原因。

可惜，那张照片本应该是彩色的。李果精致的妆容、红色的长裙、脸上色彩层次分明却不突兀，只有彩色的照片才能真实抓到李果颜值的精髓。如今变成黑白色之后，陡然有一种诡异的氛围。

跪在地上的中年女人，我猜是李果的母亲。

李果的父母我从未见过，李果的家在安徽芜湖，李果来了上海之后，极力隐去家乡带给她的痕迹。李果说着标准的普通话，来出版社实习之后，偶尔也跟着那帮行政人员学会了夹带一两个英文的说话方式。在停车场停车的时候，也会对着停车场只会说上海话的老门卫说"虾虾侬"。

如果不加深究，你会以为李果就是在魔都生，在魔都长，在魔都工作，并准备在魔都终老一生的姑娘。

李果怎么都不会想到，在她死后，她的亲人会将她竭力维持住的上海精致小女人的形象，毫不怜惜地一撕到底。

毫无疑问，李果的亲人是最爱李果的人。也毫无疑问，李果的亲人是李果死亡的利益最大受害者。他们需要为李果被谋杀这件事，来讨一个说法。

这一点儿都没有错。

错的是，他们根本不了解李果一生想要追求的是什么。他们也根本不了解李果小姐在这个出版社里工作三年，用尽力气维持的形象是什么。他们也根本不了解李果小姐希望他们在这件事上做什么。

不，我也并不了解李果，但是有一点我是深深清楚且毫无疑虑的，那就是李果小姐一定不希望他们的父母此刻会是用这样的方式来讨回公道。

李果的母亲此刻正匍匐在地，一把鼻涕一把眼泪地哭喊着我的名字：你个杀千刀的夏漫，你还我女儿！你害死了我女儿！

李果的父亲则手里拿着一根不知道算是棍子还是管子的白色柱状物，敲着出版社大理石的地面，大声地喊着：杀人偿命，天理难容！

后面跟着一帮不知道是李果的亲戚还是村民朋友，在李果的父母背后呼喊助威。

李果小姐终其短暂的一生想要学会的优雅、温和，最终在死后被她的家庭一棍子打碎在地。

其实这些都不重要。

对于完美的一生，我早就看穿了它的本质。

张爱玲说过的："生命就是一袭华美的袍，爬满了虱子。"

对此，我深以为然。

那些生命中龌龊的本质，总是会冷不丁地跑出来，打碎你精心维持的人设。

至于这些，李果已经不会知道了，她人生的终点是鲜血淋漓的场面，我会以小说中的一个章节来纪念李果。

我想告诉她，没有什么好的人生或者坏的人生，被人记下并且能够被用文字保留的人生，就是特别的人生。这是我对李果和我三年朝夕相处唯一能够做的事情。我要让李果的故事在我的文字里，成为流传的永恒。

我知道也许李果不在乎我做这些。

我做这些的目的，只是想给我和李果三年的情谊一个交代。

有些事情，无用但是必须做。

"他们有什么诉求？"我问许倩。

"还能有什么诉求，死者不能生还，也就是要些补偿吧。"许倩轻轻地对我说。

"他们想要多少？"我问许倩。我想如果不多的话，作为私人的慰问，我愿意给李果的父母一些补偿。

"没有具体说，李果的哥哥正在跟王老师讨价还价。"许倩说。

"李果还有个哥哥？我怎么不知道？"我一惊，回过头看着许倩。

"嗯，这我就不清楚了。那个人说是李果的哥哥，说是亲哥哥来着。"许倩说。

"他们为什么来到这里？"我看着楼下保安们束手无措的样子，不由得摇头。

"警察通知了李果的父母，他们知道了，就连夜赶来了。"许倩继续说。许倩在我来之前做了功课，将来龙去脉搞清楚了。

"为什么要冲着我？"我不清楚李果的父母知道了什么。

"这个是肯定要冲着您来的。您名气最大，羽毛不能染灰，冲着您来，就能要到最大补偿。"许倩淡淡地说。

我看了一眼许倩，许倩的眼中透着一股对人情冷暖的看穿。这一点倒是和李果很不一样。

对于这个世界，李果似乎总是保持着好奇心与天真。

对我这个老板，李果也从来言听计从。

李果的口头禅从来都是这些："真的吗？好棒！""漫姐，你好厉害！""哇！"

这是李果的真实性格吗？还是李果用天真作为对付这个世界的武器？

一切已经不得而知。

"你刚才说李果的哥哥正在王老师办公室里？走，我们去看看。"我对着许倩说。

"夏老师，您别去。马老师让我看着您，千万别去。"许倩焦急地阻止我。

"怕什么，我们出版社不是还有保安吗？走。"我甩开许倩的手，直接向王佳晴的办公室走去。

还未走到王佳晴的办公室，很远就听到李杰咆哮的声音。

"跟你说没用！你让那个女人来见我！"

"我劝你们别胡闹，我报警的话，谁都没有好果子吃。"王佳晴从来是那种吃软不吃硬的主。

"哟，你这是威胁我？你以为我会怕你？你叫警察啊！你把警察叫来，我就把那个什么当红女作家的真实面目都抖出去！"李杰一副胜券在握的口吻。

"来，说说看，你知道些什么？说出来听听，如果有价值的话，我可以考虑花点钱来买断你的信息。"王佳晴一副在逗猴子的口气，饶有兴致地说。

"包管你有兴趣！但是现在我还不能告诉你。你把夏漫叫过来，我要跟夏漫说。跟你们说没用。"李杰倒是不傻。

"夏漫小姐太忙了，再说夏漫小姐也做不了主。夏漫小姐只负责码字，我才负责她的其他事务，包括付钱。"王佳晴一副这儿我做主的表情。

"你少来懵我！我妹妹跟我说过的，如果到最后逼急了，让我只能跟夏漫说。绝对不能告诉第二个人。我没有想到我妹妹会被害死……"李杰说得居然哽咽了，可见李杰对李果多少有点真正的兄妹情。

"我在这里，有什么就对我说吧。"

我大声地说，推开门朝着李杰走过去。

所有人看到我的突然出现，都愣在当地。

"李杰，你说吧，你都知道些什么秘密？"

第二十九章　不能说的秘密

我看着眼前的这个男人，名为李杰的男人，我前任助理李果的亲哥哥，看样子是三十或者四十岁的样子，寸头，脖子上戴着一根又粗又大的金链子，圆圆的啤酒肚，还有两只布满文身的大花臂。

李杰壮硕粗犷的样子和李果精致纤细的形象，简直天差地别。

李杰对于我的突然出现，显然并未有心理准备，他看到我愣了一下，很冲地问我："你？你是谁？"

我轻轻笑了一下，对着李杰伸出我的右手，用最标准的社交礼仪姿势和声音，对着他说："您好，李杰，我是夏漫。"

李杰本来想要握住我的手，突然如被马蜂蜇了一样，一下子从半路缩了回去，然后恶狠狠地瞪着我说："你倒是还有胆子来见我？！"

许倩突然用娇小的身躯，挡在了我的跟前，对着李杰说："有话好好说！"

我因为许倩的这个举动，而陡然生出感动，我轻轻地拉了一拉许倩，对着她小声说："没事，别担心。"

"李杰，你刚说你知道什么秘密，我的真实面目？"我轻挑眉毛看着李杰说。

李杰故意用一种恶狠狠的眼神看了我一眼，并且胸有成竹："当然！"

"这倒是很有意思的一件事情，我自己都不太清楚我自己的真实面目是什么。你不妨说给我听听。"我饶有兴致地看着李杰，期待他能说出让我惊喜的故事。

李杰愣了一下，看了一眼王佳晴和许情，又看向我："你确定想要我在这里说？"

我摊了一下手，耸耸肩，说："想说什么就说什么吧。"

李杰犹豫了一下，说："算了吧，你把我妹妹的事情了结了，我就不说你的事情。"

我忍不住笑了："了结？你想要怎么了结？"

李杰不自然地摸了摸自己的下巴，斜眼看着我说："这个还用我说吗？你不懂吗？"

我收住笑容，突然对和李杰的过招意兴阑珊，我想走了。无所谓他怎样，是走还是留。也无所谓他想要什么样的赔偿，让王佳晴去和他谈吧。

我转过身，不理李杰，想要朝着门外走去。

李杰没有料到我的情绪突然之间就低落了下来，完全失去了和他博弈的兴趣，急了，一把拉住我："你站住！"

"放开我！"我回头冷冷地看着李杰，命令道。

李杰被我的气势吓到，不由自主地松开了手，然后脱口而出："庄永生是我妹妹的前男友，你知道吗？！"

我的前任助理李果的亲哥哥李杰，他亲口告诉我说，我被杀害的未婚夫或者说丈夫庄永生，他是李果的前男友。这件事，我要理一理清楚。

正如你一样，对于李果和庄永生的关系，我始终是充满猜测和怀疑的。我猜疑他们曾经背着我暗度陈仓，我甚至都能想象他们偷食的模样。只不过我一直没有证据。在庄永生的房子里，我遇见李果之后，更加证实了我的猜测，但是李果说那栋房子是她的，她并非入侵者，她也用非常鄙夷的口气表达了对庄永生的鄙视。

所以李果和庄永生到底是什么关系？

"庄永生是李果的前男友？什么时候的事情？还是李果是我和庄永生之间的小三？"我保持着镇定，问出事情的关键。

而王佳晴和许情都被李杰说出的这个秘密，惊得下巴着了地。

"我妹妹才不会做别人家的小三！这都是好几年前的事情了，庄永生和我妹妹在大学里认识的，庄永生追了她很久。"李杰说。

"什么？你是说庄永生和李果早就认识？"我震惊得无以复加。

我和庄永生明明相识于偶然，我们在高铁上认识，一场艳遇开始的情感，一见钟情的开头，浪漫的过程，眼看着要结婚，却结束于一场谋杀。

如果庄永生在很久之前就认识我的助理李果，那么我和庄永生的相识还是偶然吗？

"就算庄永生和李果早就认识，这也没有什么。我和庄永生是旅途中认识的，我们一见钟情，和李果没有什么关系。我很失望，李果隐瞒了她和庄永生的感情史。"我冷冷地对李杰说。

说完，我执拗地转身要离开。我不要听这个李杰胡说八道什么了，我要把所有的事情好好地理一理。

在我的记忆中，李果是什么时候和庄永生第一次见面的？

那应该是在北京出差之后，我和庄永生在上海的第一次约会。

那次的约会是李果安排的，李果帮我订了一个可以看到黄浦江的西餐厅，预订了他们酒店最好的位置，帮我提前点好了菜、选好了酒。那次的安排让我非常满意。因为李果不仅将我喜欢的菜品都安排了，还安排了另外一些菜品，居然都是庄永生喜欢的。

当时的我对李果的细心周到以及高情商赞不绝口。

庄永生对当晚的每一个细节都非常满意，从餐厅的选择到菜品的决定，再到酒的搭配，他用了一个词来概括，那就是"完美"。

现在想来，真是讽刺，如果庄永生是李果的前男友，那么李果自然对他的喜好了如指掌。

李果看着我和庄永生约会，看着我沉沦在庄永生的感情中，妥当地安排了我们爱情约会的每一个细节，如同看一场她熟知的话剧，有一种了然于胸的操控感。

究竟是李果在服务我夏漫的人生，还是李果操控了我夏漫的人生？

这件事，究竟是李果和庄永生的合谋，还是命运的巧合？

这件事的底牌是什么？

我已经有点不敢去想。

我终于从李杰身边逃离了，保安小王终于做了一次英雄，将我拯救于水火之中。

到这个时候我才知道，保安小王居然是他家乡的散打冠军，这些看着五大三粗的江湖人士根本就不是小王的对手。

我惊魂未定地进了会议室，王佳晴和许倩也跟了过来，马一鸣也过来了。

小王露出朴实的笑容，朝着我点点头说："夏老师，没啥事，那我就回去了。您要有啥事，就直接电话我，我马上就到。"

我看着小王，感激地点点头，突然想起来一个问题："小王，还没有问过你叫什么名字呢。"

小王愣了一下，没想到我会问这个，不好意思地抓抓脑袋，用不自信的声音说："夏老师，我叫王宇轩。"

这次轮到我愣了，王宇轩，非常有文化感的一个名字，这是个父母寄予了多么大希望的名字。

"好名字！我记住了，王宇轩。"我认真地对着小王说。

"别别别，夏老师，您叫我小王就行哈。"小王说完飞也似的逃走了。

名字是一个人的魂魄与尊严之所在。

这个世界上有人记得你是小王，有人记得你是保安，有人记得你是门卫。到后来，小王变成了老王，或者老王头，或者其他。却永远只有很少的一部分人会记得你的姓名。

王宇轩先生，谢谢你为我解围。

以上这段话，我永远不会对小王说。有些话，一说出口就会有矫情的嫌疑，但是人的尊重就是你的行为赢得的。小王的姓名，已经被我牢牢记住。

王宇轩一走，我就看着面前的所有人，带着完全的不信任。

"你们谁来说一说，李果是庄永生前任女友的事情，是怎么回事？"我用零下十摄氏度的声音问在场的每一位。眼神从王佳晴的身上扫到马一鸣的身上，再从马一鸣的身上扫到许倩的身上。

对的，现场的每一个人都值得怀疑，许倩也不例外。我不知道许倩在做我助理之前，已经做了多长时间的准备，以及在我夏漫的人生中她被分配了怎样的角色。她会不会如李果一样，继续操控着我的未来？

许倩愣了一下，脱口而出说："夏老师，我刚来的啊！"

"哦，我都忘了你刚来。你来告诉我，你有多少位前男友，可以分配给我做我未来的恋爱对象？"我用戏谑的口吻说。

许倩的脸色瞬间变白了，我知道这番话如果是平常人听来，肯定是觉得我在冒犯她。可是许倩是平常人吗？她是无辜的小白兔，还是我被设计的人生中的一环？

"漫漫，你差不多就行了！别闹！"马一鸣呵斥我。

"夏漫，你别狗咬吕洞宾不识好人心。我这边可是完全为你服务的。你今天听到的这些事，我也是第一次听到。李果是那样城府深的人，我也没有想到。"王佳晴还是那副"不关我事，我也不会买你账"的样子，这倒是和她一贯的人设和行为很配。

"夏漫，这件事警方已经开始调查了。对于你身边接连发生这种不幸的事情，我们也很难过，我们也在焦头烂额地处理，你能不能别把枪口对着自己人？"马一鸣继续在对我循循善诱地劝解。

我看着老马，不再说话。我相信老马的话了吗？

换在过去，我肯定就信了。但是现在，无人可以被相信。

不过我依然点点头。

马一鸣露出松了一口气的样子。

王佳晴对马一鸣露出了钦佩而赞许的眼神。

"李果的父母，走了吗？"我问大家。

"还没有，但是已经被小王劝到里面去了。"马一鸣说。

"给李果的父母还有她哥哥打五十万吧，就算我私人给他们的慰问金。"我对许倩说。

"不行！"马一鸣一口回绝了。

"绝对不行！"王佳晴也拒绝了。

"夏老师，您要是给了，他们还会继续要的。"许倩也表示反对。

我垂头丧气地瘫坐在沙发上，整个人都往后靠去。

"行！你们都说不行，那你们说该怎么办？"我问大家。

"我们要和他们打官司，并且要上法院告李果私自挪用你工作室的钱，这样一逼，他们父母就不会再跟你闹了。"马一鸣很冷静地说。

　　等一下，马一鸣是如何知道李果挪用了我工作室的钱去买房的？

第三十章　无人生还

人生就是一个修罗场，从来无人生还。

我们穷尽一生所追求的，无非就是在这个修罗场里战斗的时间更久一点，赢的次数更多一点，临死的姿势好看一点。

至于其他，若是中场休息的时候能遇见爱，下半场的时候能有人陪你一起厮杀，那都是锦上添花。

爱是人生的奢侈品，有人一生能遇见多次，有人一生一次都不会拥有。

我曾以为我是那一生能遇见多次的人，可是现在我越来越怀疑，我根本连一次都不曾真正拥有过。

我从未想过进入婚姻，直到遇到庄永生。我认为，爱已经不足够表达我们的情感，所以我们需要婚姻这种更强烈的牵绊，从此之后，我只属于他，而他也只属于我。

婚姻从来都应该是爱情的高阶形式，而不是在人生的修罗场输了之后暂时的避风港。至少，之前我是这么认为的，但是很显然我错了。

在和庄永生结婚之前，我们曾经讨论过先领证还是先办婚礼的事情。

庄永生说，我们彼此知道对方是自己的另一半，不需要法律意义上的肯定，这个可以放到后面。他更着急的是，希望昭告天下夏漫嫁给了他。他希望我们的爱情，被所有我们熟知的人知道；他希望我们的幸福，能让所有看见的人都感受到甜蜜的滋味。

我承认，我非常喜欢庄永生的这套说辞，因此毫不犹豫地答应了。这就是我和庄永生去岛上举办婚礼，但是其实还没有领证的原因。

因此在庄永生死后，我的法律意义上的定义是"未婚"，而不是"丧偶"。由此看来，我似乎是因为庄永生这个不经意的决定而受益了。

只有我知道，经历了这些天的复杂事情之后，我已经很确定，庄永生是刻意这么做的，甚至是算计着这么做的。

庄永生爱过我吗？

我不知道。

爱相对于生命来讲，重要吗？对我非常重要。

我接受不了任何一段感情中，只有利益没有爱情。

真相虽然遥远，但是毕竟还是有真相的，不是吗？至于真相究竟是什么，我愿意不惜一切代价找到它。

我坐在马一鸣的办公室里，看着马一鸣背后的一排红木书架上的最中央醒目处放着一排我的书，每一种书都有好几本。

这最醒目的位置，显而易见地张扬着马一鸣对我这个头牌作者的偏爱。

我知道马一鸣对我是偏爱的，我和马一鸣互相成就。

我成就了马一鸣从一个三流编辑走到这个出版社的合伙人。而马一鸣成就我夏漫从一个普通大学生成为一个最当红的畅销言情小说家，身价估值过千万。

因为马一鸣，我获得车厘子自由、口红自由、酒店自由、汽车自由、住房自由，甚至是恋爱自由。

"你什么时候知道李果挪用了我工作室的钱去买房？"我接过马一鸣给我倒的茶，假装不经意地问。

"比你早一点。"马一鸣倒是毫不遮掩。

我一惊，立刻抬头看向马一鸣。

马一鸣因为熬夜而浑浊通红的眼睛迎上我的目光，缓缓地点了点头，坦坦荡荡。

不，我不该怀疑马一鸣。马一鸣是我事业的坚实基石，和我是利益共同体，他绝不会干伤害我的事情。我的团队里所有人都会背叛我，而马一鸣只会成就我。我应该第一个就把马一鸣排除在嫌疑名单之外。

"具体什么时候？"我收住了冰冷的质问眼神，开始沮丧地问马一鸣，问完喝了一口茶。

马一鸣没有别的爱好，就是喜欢喝几口好茶。什么武夷山大红袍、安徽太平猴魁，对我来说都是一样的口味——一股淡淡的茶味，而已。

我不喝茶，我喝咖啡，没日没夜地喝。只有浓咖啡才能让我提神，集中注意力创作。

我用咖啡续命，老马用好茶养生。这是我们的本质区别。

马一鸣知道我喜欢喝咖啡，但是他还是坚持在我每次来的时候给我亲手泡一壶好茶。他期待有一天我突然开了窍，懂得茶的好。当然，到目前为止，我都依然不知道红茶和绿茶，除了颜色的区别以外，还能有什么别的区别。

耳濡目染这件事，从来只对人格还未形成的幼儿有效，对我们成年人已然很难。

马一鸣看着我谈一个又一个恋爱，每次都奋不顾身，但是他也绝对不会对爱情这件事感兴趣。

马一鸣结婚很早，和老婆刘姐大学一毕业就结婚了，早早地就生了一个儿子，从此之后过着心无杂念、修身养性的已婚男人生活。

马一鸣大部分的时间都给了出版社，换种说法，马一鸣大部分时间都给了我。虽然马一鸣负责的是整个部门，但是这个部门的其他作者都各有对接的编辑，只有我是属于马一鸣直管的。

"你宣布正式和庄永生谈恋爱的时候。"马一鸣一边拿着他那把据说三十几万的茶壶漫不经心地给自己倒茶，一边说。

"什么？"我不敢相信自己的耳朵。

"你当时不是很兴奋地说，你遇到了一个完美恋人了嘛，还显摆地带回来给我们大家看……"

随着马一鸣的声音，我的回忆掉入了历史的黑洞里。

那天是周末，我和庄永生约好了一起吃晚餐，未料小说策划会开到七点，还没有通过一半选题，庄永生已经在楼下车里等了我半个多小时了。

当时我肚子也饿了，于是灵机一动，让庄永生上楼来接我，这样马一鸣他们也不好意思不让我走。

"我给大家介绍，这位是庄永生先生，圣安广告公司的CEO。"

庄永生一出现在会议室门口，我就挽上庄永生的胳膊，歪着脑袋和大家打招呼。

"大家好，我接夏漫下班，抱歉，打搅到大家了。"庄永生彬彬有礼地站在会议室门口，对着大家打了个招呼。

马一鸣正戴着他的老花眼镜审我的稿子，听到庄永生的声音，慢慢地将老花眼镜往下松了松，将眼睛从老花眼镜后面抬上来，看了庄永生一眼，没有任何表情。

所有开会的编辑齐刷刷地一起扭头看向庄永生，又齐刷刷地扭头看向我，点点头。

我明白大家的意思，表示大家认同我这次谈恋爱的对象。

王佳晴利索地站了起来，对着庄永生伸出手来，说："庄总好，我是夏漫的宣传经纪王佳晴。"

那时候李果在哪儿呢？

我想起来了。

那时候的李果正站在我的身后，刚才就是她将庄永生接上来的。她如接待所有其他客人一样，和庄永生保持着礼貌且客气的距离，脸上没有任何诧异的神色。

或许，李果脸上有诧异，但是我根本就没有留意。

对的，可能是这样。过去这三年，我对李果的关心不够、了解不够，防备更不够。

"那我走啦！各位辛苦，请继续。"我死皮赖脸地对着开会的各位编辑说。

然后就跟着庄永生出去了。

马一鸣只见过庄永生这一次，后面一次的见面就是在婚礼上了。所以马一鸣刚才说的显摆地带回来给大家看，说的肯定就是这个。

"是，我想起来了，我是把庄永生带给你们看了一下，然后呢？你什么时候发现他和李果有关系，或者是李果挪用了我工作室的钱？"我回过神来问马一鸣。

"这得分好几步走，不是一次的事情。"马一鸣对我做了一个喝茶的手势，自己小小地喝了一口，很是回味地闭上眼睛，闻了闻茶的清香。

"分好几步？你能不能一口气告诉我？不要卖关子了！"我着急地说。

马一鸣站起来，笑着看着我说："你讲小说提案的时候也是这个节奏啊。"

"你别取笑我了，那是两回事。"我气得直翻马一鸣白眼。

"好好好，我跟你说吧。我去天眼上查了，圣安广告公司的法人是庄永生，好巧不巧，我认识这里广告协会的副会长，更巧的是圣安广告公司还是一家不小的广告公司，他就认识这个庄永生。然后我就说约出来吃个饭吧，正好男人之间认识认识，看看后面能有什么合作。结果，约出来一看，你猜怎么着？"马一鸣说。

"还能怎么着，那个庄永生不是我这个庄永生呗。"这种转折，现在对我来说一点都不意外了。

"还真是。那个庄永生已经是跟我年纪差不多大的中年人了。"马一鸣说。

"这是什么时候的事情，你为什么不告诉我？你知道是假的，你还从来不提醒我？"我有点生气了。

"这有什么好提醒的？我就想着那个庄永生长得斯斯文文的，你和他谈谈恋爱而已，估计要不了多久就会分手的。谁知道你和他还来真的了，要结婚。我曾经委婉地提醒过你，要玩过家家可以，结婚证先不领。这一点，你倒是听进去了。要不然现在你搞得更被动。"马一鸣继续说。

"我不是听了你的话才不去领证的，是庄永生建议的。不过现在想想，他的身份证都是假的，怎么领证啊。难不成我去和那个湖北的庄永生结婚去？现在想想真是讽刺。你继续说。然后呢，你怎么就发现他和李果有关系了？还有李果挪我钱的事情，你怎么知道？"我继续追问。

"知道庄永生冒用其他人的头衔之后，我就对他有兴趣了。你不是跟我说过他住哪里的吗？我就花钱让人查了一下这个小区的业主。结果发现没有庄永生，倒是发现居然有你的助理李果。我想李果的工资都是从出版社走的，工资有多少我也是心里有数的，我都买不起的高档小区，她怎么能买得起呢？我第一反应是你私下给她的奖金不少。"马一鸣说。

"不好意思，我从来没有发过奖金给她。"我打断马一鸣。

马一鸣点点头，说："我知道。我之前问过你，你的第一反应是反问我，李果的工资不是都由出版社负责的吗？我就知道你压根没有留意这件事。不过，漫漫，不是我说你，你情商也是有点低。李果给你做了这么多年助理，你怎么就没有想过给她发一点奖金或者什么别的补贴呢？收买人心的事情，你真的是从来不屑去做的。"

我有点羞愧。这些事，我是知道的，但是我从来没有去做。说白了，我心安理得地享受着李果对我的好，自认为这是她的工作与义务，却忘了工作与义务如果有人情做润滑，会更加妥帖和舒服。

"后来我就找李果问了，结果一问李果就承认挪用了你工作室的钱。她说会尽快补上还你，如果还不了，她就将房子卖了，将钱挪回去。我答应了给她时间，如果房子卖了赚了的钱，就直接给她了，就当替你给她奖金了。只要她把钱挪回去就好。毕竟我看小姑娘平时做事还挺乖的，对你也是上心，做事一板一眼的，非常妥当，所以我没有报警。"马一鸣慢慢地说。

"可是，李果最后还是没有把钱还回去啊！"我无奈地摇着头说。

"那是因为李果还没有来得及把钱还回去。"老马斩钉截铁地说。

"没有来得及把钱还回去？什么意思？"我完全听不懂，只能直接问老马。

第三十一章　空幻之屋

我从马一鸣那边得来的所有事实真相，完全超出了我的认知。

我来简单理一理里面的逻辑。

首先，马一鸣知道庄永生的身份是冒充的。庄永生不仅仅冒充了湖北那个庄永生的身份，还冒充了圣安广告公司的法人庄永生的职业和人设。马一鸣只是想让庄永生给我恋爱的新鲜感，他并不认为庄永生会和我走向婚姻。因此马一鸣也曾委婉地提醒我不要和庄永生领结婚证。

当然，事实是我真的和庄永生没有领结婚证，但并不是因为马一鸣的提醒，而是因为庄永生将我说服，让我答应先办婚礼后领结婚证。马一鸣并不知道这个事情的结果是因为庄永生，但是他很满意这个事情的发展结果。

其次，马一鸣是知道李果买了一个房子在庄永生所住的小区，并且马一鸣知道李果的金钱来源是挪用了我工作室的钱。马一鸣希望李果把这个钱挪回去，买房子所赚的钱可以给李果，但是挪出来多少钱，还是要挪回去多少钱的。结果，李果并没有把钱及时归还。

"什么叫作李果没有来得及把钱还回去？"我问马一鸣。

"李果得知你和庄永生谈恋爱之后，正巧知道庄永生要租房子住，因此李果就把这个房子租给庄永生了，但是你知道吗？李果是一分钱都没有收庄永生房租的。"

"她当然一分钱不会收庄永生的，因为庄永生是她的老情人啊！"我忍不住插嘴道。

"那个时候我并不知道她和庄永生的这一层关系。"马一鸣说。

"不知道她和庄永生的这一层关系，那她干吗要把房子白给庄永生住啊？她怎么和你说的？你不问问？"我觉得这件事匪夷所思。

未等马一鸣回答，我继续说道："庄永生从来没有说过他要租房子住，我从来不知道这件事。庄永生一直说自己的工作很好，看他的吃穿用度也是高收入人群的水平。他怎么会需要租房子住？"作为当时的公开女朋友，我居然不知道庄永生需要租房子住这件事，我表示完全不能接受。

"这些事情，我就不知道细节了。至于李果为何要把房子白给庄永生住，李果跟我说是因为你啊。她跟我说，她是这么跟庄永生说的，这个房子是你的，所以庄永生不用付房租，反正空着也是空着。她觉得反正用你钱买的房子，给的也是你的男朋友住，也算对得起你。就算东窗事发了，她也会说她只是以她的名义替你持有了这个房子，但是没有实际占用任何经济利益。"马一鸣跟我解释道。

"她倒是想得挺周到。那你知道庄永生怎么和我说关于这个房子的事情吗？庄永生说这个房子是他的！呵呵，如果真像李果对你说的那样，她跟庄永生说这个房子是我的，给庄永生白住。庄永生哪里好意思跟我说，这个房子是他的？！真的是撒谎都不打草稿！"我不无讽刺地说着。

"这些前后不一的言行，我就不知道到底是怎么回事了。庄永生不算是什么好人。但是，现在看来李果这个小姑娘也不是一般人，的确是心机过重了，连我都骗了。"马一鸣说。

"你干吗不报警啊，这是她挪用我的钱，直接报警就好了。老马，不是我说你，这个事情，你也太妇人之仁了。"我对马一鸣的处理方式很不悦。

马一鸣笑着摇摇头，说："漫漫你真是什么都不知道啊。"

我愣了一下，不知道马一鸣说的什么意思，直接问："知道什么？还有什么事情是我不知道的吗？"

"李果挪走工作室的钱，事实上这个工作室法律意义上是属于李果的，跟你没有半点关系。"马一鸣慢慢地说。

"什么意思？跟我没有半点关系？你给我解释解释。"我急了。

"算了，这些事情都是财务上的事情。你不知道也是正常，咱们这个出版社有多少人在给你服务，你估计也不知道。"马一鸣像看一个无理取闹的孩子一样看着我。

我急了，不高兴地朝马一鸣翻了一个白眼，说："这是两码事。你直接点，老马，别又给我上课。"

"好，直接一点说，你版权费收入太高了，你的所有合同都是用工作室的名义走账的。一个工作室走账的金额只能是五百万，否则就要升为一般纳税人，这个税率和工作室的税率就不一样了。

所以，一个工作室满了五百万，我们会给你再开一个工作室，然后把后面满了五百万之后的钱打给新的工作室。如果这个工作室额度满了，我们就给你再开一个工作室。你看看你这些年出了多少书了，这么多书一个两个工作室早就不够了。用工作室避税，有一定风险，所以我之前不想让你知道太多，你对这些财务上的事情也一向不怎么关心。"马一鸣给我解释说。

"用工作室给我发稿酬，这个我知道。但是李果也不能挪用我工作室的钱啊！"我急了。

马一鸣伸出一只手做了一个制止的手势，对我说："你别急啊，你听我说。因为一两个工作室，还可以用你的名义去注册，等到工作室一多，就不能以你的名义注册了啊。所以就要用比如我的名义、李果的名义或者王佳晴的名义。那么李果挪走钱的这个工作室，从法律意义上来说就是李果自己的工作室。"

"所以是李果将自己工作室的钱转到自己的名下。天哪，我居然完全不知道这件事！"我终于懂了。

"的确如此。我们这种避税的方式是钻空子，也是不经查的。所以我不能逼李果，只能好好地和李果说，希望她能把钱还回来。"马一鸣点点头说。

"但她不是没有还回来吗？说明跟她好好说也没用啊！"我对马一鸣的怀柔策略很不满意。

"这几年房价涨得这么快，李果请求我再多给她一点时间，她说她肯定归还这笔钱。但是还钱，她得先卖掉这个房子，才还得出这个钱。李果希望能让房子涨得更多一点，这样她可以多拿一点。再说，反正这个房子也是给你的未婚夫住，李果说也就当是你自己买了给未婚夫住好了。她答应我，如果你和庄永生什么时候不在一起了，她就第一时间将这个房子卖掉。"

"等我和庄永生不在一起了？庄永生过世了，她就应该……"我话说了一半，突然明白了什么。

马一鸣点点头："的确如此，庄永生一过世，我就和李果说了这件事。她答应马上处理这件事。没有想到事情还没有处理完，李果就……唉，也是可怜。你说这件事她虽然有错，但是罪不至死。她的人生也才刚刚开始呢，花朵一样的年龄。"

原来如此。

我猜，那天我去庄永生的住所能够碰见李果，肯定是因为李果想要将这所房子里她自己的痕迹清除干净，然后出售。但是为什么李果的态度跟我是那样呢？

那天晚上李果跟我的对话，看起来非常理直气壮，且对庄永生充满了鄙夷。究竟李果是什么样的心态呢？

马一鸣和我说的话，我能全部相信吗？

如果马一鸣的话，我都不能全部相信，那么还有谁我能相信呢？

是李伟吗？一个陌生的警察，一个调查我丈夫谋杀案的警察，一个将我列为嫌疑人的警察，能值得我完全信任吗？

如果李伟不值得信任，我身边还有谁能够信赖呢？

我的身边，早已空无一人，我如同站在一座孤岛上，等着水向我漫延。

　　而李果的那套房子，也因为是犯罪第一现场被封锁了起来。

　　案子一日没有破获，这个房子一日不能出售。

　　即使这个房子能够解封，能够上市正常出售，也将因为屋里曾经发生惨烈的凶杀案，成为市场上很难脱手的"凶宅"，几乎不再会有人问津。

　　李果的这套房子的合法继承人就是李果的父母。李果的房子如果没法出售，她的父母就没有办法拿到这笔钱。

　　目前李果的父母和哥哥，都还不知道李果名下拥有一套房产的事情。如果他们知道，凭着他们那天大闹出版社的情景，估计他们一定会尽力争夺这套房子，也绝无将这个房子还给我的可能。

　　不，我并没有想去要这套房子。

　　钱财乃身外之物。再说，现在的我足够有钱，我并不急缺这套房子的钱。

　　我想的是，李果的这套房子到底和庄永生之间是什么关系，他们是联手来骗我吗？还是庄永生直接骗了我？还有，庄永生为什么要和我结婚？

　　庄永生、李果、马一鸣，还有王佳晴、新来的小助理，他们到底在我的人生中扮演了什么角色？

　　我才从马一鸣的办公室出来，就接到了李伟的电话。

　　"夏小姐，你现在方便吗？"李伟用很沉着的声音跟我说。

　　我回头看了一眼四周，四周都是出版社的人，现在我并不相信任何环境是安全的。

　　"嗯。"我含糊地应了一声。

　　李伟果然是专业警察出身，立刻明白了什么，更加压低了声音说道："你什么都不用应答，我说你听就好了。我发现了我跟你说的东西，你没有查到的东西。"

　　"嗯？"我轻轻地发出了疑问。

　　我实在无法立刻反应过来李伟说的是什么。

　　"那天我教你的东西。"李伟再解释了一下。

　　瞬间，我恍然大悟。

　　李伟是说，他在我现在的房间里发现了针孔摄影机。

　　再一次。

　　如我和庄永生那个度假酒店里一样，我住的房间被人悄悄装了针孔摄影机。

　　那天李伟在电话里教了我，我按照他的方法查遍了整个房间都没有发现。今天李伟到我房间居然就发现了。

　　到底是谁，再一次想要窥视我？

　　或者是，想要杀了我？

第三十二章　迷雾重重

等我回到酒店的时候，已经是晚上了。

车水马龙的夜景，喧嚣热闹的人群，霓虹闪烁的门灯，以及城市夹裹着灰尘和温暖的烟火气，让我走在众人之中时，有一种被呵护的安全感。

再安全的地方也是有意外的。比如眼前这个穿着白 T 恤和蓝色牛仔裤、滑着滑板的少年，正横冲直撞地朝着我这边冲了过来。

我立刻朝右边一躲。

谁料这个滑板少年，也朝右边条件反射地一躲，想要避让我，结果我们两个只能无可避免地肩头撞向肩头。

"对不起，对不起，对不起。"滑板少年立刻涨红了脸，很窘迫地对着我说。

俊朗的少年，干净的眉宇，清透的皮肤，以及悄悄生长的青色胡茬，十七八岁的少年如初春午后刚被太阳晒过的青草一样让人赏心悦目。

我揉着被他撞疼的右肩膀，微笑地说了一句："滑板滑得不错，但要注意安全啊。"

少年不好意思地笑笑说："对不起，我注意，再见。"

然后少年滑着滑板，对我挥着手，迅速地离开了。

我看着白衣少年在人群中自由灵活地穿梭着，直至消失在人海。

可爱的婴儿、曼妙的少女、俊朗的少年、优雅的夫人、智慧的长者，这些都是人生不同阶段最好的褒奖。偶尔能遇见，便如在灰色调的人生偶遇五彩之光。

我笑着走进酒店大门。

我现在已经开始渐渐理解，为什么有的人会愿意长住酒店。人生就是一场漫长的旅途，无论是购房还是长期租房，其实不过也是短暂的停留。你以为你曾拥有，其实不过是蜗居一时，短则几个月，长则几十年，终究是要离开的。

酒店给了我一种可以随时转身离开的错觉，对于生命的无常与警惕，没有比住酒店来得更明显。

因为是客人，也没有什么比酒店的服务更加让你感觉宾至如归的安然。欢迎光临，来到我的生命里，这是你我偶尔的相遇，请好好珍惜。

2717房，这是我临时的住所。我暂时的家。我的灵魂与肉体，在这里短暂安放。我不知道我什么时候将要逃离。

刷卡开门的时候，我清晰地看到我的写字桌前坐着一个男人，正低头检查着什么。

"对不起，对不起。"我第一反应是走错了房间。

才要退步出去的时候，才想起来不应该啊，我要是走错了房间，怎么开得了门？

闪念之间，我抬头看向男人，男人也抬头看向我。

是李伟。

愤怒的情绪，瞬间就冲上了头。

"李警官，你这是干什么？"我一把关上门，对着李伟不客气地质问开来。

李伟看到我进来，将右手食指放到嘴唇上，无声地做了一个"嘘"的动作。

然后打开门，拉开，李伟大声地对我说了一句："不好意思，不好意思，我先出去。"

话虽然是这么说，但是李伟的脚步并未迈出去，而是直接做了一个关上门的动作。

我看着李伟的全套假动作表演，心里充满了狐疑。

刚想要开口说话，李伟就伸出了右手，做了一个制止的动作。

李伟接过我的双肩包，直接走向写字桌，然后直接拎住包的底部，直接全部倒在了写字桌上。

瞬间，我的粉饼、口红、香水、钥匙、纸巾、扎头发的皮筋、牙线盒、口香糖、眼药水等包里的细小杂物，统统滚落到写字桌上。

有一句民间俗语是这么说的：女人的包，女人的腰。

就是说女人的包，如女人的腰一样，隐藏、诱惑、不可随便触碰。这是女人贴身的秘密，不可轻易让人偷窥。

李伟不经我同意，就直接将我的包倒出来检查，他以为他是谁？

我的不快瞬间到达了顶点，几乎要爆炸。

等等，在我的情绪爆炸之前，我看到了什么？

李伟举着一个白色的小圆片，递到我的眼前。

这个小圆片，几乎和一粒润喉糖一样大小，只不过颜色是白色的。

李伟将白色小圆片的外衣轻轻撕掉，里面露出了一个金属的铁片。

这不是我的东西！我的包里怎么会有这个东西！这个到底是什么！

我的脑中有无数个问号在疾驰而过。

李伟看出了我强烈想要问问题的情绪，轻轻地做了一个少安毋躁的手势，然后走进卫生间。

我听到一阵冲马桶的声音。

李伟冲了两遍马桶。

然后我听到李伟洗手的声音。

接着我看到李伟走了出来。

"好了，现在可以正常说话了。"李伟松了一口气跟我说。

"这什么意思？你跟我好好说说。这到底是怎么一回事？你为什么会在我的房间？你进来不和我打个招呼吗？我现在到底还有没有人身自由了？"我连珠炮一样问李伟。

"人身自由和人身安全，哪个更重要？"李伟叹了一口气问我。

"若为自由故，什么皆可抛。"我随口说了一句。

李伟摇摇头。

"当然安全第一。"我接着补充道。

李伟笑笑。

"夏漫，我不知道躲在背后的人是什么样的人。但是很明显，这一切都和你有关。"李伟斩钉截铁地说。

"什么意思，我跟你说了多少遍了，我没有杀庄永生，我也没有杀李果。"我急忙解释。

"之前对于这个我还有怀疑，但是现在我完全肯定。你一定没有杀他们，而且你全程都在别人的监控中。"李伟继续说。

"什么叫我全程都在别人的监控中？"

"我不知道这种程度的监控，在你身边已经多久了。但是我可以很明确地告诉你，这种监控显然已经有不短的时间。至少从你到岛上度蜜月开始，到今天为止，你一直都在别人的监控中。监视加监听。"李伟很笃定地说。

突然之间，我浑身发冷，我不由自主地环抱自己的双臂，问李伟："你怎么知道的？"

"你在岛上度蜜月的酒店里，我们发现了针孔摄影机，这个早就跟你说过了。你可以将它理解为，是有人想要杀害庄永生。但是你住进这个饭店之后，我让你检查过房间，你说房间里没有针孔摄影机。我相信你刚入住的时候的确没有，可是等我今天进来检查的时候就已经有了。那说明什么？"李伟问我。

"说明什么？"我发现我的智商已经低得没有下限了。

早知今日，我就应该多看些侦探小说的。至少还能大概推测一下凶手的下一步行为。

"有人知道你入住这个酒店后，就悄悄过来给你的房间装了针孔摄像头。"李伟说。

我轻轻地点点头："这个我知道。可是是谁呢？"我自言自语地问。

"所以我们可以来想一想，有多少人知道你住在这个酒店？"李伟继续说。

"那可是有很多人啊。酒店是我的新助理帮我预订的，她知道。那么她知道就代表我团队的所有人都知道。然后这个酒店的人，显然也都知道。酒店的人知道，那么就等于可能无限的人会知道。谁让我太红了呢。"我说完，不无自豪地夸了自己一下。

李伟无奈地摇摇头。

"夏漫，红对你现在的状况来说不是一件好事。"李伟很肯定地跟我说。

我很无奈地摊摊手，然后在旁边的沙发上坐了下来，指指写字桌前的椅子，对着李伟说："你也坐。"

李伟将椅子拖到我的面前，和我面对面坐下。

"更重要的是，有人发现我，或者发现有人将你房间的针孔摄影机拆除了，所以我推断他们会再给你补上一个针孔摄影机，或者其他的监听设备。你能不能想一想，你的包有谁动过吗？"李伟问我。

我认真地回想。

因为最近的读者一直不断地在我的小说页面下给我反馈，所以我要随时处理这些反馈意见。为了将我的电脑随身带着，我背了这个双肩背包，轻便，装的东西也多一些。

这个包是从我住这个酒店开始使用的，后面几天我都没有换过。包里的东西都是我亲手装进去的，拿出去之后，我也都背着。平时我不让别人动我的包。双肩背包不重，我更加不会让人碰。所以理论上，除了我自己，是没有人动过我的包的。

"没人碰过我的包。"我很坚决地跟李伟说。

"那有没有人跟你偶遇过，相撞过？擦肩而过？"李伟继续引导我回忆。

"擦肩而过的，肯定很多啊！这个要从哪里回忆起？你看看楼下这么多人，我每天都要走上几遍，得要和多少人擦肩而过啊？你看看这淮海路上有多少人，一天我得擦肩而过少说几百个吧？"

突然我不说话了。

李伟挑了挑眉毛，看着我。

"想起什么来了？"李伟问我。

是的，我想起来了，我和别人相撞过！

是那个滑着滑板的少年，那个俊朗的少年，那个有着羞涩笑容的少年。

在我回到酒店之前，我和这个少年似乎无意地撞了一下。应该就是那么一下，这个少年悄悄地将那个白色的监听器塞入了我的背包里。

这个少年是谁?

为什么要这么做?

谁是幕后的主谋?

第三十三章　无处可逃

李伟认真地听完我的讲述，很直接地否定了我所有关于这个少年的猜测。

李伟的结论是，这个少年很可能是临时被人雇用过来把东西塞进我包里。这个少年既不知道我是谁，也不知道这个东西是什么。

"只有陌生人，才是最好的作案者。"李伟很沉着地说出了结论。

"那么雇用他的人是谁呢？总有个真正的作案者吧？"我问李伟。

"除非能找到这个少年，否则根本无法推测。不过即使找到这个少年，估计他也不太记得。如果有人想要存心躲在黑暗处偷窥你，你一定是看不见的。"李伟说。

"那我现在该怎么办？"我如抓住救命稻草一般看着李伟说。

"你可以隐居一段时间吗？"李伟突然抬头，用两只黑亮的眼睛，盯着我问。

"隐居？你什么意思？具体一点呢？"我无措地问。

"你离开这里一段时间，到其他地方住，完全不用夏漫的身份，并且不告诉任何一个人。"李伟和我建议说。

"完全不用夏漫的身份，并且不告诉任何一个人？这个我怎么做得到？"我问李伟。

"有什么困难吗？"李伟很疑惑地问我。

"我出行坐飞机、高铁总得要身份证吧？我订酒店住宿总得要透露真实姓名吧？你告诉我如何才能完全不用夏漫的身份，在这个世界上生存？"我真想给李伟一个白眼。

"庄永生不就能做到完全不用自己的身份，在你身边生活了这么久吗？他能做到，你怎么就不能做到？"李伟微笑着看着我说。

的确，庄永生完全没有用他自己的真实身份，在这个城市优哉游哉地生活了两年多。连我这个枕边人，都不知道他的真实身份。

我很想知道庄永生是如何做到这一点的。

"或许，你可以挑战一下，如果你能做到，也算是真正身体力行了一把，挑战了一下将生活过成悬疑小说。"李伟开着玩笑对我说。

"对哦！我下一本小说就可以写这个，写一个女作家如何隐姓埋名，查找未婚夫被害的真相。我根本不用瞎编，直接将我现在的经历记录下来就可以！"我兴奋地摩拳擦掌。

李伟看着我兴奋的样子，笑着摇摇头，说："你真的是体验派小说家。难怪所有的评论家都说你的小说全部都是你真实的恋情。"

我的脸色瞬间变了，直接骂了一句："评论家懂个屁！等他们自己能写小说了，再来对我指指点点吧。"

李伟看着我突变的脸色，愣了一下，意味深长地说了一句："我知道你不是。"

听了李伟的这个话，我反倒是好奇了，问他："你知道我不是什么？听起来，你似乎很了解我？"

"我知道你的小说就是你的小说，并不是你真实的人生。"李伟很肯定地说。

我笑了，开着玩笑地说了一句："李警官，算你懂文学！"

"那你考虑好了吗？要不要隐姓埋名地生活一段时间？"李伟认真地问我。

"当然不！"我坚决地说。

李伟眼睛里的光，迅速暗了下去，很诚恳地说："夏小姐，你该认真地考虑一下我的建议。我可以将你保护起来。"

"然后呢？全天下都不知道我在哪里？只有你知道？我又凭什么相信你呢？"我用最冷的口气，盯着李伟的眼睛，一口气说完。

李伟很是失望地叹了一口气，说："你好好想想吧，我先走了。今天晚上，你在这个酒店里，哪里都不要去，也不要让任何人进入你的房间，这样至少今晚，我可以保证你的安全。"

我点点头，对着李伟很真诚地说："谢谢你，李警官。"

李伟站起身来，自己打开房门，走了出去，再关上了房门。

我迅速地站起来，踢掉鞋子，踮起脚尖，轻轻地走到门口处，将耳朵贴到门口，亲耳听着李警官的脚步声消失在走廊的尽头。

在内心深处，我百分之百认可李警官的提议，也百分之百地觉得李警官的话非常有道理，唯一的区别是：李警官认为，他是我可以唯一信赖的人。而我并不这么认为。

到目前为止，我已经不相信任何人。

弑爱

确认李警官走后，我第一件事是将"请勿打扰"的灯按亮了。

接着我用李警官教我的方法，将房间的每一个角落全部检查了一遍。

然后将我所有的包、化妆包、行李箱、折叠着的衣物，全部打开检查了一遍。

接着将酒店里所有的抽屉、杯子、折叠着的毛巾、挂着的浴袍口袋，全部检查了一遍。

很好，这次果然没有任何东西。我终于放心了。

这其中我的手机暗了又亮，亮了又暗，我压根就没有去看是谁打过来的电话，也不想去看是谁发给我的微信。

最后一步，我直接用手机在酒店 APP 上再预订了两个房间。然后打电话给了前台，告诉他们我帮朋友再预订了两个房间，直接用我信用卡做预授权，然后把房卡给我送上来就好。

因为是长包房客人的缘故，前台经理听说是我要订的两个房间，什么都没有多问，直接说把房卡做好了，马上叫人送上来。

"咚咚咚"，房间的门被轻轻敲了几下。

"您好，服务员。"是一个年轻女人的声音。

我轻轻地跑到门口，对着门外轻声说："什么事？"

"我来给您送房卡。"

我依然保持警惕："哦，谢谢你。我现在不方便，你直接从门口底下塞进来，就好。"

"哎，好的。夏小姐，那我给您送进来了。"

服务员的话音刚落，我看到门口底下，塞进了两张房卡的卡

276

片包。

我接过这两张房卡的卡片包，看到每个卡片包里都有一张房卡。我微微一笑，收好房卡。

什么，你问我要住这三个房间的哪一个房间？

不不不，这两个房间，我哪个都不会住。

拿到房卡之后，我就直接微信转账了八千八百八十八元钱，给我正在北方城市读医学院大五的表妹。

微信转账被秒收，然后就是表妹的微信：说吧，我最亲爱的土豪表姐，有啥需要我效劳的，我自当肝脑涂地，勇往直前！

我没有回复文字短信，直接拨打了语音电话给表妹。

"说吧，姐，这次是啥事？去打断哪个渣男的狗腿，还是去将哪个妖艳贱货羞辱一番？来来来，赶紧盼咐。"表妹一副准备听八卦的口吻。

"这次不用这么复杂，你看看能不能帮我找两个你的老同学，在上海的，帮我去用他们的名义开两个房间。"我尽量用平淡的语气陈述我的诉求。

"哇，两个房间！都在今晚吗？"表妹激动地问道。

"对的，都是今晚，每个房间开两晚。你直接转账给他们。最好两个同学都是在不同区的，一个酒店选择五星级的，一个酒店选择经济型品牌连锁酒店。"我和表妹说。

"姐，我能不能问一下，是谁住？"表妹忍不住好奇道。

"废话，还有谁住，当然是我住！"我笑着说。

"你一晚上要住两个酒店？"表妹惊叹道！

"啰唆！不该问的，别问！永远记不住！"我嗔怪道。

"是是是，我们当红女作家夏漫小姐，一个晚上要约会两个不同的男士，这种事情，一定不能放在同一个酒店的。我懂，我懂！但是经济型酒店，你从来不住的吧？难道这次你要假扮女大学生，要荼毒哪个大学生？"表妹放肆地开着我的玩笑。

"咳咳咳，你思想这么污秽，你爸妈知道吗？小孩子家家，先把事情办妥，我会好好给你奖励的！说吧，大小姐，最近有啥要求？"我问表妹。

"姐，亲姐，这可是你让我说的哦，那我就说了哦，亲姐，我能要一个 MacBookAir 吗？"表妹嬉皮笑脸地问我。

"准了！你把事情干漂亮了，我回头再给你换一个 iPhoneX。记住对谁都不能说是我让你订的。否则我又被我那帮粉丝跟踪了！"我对表妹说。

"好的，我这就去办！包你满意！"表妹想要挂电话。

"等等，记得一会儿和我通完话，将我们的微信通话记录删除了。其他的不删。"我继续叮嘱表妹。

"好！姐，我发现你现在可以嘛！写了悬疑小说之后，做事也跟警察差不多了！厉害！"表妹笑嘻嘻地送上一堆"彩虹屁"。

"最后一个问题，吃褪黑素和吃安眠药，哪个对身体伤害更大？"我突然想起来表妹是医学院的学生。

"那自然是安眠药。褪黑素，人体本身就能自然分泌，只要不是大剂量地吞服，没有什么大问题。长期服用的话，停了也没啥大问题。姐，你怎么了，最近睡眠又不好了？"表妹担心地问我。

"写小说需要，不是我自己吃。你赶紧去安排吧。最好一个小时内搞定。"我对表妹说。

"没问题！"表妹欢天喜地地挂了微信。

我也挂了微信，将和表妹的微信通话记录删除，保留刚才的红包和表妹那条"肝脑涂地"的微信，然后发了一条微信给表妹："生日快乐"。

表妹也是聪明人，立刻回复了一条："谢谢亲姐，收到姐的红包，是我生日最大的快乐！哈哈哈哈。"

非常好。

做完这一切，我开始收拾行李，只带了两套换洗的衣服，其他的东西全部保持原样。

衣柜里，我的长裙、长裤、上衣都正常挂着，就像主人会随时回来宠幸它们。

我将自己的长发一丝不乱地盘起，戴了一个贝雷帽，然后将我千年不戴的明星款大黑口罩戴了起来，戴上了一个大黑框眼镜，用一条米色的大围巾，直接将肩膀以上都包裹起来。

我对着镜子里看了看，镜子里出现了一个我自己都认不出来的人，和任何一个机场匆匆而过的明星没有什么两样。

表妹的微信直接进来了：一家在虹口万豪，一家在普陀区海友酒店。

至于今晚，我究竟住在哪一家酒店，你猜？

第三十四章　人生底色

二〇一九年四月九日那一晚，夏漫是在浴缸里度过的。

那一天，夏漫在同一家酒店订了三间房，并分别去了另外两家酒店晃了一圈，再换装后以男人的形象进入了自己最初订的那个房间，再也没有出来。

我承认，我有点跟不上作家的脑回路。我看着酒店的监视器里，夏漫戴着一个贝雷帽、一个超大黑色口罩、一个大黑框眼镜，围着一条米色大围巾出门。夏漫没有乘坐电梯，而是走了消防通道，走了整整十七层，然后离开。

夏漫离开酒店之后，先后去了虹口万豪酒店、普陀区的海友酒店入住。她都是以正大光明的方式进入，走消防通道的方式离开。所以在那两个酒店的监控镜头里，都有了她进入的影像，但是没有离开的影像。

夏漫回到第一个酒店第一个房间时，换上了一套男人的西服，戴了一顶男士黑色礼帽，并换了一副黑色圆形黑框眼镜，从大堂进入的。

很坦白地说，夏漫的变装并不专业，像极了低劣的模仿秀。但是如果不是特别注意，要虚晃一枪，这样的效果还是有的。

夏漫进入第一家酒店的时候，并未睡在酒店的大床上，而是将酒店柜子里的被子拿出铺在了浴缸里。酒店的床上却是一副没人睡过的样子。

是的，你没有看错。夏漫在同一天晚上用自己的名义开了三间房，并用别人的名义开了两间房，最后她睡在了第一个酒店第一间房间的浴缸里。

当我得知这些的时候，已经是很久很久以后了。那个时候的夏漫已经不叫夏漫。不，我不能将夏漫的人生提前告诉你。

被剧透的人生，就会失去其本身存在的意义。我来跟你说一说，关于夏漫的其他事情。

我劝夏漫离开这个城市一段时间，甚至离开她熟悉的生活一段时间，是因为我很清楚地预感到所有这一切犯罪的源头都是因为夏漫。

庄永生因为夏漫而死。

李果因为夏漫而死。

至于下一个人，是谁？是死还是生，我不知道。

我唯一知道的是，夏漫的人生是被人设计了的人生。

这个人是谁？为何这样做？不得而知。

不管背后的阴影有多么大，我发誓一定尽力将它拉扯到阳光下。

庄永生被杀的这件事，我们已经正式通知了他的父母。徐璐和赵辰两人去了一趟庄永生父母的家中。

不，此刻应该说不是庄永生，而是孙志强。

孙志强的父母对于庄永生被杀一事，是绝不接受的。在孙志强父母有限的人生经验里，"谋杀"和"横死"这样的事情是离他们非常遥远的。

孙志强的父母也完全不知道儿子以另外一个身份活着，更加不知道儿子曾在某个小岛和一位女作家举办了小型而又浪漫的婚礼。

很坦白说，夏漫和庄永生的婚礼虽小，却是浪漫、温馨且动人的，符合所有我对夏漫的认知。

夏漫的婚礼是在傍晚六点十八分进行的，那是那天最好的日落光景。海岛的神奇之处在于，那半个小时的日落，能够让你进入生命梦幻的光晕。

婚礼的拱门就搭在酒店自己的海滩上，白色的百合、米黄色的玫瑰，逆着落日的光，夏漫穿着贴身的白色婚纱，曲线优美柔和，庄永生穿着白色的西服，绅士且英俊。看起来，这两个人是无比登对。

"庄永生先生，你愿意娶夏漫小姐为妻吗？爱她，忠诚于她，无论她贫困、患病或者残疾，直至死亡。你愿意吗？"

牧师看着庄永生，庄重地问出婚姻中最重要的问题。

庄永生转过头，温柔地看了夏漫一眼，夏漫微微地对着他笑了一下，然后庄永生回过头对着牧师郑重地回答："我愿意！"

"夏漫小姐，你愿意嫁给庄永生先生为妻吗？爱他，忠诚于他，无论他贫困、患病或者残疾，直至死亡。你愿意吗？"

夏漫转过头，甜蜜地看了庄永生一眼，庄永生俯身轻吻了夏漫一下，夏漫转过头温柔地对着牧师说："我愿意。"

我按了一下播放停止键，让这段婚礼视频停在了这一帧画面。画面中的每一个人都是面容柔和、眼里带笑且微笑祝福的。尤其是庄永生和夏漫。

我相信那一刻庄永生是真心爱夏漫的。

如果庄永生是真心爱夏漫，那么他为何要对夏漫撒谎？或者说，他是否准备在婚后对夏漫坦白呢？

庄永生的父母跟随徐璐和赵辰来到了岛上。经过他们确认，死者的确是他们的亲生儿子孙志强。

据徐璐说，孙志强的母亲当场就昏厥过去了，孙志强的父亲也是强撑着才没有倒下。他们不明白儿子是惹了什么人，才遭遇此等杀身之祸。孙志强的父母也表示，他们根本就不知道儿子正在跟夏漫谈恋爱，更不要说结婚，听都没有听说过。

徐璐告诉我说，孙志强的母亲说孙志强小时候曾经想要当作家，但是后来就没有提过，没有想到居然娶了一个作家。

我记得夏漫曾经对我说过，庄永生也就是孙志强，从来不看她的书，也从来不和她讨论任何关于写作的内容。孙志强似乎对夏漫的工作毫无兴趣。但是明明孙志强是喜欢写作的，至少是曾经喜欢写作的。为什么会这样呢？

孙志强的父母看了众人的照片，也看了儿子婚礼的录像，他

们倒是一眼就认出了李果，说这个姑娘曾经是他儿子在大学里的
女朋友。当时孙志强非常喜欢李果，但是可惜人家姑娘心气儿高，
要往大城市走，早早地就去上海实习了，因此两人才分了手。

徐璐跟我说的时候，带着非常意外的口吻，说没有想到是李
果提出和庄永生分的手。难怪夏漫告诉我说，李果和她最后一次
见面的时候，李果的口气中是充满了对庄永生的不屑的。

关于庄永生的职业，赵辰也去调查了一下，发现庄永生的职
业有点一言难尽。咱们还是从庄永生大学里开始说起。

庄永生，不，咱们还是用回他的真名孙志强吧。

孙志强从老家考大学去了城市，打开了他的新世界。

孙志强是皮肤白净、内敛寡言的男生，所以进了大学之后很
讨女生的喜欢。孙志强对于感情一直秉持着"三不原则"，即"不
主动、不拒绝、不负责"。所以孙志强虽然不声不响，和女孩的
感情纠葛却颇为丰富。

李果并非孙志强的第一任女朋友，而是第三任。但可怕的是，
李果一直以为自己是孙志强的第一任女朋友，到死她都这么认为。

孙志强不是传统意义上的渣男，他对每一任女友都温柔以待，
让女友们在和他交往的时候会有一种错觉，她们以为他是全心全
意爱着她，并且是唯一的爱。当然很快这种错觉就会被真实打碎。

孙志强真正意义上的第一个女人，应该是和孙志强同班的一
个女孩，女孩的名字叫作宋辛亮。

徐璐找到宋辛亮的时候，宋辛亮压根不想提起孙志强，借口

说早就不记得这件事了，想要打发走徐璐。

徐璐到底是女生，知道女生的软肋，直接就说了一句："你不想提这个人，说明你对他还没有放下，你还爱着他对吗？"

这句话彻底惹恼了宋辛亮，说："一个软饭男，脚踩两只船，有什么值得我爱的？！"

宋辛亮说孙志强是软饭男，自然有她的道理。大致的故事就是一开始的时候，宋辛亮看孙志强这个小伙子高高帅帅、白白净净，就开始追求他。孙志强没有接受也没有拒绝，宋辛亮送他礼物他就收着，宋辛亮请他吃饭他就去着，宋辛亮吻他他就接着，宋辛亮最后和他发生了关系貌似他也就是配合着。

这中间，宋辛亮以为孙志强就是这样的人，所以也没有计较什么，直到有人跟她说孙志强有女朋友了，宋辛亮才发现孙志强公开的女朋友不是她而是李果。

宋辛亮发现之后做得非常漂亮，没吵也没闹，直接就将孙志强所有的联系方式删除拉黑了，再也不和孙志强联系了，即使在一个班里也老死不相往来。

宋辛亮说："就当我的青春喂了狗，也没啥。"

徐璐跟我说这些的时候义愤填膺，没有想到这个孙志强是这样的一个人。

说实话，这些也是我没有想到的。

在夏漫的描述中，她的"庄永生"是一个经济优裕、做事有分寸、身家清白有自己独立事业的男人，和宋辛亮的描述差了十万八千里。

　　虽然我知道人的面具有多重，可以在不同人面前表现出不一样的人设，可是如庄永生这样一直在亲密爱人面前表现出如演戏一样的、有别于自己本性的人设，也是不常见的。如果不是因为有强烈的理由或者巨大的利益刺激，也不至于这样。

　　关于庄永生的这些情况，我暂时不想告诉夏漫。

　　夏漫所知道的世界，夏漫所认识的庄永生，以及夏漫所享受到的所有名誉、地位以及保护，似乎在庄永生死后轰然崩塌。

　　夏漫的世界崩塌之后，将要露出的底色是什么呢？

　　我似乎快要看到它的一角了。

　　人生的底色，夏漫准备好接受了吗？

第三十五章　噩梦初醒

不知道你是否有过那样的人生体验？进入黑暗，遇见噩梦，然后周而复始，你都在同一个梦境中，剧情在发展，而你始终不得逃离。

如果你未曾经历过这样的噩梦循环往复的痛苦时光，那么恭喜你，有一段很美好温暖的人生。

而我从来没有这么幸运。

我的命运，从来在折磨我的路上，越走越远。

我经常会梦见在漆黑的深夜，逆风行走在高高的拱形桥上，桥面坡度很大很陡，桥下河面很宽、河水很深、河流很急，桥上长满高高的青草，桥的两边无遮无拦。

我想要过桥，可是我很害怕，我怕掉进河里，风又大又冷，吹得我眼泪直流。有一个陌生男人经过，将我压在这座高高的桥上，将所有的青草压下去，我拼命挣扎着，我看见鲜血不断涌出，我也喊不出声，也没法动弹。

整个梦境是黑色的，唯有高高的青草和汩汩而出的鲜血，有着刺眼的颜色。

今夜，我再一次做了这个梦。

我沉重地感受到了被压制的力量，被真实撕破的疼痛，以及被强行进入的屈辱。

但是我始终无法醒来。

我告诉自己，这是一个梦。这是一个梦。这是一个梦。

只要醒来，就会发现一切都是假的，一切都是假的，那一刻将是所有有噩梦的夜晚最开心的时刻：呵，多好，原来一切都是假的。

我睁开眼，醒了过来。

是的，一切都是假的，没有高高的拱桥，没有青草，没有鲜血。

我此刻睡在这个酒店的浴缸里，整个陶瓷的浴缸是我的盔甲，将我包裹在里面。

等一下，为何我的下身是湿润的？

我伸手一摸，我底下居然是空空荡荡的。

我记得我睡觉之前穿好睡衣睡裤的，更不要说内裤了！这到底是怎么回事？

我身边没有庄永生。

如果我身边有庄永生，那么我还可以说庄永生趁着我在睡梦中，跟我做了羞羞的事情。可是现在的我，在空无一人的房间里，怎么会这样？

我的身体不会骗我，我的身体很明显地被一个男人进入过，可是我居然毫无知觉。

所以，刚才的那个梦，全部是真的？

有人趁着我睡觉的时候，进入了我的房间，并找到了浴缸中的我，然后未经过我的同意，侵犯了我？

我浑身发抖了起来。

我披着被子，从浴缸中站立了起来，然后看到浴缸边上有一个空杯子。

我想起来，昨晚我悄悄回到酒店的时候，我的写字桌上已经有一杯百香果汁。因为折腾了一个晚上的缘故，我太渴了，也没有多想，就将这杯百香果汁一口喝完了。

后来呢？后来我就困了。后来我就睡到了浴缸里。一直到此刻。

我站起来，看到镜子里的自己，披头散发，形如僵尸。

"是谁？"我对着空荡荡的房间，大声地喊了起来。

你可曾整天哭泣，一直让电视播放着直到你形如僵尸？

你可曾心如死灰，看天光从亮到暗、再从暗到明，却整日整夜毫无睡意？

你可曾万念俱灰，看大千世界万物皆枯萎？

如果你没有，很好，我祝福你的一生都不要体验那样的时刻。

如果你也曾有过那样的时刻，那么请别害怕，我告诉你，这一切我都感同身受。

第一次，我遇见那样的时刻是在我十六岁。那花儿一样的时刻，我还没有来得及绽放，就骤然遇见被人掐枝的厄运。

于是我曾整夜哭泣，整夜整夜哭泣，直到我形如僵尸。

这些事情，我以为已经离我很远了。我以为我已经忘记了。

弑爱

我以为再也不会出现了。可是噩梦从来不因你的恐惧而放过你，反而因为你的恐惧而备受魔鬼的鼓励。

现在的我是事业有成的夏漫，是高大健美的夏漫，不是手足无措的小女孩，我以为拥有足够的和这个世界战斗的能力，谁料事情一样还是发生了。

我不想用这个词，但是只能用这个词，在法律意义上，我被"强暴"了。

我披着白色的酒店大被子，将自己包裹得如一个圆柱，行走在我的房间里。我该怎么办？我要怎么办？我可以怎么办？

报警是迸出的第一个念头，但是很快就被我否决了。

这两个月，我已经见了太多次警察了，我已经受够了。我并不认为警察能帮我彻底解决什么问题。警察也许能给我答案，但是对于人生已经造成的伤害，已经无法修补了。

我的人生如被推倒的多米诺骨牌，自从庄永生被杀之后就被撕开了温情脉脉的假象。

我原本以为我的人生是这样的：光鲜亮丽的当红女作家生活，奢侈富裕的物质生活，丰富浪漫的情感生活。

我有受人尊重的社会地位，我有足够宽裕的经济财产，我还有一个高大帅气深爱我的男人。

而这一切，在庄永生被杀之后，轰然倒塌。

真实的情况是这样的：我的女作家生活，不过是一个群体经营的假象；我貌似丰厚的财富，也有很多并不在我的名下；而我的男人，不过是一个假冒伪劣产品。

我应该对着命运说：好的，我看懂了，你想让我投降，那我就——

决不投降！

对的，我决定了决不投降。

我扔掉了白色的被子，在房间仔细地检查了一遍，这次倒是没有发现什么针孔摄影机。

我走进浴室，将玻璃门用大浴巾全部挂了围挡起来。我痛痛快快地冲了一个热水澡，把身上所有的屈辱都洗刷干净。

你问我为何不保留证据？不，我不想再经历一遍。

十六岁那年的深夜，我曾保留证据，在派出所里，我被一群人围观。然后我躺在了一张又小又窄的床上，接受一个面无表情的女大夫的检查。

我如一头烤乳猪一样，接受所有人赤裸裸的挑剔。

我的发育太过明显？不，十六岁的我依然只是平胸，更谈不上任何曲线。

我的穿衣太过暴露？不，那天我只不过如全校其他的六百多名女生一样，穿着毫无美感的校服。

我的言行举止太过风骚？不，对方是个陌生人，我走过他身边的时候，甚至没有抬头说话。

我的气味太过招摇？不，十六岁的我，还不懂使用香水这件事。

如果有人侵犯了你，永远不要反省是不是自己的问题，你只要记住一个标准答案就好。

那就是：错的是罪犯！

可惜，这个答案我知道的时候，已经是很久很久以后了。

我将自己彻底清洗完之后，终于觉得自己活了过来，简直可以用"再世为人"来形容。

我打了服务电话，点了一杯浓咖啡，然后打开手机。

毫无意外地，手机跳出来无数个短信和电话以及推送。手机开着的时候，人会恍惚中生出一种错觉，以为这个世界离开自己一分钟都要停止旋转。而事实上，如果有一天你突然消失了，这个世界也不过就是如过去一样，生命继续茂盛生长，万物继续优胜劣汰。

"叮咚！"门铃被按响了。

我光着脚，去开门。开门之前我看了一眼猫眼，看见是送咖啡的服务员。

我打开了门。

"夏小姐，您好，这是您的咖啡。"

"好，咖啡就放到桌上吧。"

服务员将咖啡放好，然后将账单递给我签字。

"把百香果汁的杯子收走吧，谢谢你们还记得我喜欢喝这个。"我一边签字一边说。

服务员顺着我示意的方向看过去，看见那个百香果汁杯子，笑了一下，说："夏小姐，这个杯子是房间吧台的，不是我送过来的。"

我愣了一下，随口问："不是送过来的？那你们昨天有没有给我送百香果汁？"

服务员说："昨天不是我值班，我可以帮您问一下，或者您也可以问前台。"

我将笔和纸递还给服务员，然后点点头，说了一声："好。"

服务员退了出去。

我直接接通了前台的电话，问他们昨天是否给我送过百香果汁过来。

前台回答说没有人送过百香果汁过来。

我之前喝的百香果汁，一直都是李果给我准备的。可是现在李果已死，那么是谁给我准备了百香果汁呢？这人又是怎么进入我的房间的呢？

"昨天有人来过我的房间吗？"我问前台。

"夏小姐，我们这边没有记录。"前台很肯定地回答。

"好的，谢谢，没事了。"我挂了电话。

如果你觉得一个地方已经极端危险，并且你完全找不到任何危险的原因，但是你很肯定这是危险之地，你会怎么办？

离开，立刻离开。对不对？

可是离开去哪里呢？世界上又有哪个地方是绝对安全的呢？

到一个任何人想不到你会去的地方去，然后以另外一种身份，隐姓埋名地开始。

李伟警官的建议是对的。

我决定采纳，但是我并不想让他知道。我要离开这里，到任何一个人都猜不到的地方去。

如何在现代社会，让任何人都找不到你在哪里？

很简单，第一关掉所有的手机定位，第二换一个电话号码，第三不要用你的身份证或者护照。

最最重要的一点是，所有的结账，都只用现金。

准备好了吗？请和我一起亡命天涯。

第三十六章　亡命天涯

我一直有保存现金的习惯。

每到年底，我总会将我收入的十分之一提取现金，放到我房间一只不起眼的红黑格子的旧皮箱里。

这只皮箱是我高中上学寄宿的时候，父母买给我的第一只皮箱。最初的时候，这个皮箱里放了我高中所有的作文手稿，后来就变成了放现金。

谁都不知道我这个箱子里放了现金，这个箱子被我高高地放到储物柜的最里面，上面压着一大堆没用的纸盒、鞋盒，还有一些乱七八糟的电器盒子。

每年过年之前，我都会取出一大笔现金，放到这只旧皮箱里。谁都不知道我取出了这笔现金，就算知道，别人也都只会以为我过年要发红包用。绝对不会想到别的地方。

这件事我没有告诉过庄永生，也没有告诉任何人。我自己悄悄地做，悄悄地放。我当时做的时候没有想过原因，只是想要这么做。谁曾想到，在多年之后居然就派上了用场。

我的新助理电话又打了进来。

"喂，夏漫老师，您在哪里？您今天的小说，我们还没有看到稿子。马老师问什么时候能看到。"许倩在电话那头礼貌地问。

"晚上十二点之前，我自然会更新。"我淡淡地说着。

"您看，您是不是先发一遍给我，我们帮您校校稿、改改错别字什么的？"许倩在电话那头小心翼翼地说着。

"不用了，我还没有写呢。"我很直接地就说出了理由。

许倩在电话那头尴尬地笑了一下，然后说："那夏漫老师，您好好创作，我不打扰您了。您需要点什么吗？马老师说让我最好待在你身边。"

"不需要什么，我写东西边上有个人会嫌烦，算了。"我没有兴趣再跟许倩绕圈子聊天。

许倩这个小姑娘也是倒霉，偏偏在这个兵荒马乱的时候做我助理，不仅得不到任何物质上的奖励，也看不到我的好脸色。

"好的，那您有任何需要，随时吩咐我就好。"许倩乖乖地说。

"等一下，你知道我喜欢喝什么饮料吗？"挂电话之前，我突然想起那杯百香果汁。

"知道，您喜欢百香果汁。"许倩立刻情绪愉快、干脆利落地回答道。

"哦？你是怎么知道的？"我问许倩。

"您不知道吧，李果留了一本笔记本，上面全部记着您喜欢的东西和不喜欢的东西。这个笔记本，我从警察那边复印了一份回来的。"许倩不好意思地说。

突然之间，我生出了对李果的些许想念，这个小姑娘从大学未毕业就跟着我一路走到人生的尽头，对我也是用了很多心思的，照顾我也可谓周到温柔。

"谢谢你,用心了。"我轻轻地对着许倩说。

"没事,没事,夏漫老师,您好好创作。给您服务好,那是应该的。"许倩对我突然的客气,显然有点不好意思。

"那你昨晚给我送百香果汁了吗?"我问许倩。

"昨晚?昨晚我没有啊。怎么了,夏漫老师,您昨晚给我电话说要喝百香果汁了吗?我没有接到啊。不好意思,我去看看手机,是不是短信没有收到啊?"许倩慌乱地解释着。很显然,许倩压根不知道昨晚有人送了一杯百香果汁给我的这件事。

"没事,没事,我就随便问问。"我尽量语气平静。

"哦,对了,昨晚马老师说来看您了。"许倩跟我说。

"马老师?马一鸣?昨晚他来酒店看我?"我很想确定这个信息。

"对啊。马老师说了一下,说要去酒店看你的。去没去,我后面就不知道了。您不知道,看来是昨晚后来马老师没有去。"许倩说。

"好,我知道了。先这样吧。我去码字。"我对许倩说,然后挂了电话。

刚挂了许倩电话,我就拨通了马一鸣电话。

"漫漫,你怎么回事?"电话一接通,我就听到马一鸣怒气冲冲地责问。

"什么怎么回事?"我一头雾水。

"你昨天去哪里了?"马一鸣继续用一种很生气的质问口气

问我。

"什么我去了哪里？我哪里都没有去啊。"我继续很无辜地说。

"昨晚九点半左右，不到十点的时候，你在哪里？"马一鸣问我。

我认真仔细地想了一想，昨晚那个时候，我应该是在出租车上。

"我在出租车上啊。"我假装无辜地说。

"在出租车上？你去哪里了？给你打电话也不接？"马一鸣说。

"我出去玩了啊。你们这种电话更不能接了，不是催稿就是改稿。不行的，会破坏夜生活美妙的风景的。"我跟马一鸣半开玩笑半认真地说。

"这个时候你还有心思玩？"马一鸣叹了一口气说。

"你怎么问起这个？"我问马一鸣。

"我昨晚九点半多一点的时候，去你酒店找你了。敲了半天门，你也没开。给你打手机你也没接。今天稿子也没有给，也没有说好几点更新。"马一鸣责备道。

"你敲我房间的门，不会找服务员开门直接到房间里来吗？"我试探马一鸣。

"那怎么行。你的房间，当然是等你回来再进去了。我知道你今天会来找我的，我也不急着非得昨晚见你。我只要看到稿子就好。稿子呢？"马一鸣直奔主题。

说实话，我开始对马一鸣的话将信将疑。

我相信马一鸣的确是昨晚来找过我。但是我不确定他进没有进房间。

世界上还有一个人，可能昨晚来找过我，并且能够不通过服务员就进入我的房间。这个人就是警察李伟。

可是警察李伟会是我整个人生的布局者吗？

现在谁都值得怀疑。我不再相信任何人。

挂了马一鸣的电话，我彻底关上了手机。

我要暂时和这个世界说别离。

我记得有一句歌词是这么唱的："不要谈什么分离，我也不会因为这样哭泣。那只是昨夜的一场梦而已。不要说愿不愿意，我不会因为这样而在意，那只是昨夜的一场游戏。"

昨夜的噩梦已然醒来，而人生的这场游戏我也早已入戏，所以，让我们一起来玩一场分崩离析的游戏。

我悄悄返回自己的家，打开门。

一股熟悉且温暖的生活气息扑面而来。感谢阿姨，在我不在的这段时间，依然兢兢业业地将我的家打扫得一尘不染。客厅里的茶几上，阿姨还按照以前一样，一周一次给我换了新鲜的花朵。

粉玫瑰、黄玫瑰和紫玫瑰配着白色百合，独有一种温柔的美。

看着这束盛开的鲜花，我对生命的热爱一点一点地复苏起来。

我绝不允许任何人将我的生活搅乱，更不允许谁将我的人生撕碎。

至于那头我人生的怪兽，没有关系，从现在开始，我将慢慢地和它正式决斗。

在现代社会，要如何出行才能逃开被追踪的可能？

唯一的答案就是，使用任何不留你身份信息的交通工具。

比如说打出租车这件事，你使用网约车，必然会被记录你的行动轨迹。但是如果你是在街头直接招手叫的出租车，必然是没有痕迹的。

还有那种直接给钱的人力车，也是没有任何痕迹的。

再比如说，你去停车，所有有自动打开入口栏杆的停车场，必然是记录你的车子的进出的。但是如果你去停那种老的停车场，全部是靠那些退休的门卫收现金的，必然是不会记录你的轨迹的。

再比如吃饭这件事，如果你使用手机付账，你所有吃过的地方、消费过的金额都是一清二楚记录在云端的。但是如果你是直接过去吃，并且用现金支付，那么这个社会是不会记录你这笔消费的痕迹的。

所有便捷的支付方式，都让你变得无处可逃，随时可以将你从地洞里挖出来。

所以最安全的方式，就是最原始的方式。

我从储物柜里找到那只黑红格子的箱子。轻轻地掸掉上面的灰尘，输入我一辈子没有变过的密码，我的生日，箱子轻且乖巧地打开了。

整整一箱子的人民币，安然无恙地躺在那边。

我看着这箱子的钱，突然感觉人民币是如此之美、如此之好、如此之亲切。我拿出最大的行李箱，将人民币分别用几个不同的小包装进去，也塞了一部分到我的衣服里，再铺上了一些零零碎碎的东西，让人看不出来这里装了人民币。

我换上一套最普通的黑色阿迪达斯基础款运动服，一双最便宜的黑色耐克旧运动鞋，背上一个黑色运动背包，在暮色降临的时候悄悄出门离去。

我特意没有从小区的正门离开，而是走了平时居民用来遛狗的小区西南侧门。走到马路的对面拐角处，等过往的出租车。

没过多久，一辆墨绿色的出租车就停在了我跟前。

我自己打开出租车的后备厢，将箱子放进去，然后拉开右侧后座的门，坐了进去。

"谢谢师傅，麻烦去周庄。"我对着出租车司机说道。

"好嘞，那就打表计费了？"司机问。

"好的。谢谢师傅。"

出租车滑入夜色，驶向远方。

我们现在开始逃亡。

第三十七章　梦里水乡

周庄有一家我熟悉的酒店，酒店的老板叫大刘。

大刘从不知道我是做什么的。我从未介绍过自己，他也从来不问。

第一次入住大刘的酒店，是在大一那个暑假的夏天。

那次的旅行，是我与当时的男友胡晓一起去的，但是入住大刘酒店的只有我一个人。理由很简单，我和胡晓吵架了，于是，在半夜三更之时，我拎着包迅速地离开了和胡晓一起住的那个酒店，消失在夜色中。

我关了手机，想着是该回学校，还是在周庄再找个酒店住一晚，这么转悠着就来到了大刘的酒店门口。

大刘的酒店，并不算起眼，在沿着水域的拐角处。如果不仔细看，你很容易就错过他的酒店。

当时的大刘正躺在酒店门口的一张藤条躺椅上，摇着扇，听着苏州评弹，嘴巴里也在跟着哼。

当时的我正背着一只双肩包，拉着一只小拉杆箱，一边掉着眼泪，一边步履匆匆地前行着。

大刘看我一路飞快地往前走着，就好意地提醒了我一下："前面没路了，请回吧。"

我愣了一下，就停了下来，问了一声："没路了？哪里有最近的酒店？"

大刘笑了，从躺椅上站了起来，对着前面一指。我转头一看，可不正是停在酒店门口。我笑笑，对着大刘说了声："谢谢。"转身就推门进去。

大刘站起来，跟我一起进去，跟我一起到前台，然后帮我办理入住手续。我这才知道大刘是这家酒店的老板。

那个夜晚我睡得无比香甜。至于那些不称心的爱情，如那些不合脚的鞋子一样，再也不用将就和勉强。

那夜之后，我就和胡晓在电话里平静地分了手，连面儿也没有见。

说是平静，不过也就是没有把手机砸了而已。年轻人的感情，哪里有什么平静，不是天雷勾地火地相爱，就是极尽挖苦地相恨，分手的姿态一般都不太好看。

来的时候，我们坐了同一趟的火车相邻的两个位置；回的时候，我们是分别回去的，我不知道他坐了哪一趟火车，他也没有关心我何时返回，比普通同学还不如。

之后的几年，每当我想要逃离人生的时候，我都会去大刘的酒店里住几天。大刘什么都不会问我，不问我从哪里来，也不会问我到哪里去，更不会问我这段时间经历了什么，为什么来这里。

我也从来不会问大刘任何的私人问题。

每一年去大刘的酒店，我都能感觉到大刘经历了很多的改变。

酒店从最初的"梦里水乡"酒店改成了如今"写意人生"精品客栈。装修的风格也由之前的古色古香换成了文艺网红路线。但是有些东西却是始终不会改变的。

比如，老板始终是大刘，酒店里始终有一只叫"老黄"的狗和两只黑白相间的猫，唯一的变化可能是大刘和它们都变胖和变老了。

到达周庄的时候，大刘在前台打着盹。现在是旅游淡季，又是深夜，没有什么客人。

我推开那扇原木色的前门，一眼就望见大刘点头瞌睡的模样。

前门的贝壳风铃叮当作响，大刘睁开半梦半醒的眼睛，陌生地看着我，仿佛还停留在睡梦中。

突然他就醒了过来，立刻站起来，惊醒了在他脚背上打盹的猫。黑白色的老猫，懒懒地叫了一声"喵"，也不怕生人，从他的脚背上挪了下来，换了一个姿势继续睡觉了。

"你来了。"大刘揉了一把自己的脸，伸出手接过我的行李。

我点点头："嗯，住一段时间。"

大刘从前台的墙壁上，取下一串钥匙，站起来，往客栈的里面走去。

"这是最里面的一间，清静，没人会打扰你。有事你就打电话给我。"大刘话一向不多，三言两语就把事情交代清楚了。

"谢谢你，大刘。"我进屋之前，对大刘真心地道谢。

"谢什么谢，谢谢你回来。你看起来瘦了好多。这几天，你要是在这里吃，我让厨房给你做些新鲜的菜。你好好休息。"大刘很简单快速地说了几句，转身就走了。

选择在大刘这里住的理由其实很简单，我和大刘已经很熟悉了，在这里我不需要用身份证登记。没人知道我住在这里，从任何一个系统都查不到。

我关上门，将行李放下，第一件事就是拿出电脑，登录翻墙软件，然后选择了美国洛杉矶的登录地址，将《完美恋人》的番外篇今日更新版传上去。

感谢读者们的厚爱，我才有了今时今日，所以无论生活中发生什么，我都雷打不动地保持每日更新的节奏。除了那一天讨论"谁杀死了庄永生"，其他的日子都会更新。

上传完新章节后不久，第一时间就有粉丝留言了，我一点开，看到一个新鲜的名字"挪威的森林失火了"，我微微地笑了一下，但是很快就感觉不对了。

因为我看到的留言是：水乡的风景，不错吧？

我迅速转头看着四周，这是一间新装修过的客房，木质雕花的窗，厚实的窗帘紧密地拉着，门看起来也很厚实，隔音不错。

可是我没有半点安全感。我感觉周围有无数双眼睛在盯着我，而那个"挪威的森林失火了"就在对面。

我立刻打电话给了前台，电话响了半天，大刘终于接了电话。

"大刘，大刘，有人问起过我吗？"我在电话里急急地问。

"没有啊。"

"大刘大刘，你能帮我换一个房间吗？并且不要告诉任何人，我在这里。"我继续要求道。

"好。我马上来帮你拿行李。"大刘立刻答应了。

我将电脑收拾好，再一次转头看了一下房间，房间看起来完全没有异样，但是我感觉处处都是问题。

手机响了起来，是李伟。

我接起电话，听李伟在电话那头急急地说："夏漫，你在哪里？"

我在哪里？似乎全世界的人都想知道我在哪里。全世界的人都认为我很重要？不，不，不，从来没有什么人是真正很重要的。我，夏漫也不例外。

于我的读者而言，我的文字只是能让他们满足好奇心和打发时间而已。如果有一日，我夏漫横死了，我的文字依然会继续陪伴他们，而我则会被他们遗忘到文字背后，偶尔在某日闲谈之时被他们提及"这个夏漫写的小说还有点意思"就已经算是很高的评价了。

"谋杀庄永生的凶手，我们已经找到了。"李伟继续说。

这一句，如石破天惊，让我彻底在周庄的深夜，了无睡意。

"谁？"我压制住自己颤抖的手，立刻问道。

"我现在不能告诉你。你只需要告诉我，你现在在哪里。"李伟说。

"周……""周"字没有发出全音，我就决定不告诉李伟。

"你不能告诉我谁是凶手，我也不能告诉你我在哪里。"我淡淡地说。

"夏漫，你要相信我，全世界的人会伤害你，唯独我不会。"
李伟继续说。

"我为什么要相信你？"我轻轻地笑了一下说。

"夏漫，我希望你能告诉我你在哪里。当然你不告诉我，我
很快就能查出你在哪里，但是这需要花一点时间，因此可能会让
凶手比我提前知道你在哪里。"李伟继续诚恳地说。

"挪威的森林失火了。"我说出了刚才在我小说下面留言
的 ID。

"什么？"李伟愣了一下，很显然他并不是拥有这个 ID 的人。

"我用了 VPN，你们查不到我在哪里的。"我继续挣扎着说。

咚咚咚，门被敲响了。

"马上来。"我对着门外说。

"是谁在你门外？"李伟在电话里说。

"客房服务员吧？"我对着李伟说。

"你不要随便开门。"李伟对着我说。

我看着门外，隔着一堵厚厚的门，我根本看不到门外的世界。
我猜门外应该是大刘。

我靠近门，对着门口问："大刘，大刘，是你吗？"

门外没有半点声音，只是再一次响起了固执且连续的敲门声：
咚咚咚，咚咚咚。每三下，一个节奏。每三下，一个节奏。

"是谁？"李伟在电话里压低声音对我说。

我不敢再发出任何声音。

弑爱

在这个周庄的深夜里，在我以为熟悉的酒店，在这个酒店最里面的房间，我听到连续的敲门声，并且没有任何回应。

一阵恐惧的寒意从我的心底慢慢升起。

门外的人不再敲门，但是也没有离开的声音。我能想象，这个人站在门外，安静且笃定地等着我去开门。

"告诉我，你在哪里？"李伟没有挂断电话，但是却用微信发了文字给我。

我瞬间明白，李伟是为了不让外面的人听到我们的对话。

"我发你定位。"我也用微信回复给他。

"你别挂电话，你把位置共享给我，我马上过来。"李伟用微信回复我。

我将定位共享给李伟，看到李伟的位置开始移动。从李伟到我这里，需要两个小时。

如果门外真的是来者不善，等李伟赶到的时候，我估计早已经遭遇不测了。

"咚咚咚"的敲门声，再一次，固执且粗鲁地响了起来。

李伟在电话那头也听到了我的敲门声。

"继续问他是谁，然后坚决不开门。可以故意制造声响，直到将整个客栈的客人吵醒，你就安全了。"李伟在微信里继续给我发文字。

"谁啊？谁在门外？再不说话，我就报警了！"我对着门外很没有耐心地大喊了起来。

"漫漫，是我，马一鸣。深更半夜的，我怕吵到旁边客人。"门外响起了马一鸣压低的声音。

"是马一鸣。"我给李伟发短信。

"绝对不要开门。"李伟迅速给我回复了六个字。

"漫漫，漫漫，你开门。"马一鸣在门外用一如既往低沉的声音呼唤着我。

"老马，我睡了，有什么事情明天再说吧。"我用假装困意满满的嗓音说。

"漫漫，我知道你没睡，你赶紧开门，我有重要的事情对你说。"马一鸣用很焦虑的声音说。

"有什么事情，你就在门外说吧，或者你打电话给我。"我继续推托着。

现在的我，不仅不信马一鸣，其实连李伟都不信，我只是在想着什么才是最能保护自己的方法。

第三十八章　陈年旧案

夏漫不相信我能保护她。说实话，连我自己都不相信我能够保护她。

之前不相信，之后也不相信，现在更不相信。

没有人知道我认识夏漫是在十年之前。

十年之前，夏漫十六岁，那时候的夏漫不叫夏漫，叫李春梅。那时候的夏漫不过就是一个普通的高中学生，容貌普通，成绩普通。唯独那个夏夜，她经历了人生中最残忍的一夜，而没有多少人会有这样的经历。

十年之前，我还没有从警校毕业，我被分配到一个边远的南方小镇实习。小镇上有一个派出所，派出所里有所长、副所长、两个警员，加上我这个实习生一共有五人。

小镇民风淳朴，到了晚上也基本就是靠着看看电视和打打牌打发时间，八点之后家家户户都已经关门睡觉了。晚上是派出所难得的清闲时光。虽然没有什么事情，根据制度，晚上还是要有人值班的。我年龄最小，加上又是实习生，所以自打我来这所派出所之后，晚上的值班都是我。

我也无所谓，派出所的后面有一个小的隔间，我在里面放了一张行军床，上面铺了被子，晚上我就睡在派出所。这个条件对我来说，也算不上什么苦，无非就跟学校里差不多而已。

我清晰地记得，那是春夏交替的一个夜晚，天气已经渐渐暖和，人们早已经把冬衣脱下，换上了轻薄的春衣。爱赶时髦的男女，有的已经在正午时分穿上了短袖或者裙子。因为那天的我，就是穿了一件短袖。

夜里十一点多的时候，派出所的门被咚咚咚地猛烈拍响。我那时候还没有睡觉，正在看金庸的小说打发时间，因此听到敲门声，第一时间就起身开门。

"谁啊？"我一边走一边问。

"警察同志，我们要报警！"外面有一个中年妇女带着哭腔的声音。

一听说要报警，我三步并作两步，赶过去拉开门。

进来看到是一个中年妇女陪着一个披散着头发、低着头的女孩，女孩身上披着一件军绿的大衣，显得和这个季节，完全不相符合。中年妇女和女孩后面，跟着一个中年男人，男人沉默着，一直在抽烟。

我低头看了一下自己，穿的是短袖，我也不觉得冷。

我招呼他们坐下，开始做笔录。

"要报什么警？是哪一位的事情？"我看着他们说。

中年妇女不说话，看着女孩。

中年男人也不说话，也看着女孩，只是狠狠地吸了一口烟。

女孩迅速地抬头看了我一眼，就这么一眼，我十分震惊地看到，女孩的脸上有着明显的擦伤，似乎是脸部在地上摩擦的痕迹。

女孩接着又低头，不说话，只是低头抽泣着。

"你说吧。"中年男人对着中年妇女说。

"我家姑娘……我家姑娘……给人糟蹋了。警察同志，你可要给我做主啊！"中年妇女突然呼天抢地地说，似乎不这样，她就无法进行完整且清楚的表述。

强奸案！

我很震惊。这是我到这个派出所实习以来，遇见的最大的案情，我完全不敢自己处理。

"你稍等，这件事得我领导亲自来处理。"我对着他们说。

我刚想要打电话，中年男就掐断了我电话，很是惊慌且焦灼地问我："你这是干什么？"

我也一愣，抬头看中年男，很坦然地回答："这件事是恶性事件，我得汇报给我领导。"

中年男再一次猛地吸了一口烟，将烟头扔到地上，狠狠地踩了几脚，将烟灰碾灭，然后吐出几个字："不能说。"

我略感疑惑地看着中年男："我不跟别人说，只是这件事是要汇报给我领导的。"

中年女也急了，说："警察同志啊，知道这件事的人不能太多，否则我家姑娘的名声就毁了。我只跟你说，你帮我看看能不能抓住那个坏蛋，别的也请您多多保密，千万不能透露是我家姑娘啊。"

我明白了他们的意思，我重新坐下来，试图给他们解释我是一个实习生，这件事必须讲给我领导听。但是他们的理解就是，他们来报警，是希望能让我这个警察抓到坏人，然后惩罚坏人就好了。他们希望只有我一个警察知道，然后帮他们伸张正义，也不让其他的姑娘吃亏了。

我只好开始做笔录。

姓名：李春梅。

年龄：十六岁零三个月。

学校：西北中学高一（3）班

遭遇的事件：晚上九点半，晚自习结束后，李春梅自己一个人回家。行至一半，大路转小路的时候，她被一个蒙面人从自行车上拖下来，拽到旁边的油菜田里强暴了。

这就是事情的全部经过。

我问李春梅认不认识糟蹋她的人，她摇摇头说压根不认识。

我继续问李春梅一些细节，李春梅和她父母都很抵触。他们只要求我抓住坏人，赔偿他们一笔钱，然后这件事就了了。

李春梅全程一直在抽泣，伴随着她父母的责怪声。

父母的意思很简单，觉得出了这种事，非常丢脸，不仅仅是丢小姑娘自己的脸，还丢了父母的脸。

我不断地劝说着，让他们不要这样，对女孩好一点，这件事错的是坏人，不是女孩。

记录完之后，他们问我，能不能找到糟蹋他们闺女的人。我认真地跟他们说，这件事我必须跟上面说，然后再回到案发现场勘查，再调查符合特征的相关人员。

我说完之后，女孩的父母就非常犹豫，相互看了看，然后决定撤销这件事了，不报警了，希望我能够把刚才记录的事情销毁，就当这件事没有发生。

"最好不要撤销，撤销之后，我们就无法介入了。还是应该去调查的，不能让坏人逍遥法外。"我苦口婆心地劝说他们。

"不行，不行，你们要是能悄悄调查，我们就答应。你们要是大张旗鼓地调查，那我们姑娘、我们全家都是要名声的。这名声毁了，我们全家在村里都不要过了。"中年妇女说。

"这个，我们还得问当事人的意思。"我最后看向小姑娘。

"我撤销。"李春梅抬起头，一脸坚定且失望地看着我。

李春梅的那个样子，和之后夏漫所有灰心且坚决的时刻一模一样。

虽然时光过去十年，当初柔弱被伤害的李春梅成长为最当红的女作家夏漫，但是她对生活的绝望，从十六岁那年开始，从未改变。

因为那件事，我很快就找了一个理由，提前结束实习，回到了警校。后来一路辗转，我无意中发现，那天被强暴、我却无力拯救的女孩成了作家夏漫，我因此一路看着她的小说，看着她每一段的恋爱，然后在每一段恋爱被伤害之后写成文字。

我看着夏漫慢慢成长、开花，看着她接受各种访谈，笑颜如花。我内心的愧疚和折磨就会少一点。

我成了夏漫最忠实的粉丝，一个默默关注她的人，一个她的守护者。

关于这段往事，没有人知道。关于我对夏漫的感情，更加没有人知道。

所有人都说，夏漫的言情小说是夏漫感情生活的真实记录，只有我知道不是。

夏漫的第一本小说大家都说写了夏漫的初恋，在那本小说里，夏漫的初夜给了她的初恋。只有我知道，不是这样的，夏漫的初夜被一个陌生的魔鬼在她十六岁那年的春夜、在田野中粗暴地夺走了。

我没有想到十年之后，夏漫的丈夫被谋杀，这个案子会落到我的管辖范围。十年之前，我欠夏漫一个清白；十年之后，我必须还夏漫一个清白。

我坚信夏漫并没有杀害她的丈夫庄永生，就像我知道夏漫的小说并不都是真的，只不过是夏漫借用了现实的一些元素，做了文学性的美化和小说化的描述。

自从夏漫离开这个岛之后，我就一路跟着夏漫。我的直觉告诉自己，夏漫丈夫被害的原因没有那么简单。

果然，经过几个月的调查之后，我们岛上的警察组在那个酒店被遗漏的屋顶摄像头处，发现了有人从酒店夹层爬进去的影像。

而这个爬进去的人，是夏漫身边最亲近的人，马一鸣。

毫无疑问，马一鸣是那个杀害庄永生的真凶。

现在我们需要的有三样：马一鸣杀害庄永生的动机、杀人凶器，以及马一鸣杀害庄永生的在场证明。

当我听到夏漫在电话里说，马一鸣就站在夏漫的酒店门外，我更加确定了我的想法。可是从我这里到夏漫周庄的酒店房间，

弑爱

还需要两个小时。

我必须确保夏漫在我到来之前，不会受到任何伤害。

于是我拨了当地的警察电话告诉他们，"写意人生"精品客栈的 718 房正在发生命案，如果他们再迟点，就来不及了。

第三十九章　所谓真相

　　一阵警车鸣笛声呼啸而过，很快就有警察的声音出现在夏漫的房门外。

　　"都不许动，我们是警察！"

　　时隔很久，我依然能清晰地回忆起那一夜。

　　凌晨，我抵达周庄的"写意人生"精品酒店。当地的警察已经将酒店围得水泄不通。

　　我进门的时候，酒店的老板大刘趴在前台鼾声震天，正在熟睡。大刘的旁边，放着一杯百香果汁，橙黄透明，香气四溢，可以掩盖任何龌龊的气息。

　　夏漫在最里面的房间，无声又无息。

　　房门紧闭，三个警察正在夏漫的房间门口严阵以待。

　　靠近房间门口处，我听到房间里传来夏漫和马一鸣的对话声。

　　"为什么是你？"这是夏漫绝望且不敢面对的声音。

　　"为什么不是我？"这是马一鸣苍老且疯狂的声音。

　　"你为什么要杀了他？"夏漫终于直奔主题。

　　"因为你和他结婚了。"马一鸣直接说出结论。

弑
爱

"我和他结婚，并不影响我写作啊。直白地说，我和他结婚，并不影响我给你赚钱啊。"夏漫不可思议地问。

"会影响的。我比你自己，更了解你。"马一鸣一字一顿地说。

"如果你觉得影响，你可以反对我和他结婚。可是你从来没有提过，你没有说过一句反对。"

"我没有说一句反对，是我认为你不会真的和他结婚。"马一鸣很后悔地说。

"老马，我有自己的人生。你是不是管我管得太多了？"夏漫简直不敢相信马一鸣的逻辑。

"不，你的人生就是我的人生。你的人生，是我一手创造的，任何人不可以介入或者拿走。"马一鸣说。

"对，我的写作人生，是你一手创造的没错。可是我也给你赚够钱了。你给了我名声和地位，与此同时，我也付出了努力。所以咱俩是公平的吧？你不能介入我的私人领域，对不对？"夏漫说。

马一鸣笑了。

"私人领域？什么是私人领域？"马一鸣问夏漫。

门外的警察想要冲进去，被门口的头儿模样的警察给阻止了。

"你想干什么？老马，你离我远点！"这是夏漫的惊叫。

我终于一把推开门闯了进去。

我看到马一鸣一把抱住了夏漫，右手直接锁住了夏漫的喉咙。

"你们谁都不要过来。"马一鸣直接拿夏漫的性命威胁我们。

"马一鸣，你别冲动，别错上加错。"警察和马一鸣说。

318

"错上加错？我做错了什么？或者说，我现在还能怎么错更多？"马一鸣语无伦次地说着。

突然，夏漫一个反踢，用力地蹬向马一鸣的裆部，马一鸣突然遭受重击，痛得蜷缩了起来，不由自主地放开了夏漫。

夏漫转身看着马一鸣，突然之间惊恐地睁大了眼睛，眼泪不受控制地冲了出来。

"是你！"夏漫看着马一鸣，眼睛里写满了震惊和痛苦。

夏漫直接拿起茶几上的一只放水果的瓷盘，朝着马一鸣头上以迅雷不及掩耳之势狠狠地砸了过去。

马一鸣的头上鲜血涌了出来。

在鲜血横流中，马一鸣冲着夏漫诡异地开心咧嘴笑了。

"你的人生，在你十六岁那年，我就拿走了。没人再能从我手里拿走。"

我没有想到马一鸣什么都承认了。

马一鸣对于承认这件事，好像是充满了男人表白时的激情。

关于这段故事，用客观冷静中立第三方的口吻应该这么讲述：

十六岁那年春末夏初普通的一夜，放学回家的夏漫被马一鸣盯上了。用马一鸣的话，是他对夏漫一见钟情，瞬间就想要拥有这个姑娘。

马一鸣说，不管人们理解不理解，这件事都可以被称为"爱情"。

马一鸣说，极致的爱情就是彻底地占有。如果你未曾想要从身体到灵魂全部占有一个人，那就是你还未曾真正彻底地爱上他。

审问的警察警告马一鸣，切莫想要用文学的语言，掩饰犯罪的事实。

马一鸣说，如果你们想要将这样的一种爱情，称为犯罪，我也接受。

马一鸣用了暴力的方式将十六岁的夏漫"占有"了。马一鸣右手锁住夏漫的手法和十年之后夏漫在周庄的酒店所遭遇的一模一样。夏漫瞬间就从马一鸣相同的动作里，想起了当初的情景。

夏漫也回想起了，当初和马一鸣离得那么近的时候，马一鸣身上的气味。

马一鸣将夏漫拖到了田野里施了暴。

夏漫的作业本在拉扯的过程中，从夏漫的书包里掉出来，撒了一路。

马一鸣作完孽之后，精液滴到了旁边的一个本子上，马一鸣将这些掉出来的本子，随手拿走了。

这些本子中，就有一本夏漫高中时写的小说。

作为编辑的马一鸣，在这本夏漫写得不成熟的小说中，发现了夏漫的写作才华。马一鸣开始想办法慢慢接近夏漫，引导夏漫走上写作这条路。

马一鸣说服出版社举办一个"文学大赛"，设立了高中组，然后想办法让这个比赛的信息精准地传递到了夏漫的手上。

果然夏漫得知这个比赛后，在同学的怂恿下参加了，也毫无意外地获得了该次比赛的高中组特等奖。

马一鸣光明正大地利用了这次比赛和夏漫建立了联系，在夏漫进入大学之前，就将夏漫签约成为他们出版社的新人。

从此之后，马一鸣将夏漫一步步打造成最红的作家。

马一鸣帮助夏漫甄选选题，亲自看夏漫的每一页稿件，一个字一个字地帮她改错别字。

马一鸣看着他的夏漫果然如他所料，达到了无人可及的高度。

可是，夏漫居然很快就长大了。长大的一个重要标志是，夏漫有了自己喜欢的男生。马一鸣无法参与夏漫的爱情，可是夏漫是他亲手打造的夏漫啊，夏漫的爱情他怎么能不参与全程？

马一鸣想了一个办法，让夏漫将自己的爱情故事，以及其中所有有意思的相爱细节，全部都用小说的形式记录下来。

马一鸣说这是作家最珍贵的人生体验与写作宝藏。

夏漫觉得马一鸣的建议非常有道理。

处在热恋中的夏漫，也觉得自己的爱情是一件很值得记录的事情。

于是有了夏漫的第一本长篇爱情故事《夏日曼陀罗》。

很快地，夏漫失恋了。夏漫没有讲失恋的原因，似乎是和初夜有关。马一鸣没有细问。马一鸣惊喜地发现，失恋之后的夏漫写出来的文字，更具湿漉漉的伤感与缠绵的美感。

马一鸣看到夏漫在《夏日曼陀罗》中虚构了一个结尾，结尾里，夏漫的初夜给了初恋。

《夏日曼陀罗》出版之后，新书果然如马一鸣预料的那样，一跃成为青春疼痛文学的代表，牢牢占据着小说销售榜的第

弑爱

一名。

在该书大卖之后，夏漫开始接受采访，夏漫大方地承认，这本小说就是她初恋的记录。

有记者问起夏漫，这本书的结尾也是真的吗？

夏漫大方地承认了。

马一鸣明白，夏漫给自己编织了一个虚幻的结尾，夏漫已经决定将十六岁时的往事尘封起来。

从那以后，夏漫一发不可收。

夏漫开始不断地，持续地，疯狂地与不同的男生谈恋爱。每一次恋爱的经历，毫无疑问，都变成了一本畅销爱情小说。

夏漫似乎具备了常人所难以具有的超强的爱情能力，很快地爱上一个陌生人，全情投入，如初恋一般燃烧，疯狂爱，疯狂争吵，疯狂伤害。

或者说，夏漫似乎完全失去了正常爱人的能力，因为只要超过一段时间，夏漫就会发现她对这个男人产生厌倦，想要结束爱情，觉得心如死灰。而只有新鲜的爱情，才能让她再次如鲜花盛开。

夏漫不想伤害任何一个人。

夏漫是如此真诚且全身心地爱每一个人。

在爱上一个人的最初，夏漫又是那么渴望和这个人能够走到最后。

太可惜，恋爱的保鲜期总是不会超过六个月。以至于到最后，夏漫都不敢再去恋爱，因为夏漫觉得自己已经病入膏肓，无法再爱。

夏漫不恋爱的直接结果就是夏漫再也写不出小说了。

夏漫的创作能力与她的恋情可怕地紧密联系到了一起。

夏漫是马一鸣一手打造的人生最自豪的艺术品，马一鸣怎么可能忍心或者说甘心让夏漫就这么枯萎下来。

要让夏漫重新恢复惊人的创作能力，唯一的办法就是让夏漫去投入地谈一场极致的恋爱。

给夏漫一段完美的恋爱，完美的恋人，最浪漫的开始，最唯美的过程，最销魂的互动，童话般的结尾。

不，不是童话般的结尾，是最意外的结尾。

让夏漫爱上一个完美恋人，是一场惊心动魄却又浪漫的策划案。

庄永生是李果找来的，马一鸣唯一不知道的是，庄永生和她还保持着某一种亲密的关系。性与利益混杂在一起的迷人味道，让这两个人越演越投入。

庄永生死后，李果才意识到自己陷入了一个回不了头的黑暗旋涡。

马一鸣怎么可能让李果就这样抽身离开呢？

你喜欢这个故事吗？

喜欢，或者不喜欢，都不重要了，不是吗？

你亲眼看着我，如何铲除夏漫成名道路上所有的障碍。

你亲眼看着我，如何杀死夏漫的挚爱。

你亲眼看着我，弑爱。

弑爱

爱，或者不爱。

拥抱，或者伤害。

在黑夜里，静候白日归来。